Das Geheimnis von Chaleran Castle

Die Autorin

Elaine Winter hat schon als Kind gerne Geschichten erfunden. Sie studierte Germanistik und Anglistik, probierte sich in verschiedenen Jobs in der Medienbranche aus und kehrte bald zum Geschichtenerfinden zurück. Inzwischen ist sie seit mehr als zwanzig Jahren Autorin und hat den Spaß am Erdenken schicksalhafter Wendungen und romantischer Begegnungen bis heute nicht verloren.

Elaine Winter

Das Geheimnis von Chaleran Castle

Roman

Weltbild

Besuchen Sie uns im Internet:
www.weltbild.de

Genehmigte Lizenzausgabe für Weltbild GmbH & Co. KG,
Werner-von-Siemens-Straße 1, 86159 Augsburg
Copyright der Originalausgabe © 2017 by Bastei Lübbe AG, Köln
Covergestaltung: © Jeannine Schmelzer, Bastei Lübbe unter Verwendung von
shutterstock/Silver30; shutterstock/LensTravel;
shutterstock/Fabio Pagani / Atelier Seidel – Verlagsgrafik, Teising
Satz: Datagroup int. SRL, Timisoara
Druck und Bindung: GGP Media GmbH, Pößneck
Printed in the EU
ISBN 978-3-95973-559-9

2020 2019 2018 2017
Die letzte Jahreszahl gibt die aktuelle Lizenzausgabe an.

Prolog

1990

»Sie muss weg!« Hart und knapp kamen die Worte über die schmalen Lippen, die zwischen den schwarzen Barthaaren kaum zu erkennen waren.

»Weg? Was meinst du mit weg?«, fragte Sam, obwohl er sehr genau wusste, welche Bedeutung Robs Bemerkung hatte.

Die Bewegung, mit der der Boss den Zeigefinger an seiner Kehle entlangstrich, war dann auch unmissverständlich. »Sie hat uns gesehen. Und sie ist nichts mehr wert. Also sorg dafür, dass sie wenigstens nicht reden kann.«

»Aber sie ist noch so klein!« Er bemühte sich, sein Entsetzen zu verbergen, weil Rob von vornherein klargestellt hatte, dass er für den Job nur harte Männer gebrauchen konnte. Vielleicht war er nicht so hart, wie er Rob glauben gemacht hatte, doch der Plan war ihm so sicher erschienen. Ein Weg, endlich zu Geld zu kommen und ein ehrliches Leben zu beginnen. Dem kleinen Mädchen würde nichts passieren, hatte er sich eingeredet. Ein oder zwei Tage müsste sie auf ihre Eltern verzichten und würde vielleicht ein paar Tränen vergießen. Doch das würde schon bald wieder vergessen sein.

Dann war alles schiefgegangen. Als sie sich das Geld holen wollten, waren die Bullen aufgetaucht, weil die verdammten Eltern der Kleinen sich nicht an die Anweisungen gehalten hatten. Zwar hatten sie rechtzeitig mitbekommen, was lief, aber Rob hatte dennoch entschieden, dass sie ihren Plan aufgeben mussten – und die Kleine war einfach nur noch im Weg.

»Aber wenn die Lösegeldübergabe geklappt hätte, wäre sie doch auch nach Hause zurückgekehrt. Sie ist nicht mal drei Jahre alt, was soll sie denn da erzählen?« Sam schüttelte heftig den Kopf.

»Wer sagt denn, dass sie nach Hause gekommen wäre, wenn wir das Lösegeld bekommen hätten?« Auch Rob begleitete seine Worte mit einem Kopfschütteln.

Vor Schreck hielt Sam für einen Moment die Luft an. »Ich wusste nicht … Ich dachte …«

»Wir waren uns doch darüber einig, dass ich fürs Denken zuständig bin.« Robs Blick war kalt wie Eis. »Du sorgst dafür, dass die Kleine schweigt. Für immer. Ist das klar?«

Wenn er es nicht machte, würde Rob es selbst tun – und ihn auch noch bestrafen. Schweren Herzens drehte Sam sich um und stieg hinab in den Keller, wo das kleine Mädchen seit zwei Tagen in einem kalten, fensterlosen Raum hockte. Dort gab es nichts als eine Matratze auf dem Betonboden und eine dünne Wolldecke.

Mit zitternder Hand drehte er den Schlüssel im Schloss um und betrat das Verlies, in dem eine nackte Glühlampe viel zu grelles Licht verbreitete.

Als sie ihn hörte, hob die Kleine den Kopf mit den glänzenden dunklen Haaren. Ihre Augen waren vom Weinen rot und geschwollen. »Mama?«, flüsterte sie fast unhörbar.

Bei dem Gedanken, dass sie ihre Mutter niemals wiedersehen würde, krampfte sich sein Magen zusammen. Selbst wenn er einen Ausweg fand, eine Möglichkeit, ihr Leben zu retten, durfte niemand erfahren, dass sie noch lebte. Wenn Rob mitbekam, dass sein Befehl nicht ausgeführt worden war, ging es um seinen Ruf als gnadenloser Boss. Dann würde nicht nur das kleine Mädchen, sondern auch Sam mit dem Leben bezahlen.

»Komm. Ich bringe dich von hier weg.« Er bückte sich, hob das Kind, das plötzlich ganz starr und stumm war, von der Matratze hoch und trug es die Kellertreppe hinauf.

Rob saß in der Küche, trank Bier und starrte dabei aus dem Fenster. Als Sam mit dem Mädchen auf dem Arm in die offene Tür trat, wandte er nicht einmal den Kopf. Vielleicht war er doch nicht ganz so hartherzig, wie er vorgab, und brachte es nicht über sich, die Kleine anzusehen, deren Todesurteil er gesprochen hatte.

»Ich fahre mit ihr in den Wald«, sagte Sam zu Robs Hinterkopf. »Da ist der Boden locker. Du verstehst?«

Rob nickte. »Nimm deinen ganzen Kram mit und komm nicht wieder. Ich verschwinde auch gleich vor hier. Wir dürfen erst mal keinen Kontakt haben. Zu gefährlich. Ich melde mich, wenn ich einen neuen Plan habe. Gibt ja noch mehr Kinder reicher Eltern.«

Wortlos wandte Sam sich ab und verließ mit dem Mädchen auf dem Arm das kleine, abgelegene Haus. Seine wenigen Sachen lagen schon längst im Kofferraum des alten Fords. Das Handy mit der Prepaidkarte, das er sich extra für diesen vermeintlich letzten Coup gekauft hatte, würde er in den nächsten See schmeißen. Dann hatte Rob keine Möglichkeit, ihn zu erreichen. Die Mühe, ihn zu suchen, würde er sich nicht machen, solange er glaubte, dass Sam seinen Befehl ausgeführt hatte.

»Mama«, wimmerte das Kind, als er es auf dem Rücksitz des klapprigen Wagens anschnallte.

Er blieb stumm. Es gab keinen Trost für die Kleine, das wusste er nur zu genau. Aber sie war noch so jung und würde schon bald vergessen. Falls es ihm gelang, sie vor Rob in Sicherheit zu bringen.

Während er sich hinter das Steuer setzte, überschlug er im Kopf seine Finanzen. Ihm war ein Gedanke gekommen, der ihm sogar einen kleinen Gewinn versprach, wenn er auch noch keine Ahnung hatte, wie er ihn in die Tat umsetzen sollte.

Der Motor des alten Wagens startete stotternd und hustend. Endlich holperten sie die von Schlaglöchern übersäte Auffahrt entlang.

Hinter ihm weinte das Kind leise vor sich hin. Er verbot sich, in den Rückspiegel zu sehen. Sie würde noch lange traurig sein, aber wenigstens würde sie am Leben bleiben. Vorausgesetzt, sein Plan klappte, und Rob roch nicht doch noch Lunte.

Er bog in die schmale Straße ein und gab Gas. Erst als er schon fast die nächste Ortschaft erreicht hatte, bemerkte er den dunkelgrauen Wagen, der etwa zweihundert Meter hinter ihm fuhr. Rob! Wollte er sichergehen, dass Sam tatsächlich in den Wald fuhr und dort das tat, was der Boss ihm aufgetragen hatte? Oder suchte Rob einfach so schnell wie möglich das Weite und wählte nur durch Zufall denselben Weg?

Mit viel zu hoher Geschwindigkeit bog Sam in einen schmalen Feldweg ein, der nach wenigen Metern in ein Wäldchen führte. Hier hielt er hinter einer dichten Buschreihe an und wartete mit klopfendem Herzen. Das kleine Mädchen auf dem Rücksitz saß mucksmäuschenstill da und weinte nicht einmal mehr. Mit weit aufgerissenen Augen starrte es durchs Wagenfenster in die Ferne, als könnte es dort seine ungewisse Zukunft sehen – oder den Tod, der ihm drohte, falls das hier schiefging.

1. Kapitel

22. Juli 2016
Ütersen, Deutschland

Als Felicia in die breite Auffahrt vor dem Haus ihrer Eltern fuhr, sah sie auf den ersten Blick, dass ihre Geschwister schon alle da waren. Katharinas SUV mit dem Kindersitz auf der Rückbank parkte direkt vor den breiten Stufen, die zur Eingangstür führten. Dahinter hatte Leon seinen schwarzen Aston Martin einfach schräg mitten auf dem Weg stehengelassen, so wie er gerade aus der Kurve gerauscht war. Julias Mercedes-Cabrio hingegen stand exakt parallel zur Garageneinfahrt.

Felicia quetschte ihren knallroten Smart zwischen den Mercedes und den Aston und schlängelte sich aus der Fahrertür, die sich nur einen Spaltbreit öffnen ließ. Anschließend angelte sie mit ausgestrecktem Arm ihren großen Lederbeutel aus dem Wagen, in dessen unergründlichen Tiefen sie alles mit sich herumschleppte, was sie für unentbehrlich hielt. Und das war eine Menge.

Schwungvoll warf sie sich die Tasche über die Schulter und atmete tief durch. Die Luft duftete nach Blüten und frisch gemähtem Rasen. Auch wenn sie ihr kleines Apartment in Hamburg liebte, war es immer wieder schön, zu einem der regelmäßigen Familienessen nach Hause zu kommen. Ihre Mutter verbrachte den größten Teil ihrer Freizeit im Garten. Alles was sie im *Blumen-Paradies* anbot, musste hier ausprobiert werden. Die Bepflanzung änderte sich häufig, und in regelmäßigen Abständen tauchten auf den Grünflächen und in den Beeten die neuesten Modelle von großen und kleinen Springbrunnen, Gartenbänke in allen Formen und Farben und mehr oder weniger skurrile Statuen auf. Dagmars neueste Errungenschaft war ein kleiner Seerosenteich mitten im Vorgarten, um den herum sich Ziergräser und Schilf im Wind wiegten.

Felicia machte ein paar Schritte auf den künstlichen See zu, um nachzusehen, ob es im Wasser vielleicht Goldfische gab. Als sie ein leichtes Kitzeln auf dem Fußrücken spürte, blieb sie stehen und sah nach unten. Auf ihrem Fuß saß ein winziger grüner Frosch. Zwischen den knallroten Riemchen ihrer neuen Sandaletten, die sie bei dem schönen Frühlingswetter zum ersten Mal trug, wirkte das kleine Wesen wie ein kostbarer Schmuck.

»Wo kommst du denn her?« Sie bückte sich und konnte nun jede der winzigen Zehen sehen, die sich wie die Finger von Miniaturhänden auf ihrer nackten Haut spreizten. »Wenn du hier herumhüpfst, kommst du noch unter die Räder.«

Vorsichtig hielt sie ihre flache Hand vor das Tierchen und stupste es von hinten mit dem Zeigefinger der anderen Hand an. Zu ihrem Erstaunen hüpfte das Fröschchen tatsächlich auf ihre Handfläche.

»Der Froschkönig!« Unvermittelt tauchte neben ihr der blonde Lockenkopf ihrer dreijährigen Nichte Lilly auf. »Den musst du küssen, Tante Feli!«

Felicia lachte. »Lieber nicht. Ich steh nicht so auf Prinzen.«

»Tatsächlich nicht?« Felicias jüngste Schwester Katharina war ihrem quirligen Töchterchen dicht auf den Fersen. »Wie hat man sich deinen Traummann denn vorzustellen, wenn er schon kein Prinz sein darf?«

Lachend zuckte Felicia mit den Schultern. »Keine Ahnung. Ich schätze, ich werde es wissen, wenn ich ihm begegne.« Sie trug den kleinen Frosch zum Teich und setzte ihn dort vorsichtig auf einen Stein am Rand.

Dann nahm sie Lilly auf den Arm. »Wo sind denn Oma und Opa und der Rest der Familie?« Sie überlegte, wann sie mit ihrer Neuigkeit herausrücken sollte. Ihre Geschwister würden nicht begeistert sein, und ihre Mutter würde zwar nichts sagen, aber Felicia wusste auch so, dass ihre Pläne Dagmar ganz sicher nicht glücklich machten.

»Wir sitzen auf der Terrasse«, erklärte Katharina die Geste ihrer kleinen Tochter, die den Zeigefinger wild in die Gegend gestreckt hatte. »Alle sind schon halb verhungert, weil wir mit dem Essen auf dich gewartet haben. Dabei könnte ich momentan ständig essen.« Stolz tätschelte sie ihren runden Bauch.

Katharina erwartete ein Kind von ihrem frischgebackenen Ehemann Daniel. Lilly war das ungeplante, aber heißgeliebte Resultat einer kurzen Affäre der 19-jährigen Katharina mit einem australischen Austauschstudenten. Nun sollte die kleine Familie durch ein Wunschkind komplett werden.

Als Felicia mit Lilly auf dem Arm um die Hausecke bog, war tatsächlich die ganze Familie unter der rot gestreiften Markise versammelt: ihr Bruder Leon, ausnahmsweise ohne seine schicke Freundin Isabel, ihre Schwester Julia, Katharinas

Ehemann Daniel und natürlich ihre Eltern Dagmar und Volker.

Als sie ihre Familie vereint dort sitzen sah, versetzte es Felicia wie so oft einen winzigen Stich. Sie alle waren blond und blauäugig, mit mehr oder weniger wilden Locken. Selbst Dagmar und Volker, die nicht blutsverwandt waren, wiesen diese äußere Gemeinsamkeit auf. Der angeheiratete Daniel hatte zumindest dunkelblonde Strubbelsträhnen. Sie alle hätte man als klassisches Beispiel für den norddeutschen Typ anführen können. Felicia fiel mit ihren fast schwarzen, vollkommen glatten Haaren und den braunen Augen komplett aus dem Rahmen. Ihre Haut war nicht wie die der Kaufmanns hell wie Sahne, sondern hatte einen ganz leichten Mokkaton. »Felicia sieht auch im tiefsten Winter nach Sommer aus«, pflegte Julia mit leisem Neid in der Stimme zu sagen.

»Hallo, ihr alle! Tut mir leid, dass ich so spät bin. Ich musste noch einen Artikel kürzen.« Sie warf ihren Lederbeutel auf den Boden und winkte in die Runde. Lilly winkte mit.

»Schön, dass du es noch geschafft hast. Wir wissen ja, dass du schrecklich viel arbeiten musst.« Ihre Mutter stand auf und drückte ihr einen herzhaften Kuss auf die Wange, während sie mit der Linken ihrem Enkelkind durch die blonden Locken fuhr. Dann verschwand sie im Haus, wahrscheinlich um nach dem Essen zu sehen.

»Hallo, Große.« Auch ihr Vater küsste sie im Vorbeigehen auf die Wange, bevor er seiner Frau folgte. Volker kochte mindestens so gut wie seine Frau.

»Da Mama gerade weg ist ...« Julia wedelte hektisch mit der Hand durch die Luft. »Wir müssen unbedingt über ihre

Geburtstagsparty reden. Es sind nur noch knapp drei Wochen. Eigentlich viel zu wenig Zeit, um eine richtig tolle Feier vorzubereiten, aber zum Glück sind wir ja zu viert, Papa kann auch helfen, und ...«

»Wie groß hast du dir die Party denn vorgestellt?«, erkundigte Felicia sich vorsichtig, während sie Lilly auf den Boden absetzte.

»Wir laden wie immer alle Verwandten, Freunde und ihre wichtigsten Geschäftspartner und Kunden ein«, erklärte Katharina ganz selbstverständlich.

»Zweihundert Gäste werden es wohl sein«, ergänzte Julia.

»Ich habe dir letztes Jahr die Gästeliste zugemailt, weil du immer so mit deinem genialen Ablagesystem für digitale Daten angibst«, zog Felicia ihren einzigen Bruder Leon ins Gespräch, der sich stets so lange wie möglich heraushielt, wenn seine Schwestern Familienfeiern organisierten. Was nicht hieß, dass sie ihn von der Angel ließen.

»Welche Gästeliste?« Er versuchte es gern damit, sich dumm zu stellen.

Katharina verdrehte die Augen. »Wir reden über Mamas Überraschungsparty.«

»Was heißt hier Überraschungsparty? Ma wäre höchstens überrascht, wenn es keine Geburtstagsparty für sie gäbe«, stellte Leon lakonisch fest.

»Und wo ist nun also die Gästeliste?«, bohrte Felicia. »Du wolltest sie aufbewahren, weil es auf meinem Notebook drunter und drüber geht, wie du immer behauptest. Außerdem habe ich mir im Winter ein neues gekauft.«

»Dann speichert man wichtige Dateien auf einer externen Festplatte und überspielt sie auf das neue Gerät. Oder man speichert sie einfach direkt in der Cloud, dann kann man von jedem Gerät darauf zugreifen.«

»Musste ich ja nicht machen, weil du die Gästeliste auf deinem PC gespeichert hast. Meine Artikel habe ich alle auf USB-Sticks.« Felicia schwante Übles. »Hast du die Liste etwa nicht mehr?«

Leon zuckte mit den Schultern. »Ich miste meine Dateien regelmäßig aus. Wenn ich mit dem Dateinamen nichts anfangen konnte, habe ich sie wahrscheinlich längst gelöscht. Tut mir leid, Schwesterlein. Aber so eine Gästeliste muss doch sowieso aktualisiert werden.«

Felicia behielt die naheliegende Erkenntnis für sich, dass es natürlich deutlich einfacher war, eine bestehende Liste zu überprüfen, als sie neu zu erstellen. »Ich fürchte, ich werde dieses Mal nicht allzu viel Zeit für die Partyvorbereitungen haben«, erklärte sie stattdessen vorsichtig.

»Wir teilen die Aufgaben wie immer untereinander auf.« Katharina strahlte in die Runde. »Ich bin noch total fit und kann meinen Anteil wuppen, keine Sorge. Der Entbindungstermin ist ja erst gut drei Wochen nach der Party.«

»Und was gibt es bei dir Neues, Feli?«, erkundigte sich ihr Vater, der in diesem Moment mit einem Stapel Teller aus dem Haus kam.

Felicia biss sich auf die Unterlippe. Eigentlich hatte sie vorgehabt, die anderen auf ihre Nachricht ein wenig vorzubereiten. Aber vielleicht war es besser, es sofort hinter sich zu bringen. Sie holte tief Luft.

»Alles bestens. Ich habe einen tollen Auftrag bekommen. Allerdings …«

»Wie schön. Das musst du uns beim Essen ausführlich erzählen. Tut mir leid, ich habe eurer Mutter versprochen, das

Geflügel zu zerlegen.« Ihr Vater strich ihr liebevoll über den Oberarm, bevor er zurück ins Haus ging.

»Bilder gucken«, forderte Lilly ihre Tante in diesem Moment auf. Sie hatte in Felicias Lederbeutel gewühlt und schleppte einen großformatigen Fotoband herbei, unter dem sie fast zusammenbrach.

»Du sollst nicht an anderer Leute Taschen gehen, Lilly-Maus.« Katharinas frischgebackener Ehemann Daniel übte sich gern in pädagogisch wertvollem Verhalten.

»Feli ist nicht andere Leute, Feli ist meine Tante«, unterrichtete Lilly ihn energisch und ließ das Buch vor Felicias Füßen auf den Boden fallen.

Der Bildband klappte auf, und Felicia starrte von oben auf ein Foto hinab, bei dessen Anblick es ihr den Atem verschlug. Das Bild zeigte eine Burg und war offenbar bei Sonnenuntergang aufgenommen worden, denn dort, wo die Strahlen der Sonne die hellgrauen Mauern trafen, leuchteten die Steine in einem wunderbaren Orangeton.

Das riesige Gebäude mit den beiden Türmen stand auf einer kleinen Insel nicht weit vom Ufer eines Sees entfernt und war durch eine steinerne Brücke mit dem Festland verbunden. Neben den trutzigen Mauern breitete sich ein wilder Garten aus, dessen rote und weiße Blüten sich im klaren Wasser des Sees spiegelten.

Die Landschaft, welche sich jenseits der Brücke bis zum Horizont erstreckte, wirkte gleichzeitig schroff und lieblich, auch wenn sich das eigentlich auszuschließen schien. Zwischen hügeligen, zartgrünen Flächen, auf denen vereinzelt Schafe weideten, erhoben sich immer wieder kleinere Felsen. Am seitlichen Bildrand reckten sich die hohen, spitzen Felskanten eines Berges wie mahnende Finger gen Himmel. An seinen Fuß schmiegte sich ein kleines Dorf, dessen rote Dächer im Sonnenschein leuchteten.

»Da wohnt der Prinz«, teilte Lilly ihrer Tante mit und tippte mit ihrem winzigen Zeigefinger auf das Foto, das Felicia immer noch wie in Trance anstarrte. »Willst du ihn besuchen? Kann ich mit?«

Eilig hob Felicia das Buch vom Boden auf und ließ sich damit auf einem der bequemen Stühle nieder. Lilly krabbelte auf ihren Schoß.

»Kennst du den Prinzen? Wie heißt er?« Lilly ließ nicht locker.

»Chaleran«, antwortete Felicia automatisch, denn laut Bildunterschrift handelte es sich bei dem Gebäude um Chaleran Castle.

Mit einem Glas Orangensaft in der Hand trat Katharina hinter sie und sah ihr über die Schulter. »Hübsch! Wo liegt das? In Irland?«

»Schottland. Ich habe den Auftrag …«, begann Felicia entschlossen, während sie sich wunderte, wie jemand Chaleran Castle als »hübsch« bezeichnen konnte. Sie fand die Burg schlichtweg überwältigend. Und wenn das Gebäude sie schon auf dem Foto derart ansprach, musste es in Wirklichkeit noch um einiges romantischer, imposanter – einfach noch schöner aussehen.

»Schreibst du über Burgen? Stelle ich mir interessant vor«, warf Katharina ein, als Felicia zögerte, ihren Satz zu beenden.

»Ich recherchiere über interessante Orte in Schottland. Es geht um Geheimtipps für Reisen«, erklärte Felicia nun entschlossen. »Natürlich muss ich dazu nach Schottland fliegen.«

Sie hatte damit gerechnet, dass auf diese Ankündigung hin das typische Kaufmann-Durcheinander ausbrechen würde. Julia wollte immer gleich alle Details wissen, Leon kannte sich grundsätzlich mit allem und jedem aus – oder glaubte das zumindest, und Katharina war die Begeisterungsfähige, die sofort in lauten Jubel ausbrach. Es geschah jedoch nichts dergleichen. Katharina machte so etwas wie »Aha«, Leon stellte fest, dass Schottland bestimmt ein lohnendes Reiseziel sei, und Julia hob Lilly hoch. Die Kleine hatte längst das Interesse an Burgen und Prinzen verloren und forderte ihre Tante auf, Flugzeug mit ihr zu spielen. Das bedeutete, dass Julia sie an einem Arm und einem Bein über dem Rasen herumwirbeln sollte.

»In ein paar Tagen geht es los«, fuhr Felicia fort. »Und ich werde für mindestens vier Wochen in Schottland unterwegs sein.«

Wieder passierte – nichts. Außer Lillys Juchzern, während Julia sie im Kreis herumfliegen ließ, und Leons Diskussion mit Daniel über die Vor- und Nachteile verschiedener Automarken blieb es still.

»Oh. Bist du dann etwa zu meinem Geburtstag nicht da? Das wäre aber schade!« Von der Terrassentür kam die enttäuschte Stimme ihrer Mutter.

»Wie?« Ruckartig hob Katharina den Kopf und löste den Blick von der Schale mit Weintrauben, die sie gerade heißhungrig plünderte. Seit sie wieder schwanger war, stopfte sie Unmengen an frischem Obst in sich hinein. Deshalb vermuteten alle, dass sie diesmal einen Jungen erwartete, denn bei Lilly war sie schokoladensüchtig gewesen. Katharina und Daniel wollten sich überraschen lassen und nahmen an dem allgemeinen Ratespiel nicht teil. »Stimmt das? Du bist zu Mas Geburtstag nicht da und bei den Vorbereitungen auch nicht?«

»Ich arbeite für ein Reisejournal«, erinnerte Felicia ihre Geschwister, obwohl ihr klar war, dass genau aus diesem Grund zunächst niemand die Ankündigung ihrer Schottlandreise aufregend gefunden hatte. Schließlich war sie häufig im Ausland unterwegs. »Ich kann mir die Aufträge nicht aussuchen. Und den Zeitpunkt, zu dem ein Artikel erscheint, schon gar nicht.«

»Aber ausgerechnet jetzt?« Julia kam mit der zappelnden Lilly auf dem Arm zurück auf die Terrasse. »Vielleicht könntest du …«

»Ich habe schon gefragt, ob wir die Reportage auf den Herbst verschieben können«, unterbrach Felicia ihre Schwester. »Was einigermaßen peinlich war. Irgendwie unprofessionell.«

»Was soll daran unprofessionell sein, wenn du für deine Mutter da sein willst?«, warf Leon ein und zog fragend die Brauen hoch.

»Fragt der, der es letztes Jahr kaum zur Party geschafft hat, weil er Angst hatte, nicht befördert zu werden, wenn er nicht jeden Tag Überstunden macht.« Felicia starrte ihren Bruder mit zusammengekniffenen Augen an.

»Wenn ihr euch streitet, ziehe ich es vor, an meinem Geburtstag zu verreisen. Das mit dem Fest muss nicht unbedingt sein.« Dagmar Kaufmann saß bereits am Tisch und hatte bis zu diesem Moment den Wortwechsel ihrer Kinder interessiert verfolgt. Offenbar hatte sie es aufgegeben, so zu tun, als würde sie von den Festvorbereitungen nichts mitbekommen.

»Ach, Ma, du weißt doch, wie wir sind.« Sofort war Katharina neben ihr und schlang ihr von hinten die Arme um die Schultern.

»Genau.« Dagmar lachte. »Ihr seid allesamt unglaublich liebe, verständnisvolle Menschen. Aber aus irgendeinem Grund müsst ihr euch gelegentlich streiten.«

»Wir sind eben Geschwister«, stellte Julia fest, und jetzt lachten alle zusammen.

»Sind wir!« Strahlend sah Felicia in die Runde, und in diesem Moment war es ihr egal, dass sie die einzige Dunkelhaarige unter all den blonden Familienmitgliedern war. Weder ihre Eltern noch ihre Geschwister hatten ihr jemals das Gefühl gegeben, nicht dazuzugehören. »Ich könnte in Schottland die Einladungskarten designen. Vielleicht etwas mit einer Zeichnung und mit einem Bild von Mama.«

»Mach dir keinen Stress, Kind. Ich freue mich für dich, dass du diesen tollen Auftrag hast.« Ihre Mutter deutete auf den Stuhl neben sich. »Setz dich zu mir und erzähl mir mehr davon. Setzt euch überhaupt alle, sonst wird das Essen kalt.«

»Weißt du schon, an welchem Ort du deine Reise beginnen willst?«, erkundigte sich wenig später ihr Vater, während er sich eine knusprige Hühnerbrust auf den Teller legte.

»Ja.« Felicia wunderte sich nur ein kleines bisschen über ihre entschiedene Antwort. »Ich beginne meine Reise auf der Isle of Skye und sehe mir dort unter anderem Chaleran Castle an.«

»Das klingt romantisch«, seufzte Julia und erzählte gleich darauf, dass sie wegen ihrer bevorstehenden Abschlussprüfung zur Rechtsassessorin schrecklich im Stress war.

Felicia hörte interessiert zu, äußerte ihr Mitgefühl und

wandte sich gleich darauf energisch an ihren Bruder: »Lass mir auch noch was von der Soße übrig, du Gierschlund!«

»Onkel Gierschlund«, wiederholte Lilly hingerissen.

»Du sollst meiner Tochter keine schlimmen Wörter beibringen«, tat Katharina entrüstet.

Felicia lehnte sich grinsend zurück und schaute ihrer lebhaften Familie zu, die sich stritt, gleich darauf miteinander lachte, wild durcheinanderredete und ganz nebenbei die Schüsseln auf dem Tisch leerte.

Sie war glücklich im Kreis dieser vertrauten Menschen. Wenn da auch manchmal dieses schwarze Loch war, das ihre ferne Vergangenheit darstellte. Aber angesichts all der guten Dinge, die es in ihrem Leben gab, wäre es wirklich undankbar gewesen, sich über ihr Schicksal zu beklagen.

2. Kapitel

26. Juli 2016
Highlands, Schottland

Die Fahrt vom Flughafen Inverness in das kleine Dorf Chaleran auf der Isle of Skye dauerte knapp anderthalb Stunden, wenn man dem Navi in Felicias Mietwagen glauben wollte. Da es jedoch nach einer halben Stunde schon stockfinster war, die schmalen Straßen sich in unzähligen Kurven durch die Landschaft schlängelten und es kaum Straßenlaternen gab, erschien ihr die Fahrtzeit mindestens doppelt so lang.

Immer wieder tauchten im Licht der Scheinwerfer plötzlich einzelne Felsen auf, die je nach ihrer Form wie drohende Ungeheuer oder mahnende Finger neben der Straße aus dem Boden wuchsen. Nur sehr selten führte ihr Weg sie durch ein kleines Dorf. Größere Städte gab es zwischen Inverness und der Insel Skye überhaupt nicht.

Manchmal sah sie in der Ferne helle Punkte, die sich wie Irrlichter zu bewegen schienen. Sie wusste nicht, ob das Autos waren oder Fenster, die von Autoscheinwerfern angeleuchtet wurden und durch die Dunkelheit zuckten, weil die Straße so holprig war. Die meiste Zeit fuhr sie jedoch durch die dunkle Landschaft und hatte das Gefühl, mutterseelenallein auf der Welt zu sein.

Sie drehte das Radio laut, obwohl ihr die ziemlich beliebig klingende Popmusik, die ein lokaler Sender spielte, nicht sonderlich gefiel. Dann tauchten wie aus dem Nichts nur wenige Meter vor ihr die wolligen Leiber einer Schafherde auf, sodass sie nur noch mit knapper Not bremsen konnte. Sofort schaltete sie das Radio wieder aus und ließ das Fenster ein Stück herunter. Auf diese Weise würde sie bei der nächsten überraschenden Begegnung hoffentlich rechtzeitig durch die Geräusche der Tiere gewarnt werden.

Eine Weile saß sie im stehenden Wagen und hörte zu, wie die Schafe sich zu beraten schienen, wohin die Herde sich weiterbewegen sollte. Nach rechts, nach links oder doch lieber stehen bleiben? Aufgeregt helles »Mäh« wechselte sich mit beruhigendem, tiefem Blöken ab. Waren die Schafe denn vollkommen allein unterwegs? Gab es keinen Menschen und keinen Hund, die sie begleiteten? Andererseits drohte den Tieren in dieser verlassenen Landschaft keine Gefahr, solange kein unbedarfter Autofahrer in die Herde hineinraste. Und von dieser Spezies schien sie zu dieser abendlichen Stunde weit und breit die Einzige zu sein.

Nachdem sie noch ein oder zwei Minuten gewartet hatte, tippte sie mit dem Zeigefinger vorsichtig auf die Hupe. Die Schafe debattierten noch ein bisschen lauter als vorher, rührten sich aber nicht von der Stelle.

Sie hupte energischer und länger, und tatsächlich setzten sich einige Tiere in Bewegung – die meisten blieben jedoch stehen und setzten ihre angeregte Debatte fort.

Jetzt schlug sie mit der flachen Hand auf die Hupe und ließ sie dort liegen. Zwei Minuten später war die Straße frei.

»Geht doch!«, murmelte sie vor sich hin und setzte ihre Fahrt nach Chaleran fort, um eine Erfahrung reicher, was das Überleben auf schottischen Straßen anging.

Eine kleine Ewigkeit später erreichte sie endlich die

Skye-Bridge, die sich über den Loch Alsh spannte. Die Brücke verband die Ortschaften Kyle of Lochalsh und Kyleakin, die laut Reiseführer als Handelszentren für die Region fungierten, jedoch beide weniger als eintausend Einwohner hatten. Nach deutschem Maßstab handelte es sich um kleine Dörfer, doch nach ihrer langen Fahrt durch die schottische Einsamkeit war auch Felicia geneigt, diese Ansammlungen von teilweise noch erleuchteten Häusern als stadtähnlich zu betrachten.

Ende Juli waren sicher noch einige Touristen in den Highlands unterwegs, doch um kurz vor Mitternacht war Felicia die einzige Fahrerin auf der Brücke nach Skye. Durch das heruntergelassene Fenster hörte sie unter sich die Wellen leise murmeln und nahm den frischen Geruch des Meeres wahr. Sie nahm den Fuß vom Gas und wurde immer langsamer, bis der Wagen schließlich stand. Mit einem tiefen Atemzug streckte sie den Kopf aus dem Autofenster und spürte die sanfte Meeresbrise auf den Wangen und schmeckte das Salz auf ihrer Zunge. Über ihr spannte sich schwarzblau der Himmel, in dem neben einer schmalen Mondsichel zahllose Sterne funkelten.

Obwohl Felicia nie zuvor in den schottischen Highlands gewesen war, fühlte es sich beruhigend vertraut an, diesen Himmel zu sehen, dieses Meer zu hören und diese Luft zu spüren. Sie musste noch einige Kilometer bis zu dem Dorfgasthaus fahren, in dem sie ein Zimmer reserviert hatte. Doch hier, auf dieser Brücke, überkam sie das Gefühl, sie sei auf dem Weg nach Hause und schon fast angekommen. Laut Navi waren es noch vierzehn Minuten bis nach Chaleran.

Fast genau eine Viertelstunde später huschte das Scheinwerferlicht über ein Ortsschild, auf dem sie im letzten Moment das Wort *Chaleran* entzifferte. Vor ihr lagen eine Handvoll Häuser, die sich zusammendrängten wie eine ängstliche Schafherde. Wieder hielt Felicia an, um auch diesen Moment ganz bewusst in sich aufzunehmen. Schräg links ragte vor dem Nachthimmel eine dunkle Masse auf, und nachdem sie eine Weile hingestarrt hatte, gelang es ihr, die Umrisse von Chaleran Castle zu erkennen, die sie sich während der vergangenen Tage einige Male auf dem Foto in ihrem Bildband angesehen hatte. Als sie die Augen ein wenig zusammenkniff, meinte sie, den See funkeln zu sehen, aus dem die Burg wie ein urzeitliches Wesen herauszuwachsen schien.

Wahrscheinlich hatten die Erbauer das gewaltige Gebäude aus Sicherheitsgründen auf der kleinen Insel im See errichtet. Trockenen Fußes war es nur über eine Brücke zu erreichen, die leichter zu verteidigen war, als wenn Feinde sich aus allen Himmelsrichtungen nähern konnten.

»Bei der nächsten Gelegenheit bitte wenden.«

Als Felicia die strenge Stimme aus den Lautsprechern ihres Wagens hörte, zuckte sie zusammen. Obwohl sie im Schritttempo gefahren war, hatte sie die wenigen Häuser des 200-Seelen-Dorfes Chaleran bereits hinter sich gelassen, ohne dass das Navi ihr den Weg zum *Pheasant Inn* gewiesen hätte. Immerhin wurde ihr nun freundlicherweise mitgeteilt, dass ihr Ziel bereits hinter ihr lag.

Bei Dunkelheit gestaltete sich das Wenden auf der schmalen Straße schwierig, und sie war schweißgebadet, als sie schließlich von der anderen Seite wieder ins Dorf fuhr. Die Zeichnung auf dem Display des Navis suggerierte ihr, dass sie praktisch direkt vor dem Inn stand. Doch sie konnte nichts entdecken, das auch nur entfernt an einen Gasthof erinnerte. Vielleicht war wegen der späten Stunde die Beleuchtung ausgeschaltet. Oder das *Pheasant Inn* lag in einer der wenigen Nebenstraßen, die in die Durchgangsstraße mündeten und vom Navigationsgerät aber scheinbar nicht zur Kenntnis genommen wurden.

Bei der kleinen Kirche bog sie entschlossen rechts in eine Abzweigung ein. Obwohl ihr Orientierungssinn nicht sonderlich ausgeprägt war, würde sie sich in einem Dorf, das man mit dem Auto in zwei Minuten durchqueren konnte, wohl kaum verirren.

Sie fuhr sehr langsam und betrachtete aufmerksam jedes einzelne Haus. Fast alle Fenster waren dunkel, und die wenigen Straßenlaternen brannten so schwach, dass sie mehr Licht zu verschlucken als zu verbreiten schienen.

Bei anderen Gelegenheiten hätte Felicia diese Beleuchtung sicher romantisch gefunden. Die sanften Lichtpunkte erinnerten an alte Gaslaternen in einem verschlafenen Dorf am Meer. Aber jetzt wollte sie den Gasthof finden, in dem – hoffentlich – ihr Bett auf sie wartete.

»Verdammt!«, murmelte sie vor sich hin, als sie schon wieder die letzten Häuser am Dorfrand erreichte. Vor ihr lag nun eine schmale Straße. Sie führte direkt zur Brücke, über die man die kleine Insel erreichte, auf der Chaleran Castle lag.

Ganz kurz überlegte sie, ob sie nicht einfach weiterfahren und ans Burgtor klopfen sollte. Sie hatte im Internet recherchiert und wusste, dass Chaleran Castle bewohnt war. In den dicken Mauern funkelten erstaunlich viele beleuchtete Fenster. Offenbar waren die Menschen, die dort lebten, noch wach. Und genug freie Zimmer hatten sie sicher auch. Was es wohl für ein Gefühl war, an einem Ort zu schlafen, der geschaffen worden war, um Schutz zu bieten? Es musste ein beruhigendes Gefühl sein, in einem Gemäuer zu wohnen, in dem schon viele Generationen der eigenen Familie gelebt hatten.

Sie suchte sich wieder eine geeignete Stelle zum Wenden und machte sich zu einer weiteren Runde durchs Dorf auf. Als sie ein Haus entdeckte, in dem noch mehrere Fenster erleuchtet waren, trat sie entschlossen auf die Bremse. Auch wenn es sich offenbar nicht um den Gasthof handelte, war hier zumindest noch jemand wach und konnte ihr sicher sagen, wo sie das *Pheasant Inn* fand.

Die Pforte im niedrigen Zaun stand weit offen, und der breite, gepflasterte Weg zur Haustür war rechts und links von blühenden Büschen begrenzt. Gäste wurden offenbar nicht mehr erwartet, denn die Außenbeleuchtung über der Haustür brannte nicht.

Es war inzwischen nach Mitternacht, und vieles sprach dafür, dass die Menschen im Haus beim Zubettgehen waren.

Suchend richtete Felicia ihren Blick auf eines der hell erleuchteten Fenster, konnte aber von ihrem Standort nicht erkennen, ob sich jemand im Zimmer aufhielt. Daraufhin schob sie sich zwischen zwei Büschen hindurch, um über den Rasen zu einem der Fenster zu gehen. Noch peinlicher, als im Dunkeln einen kurzen Blick in ein erleuchtetes Fenster zu werfen, wäre es ihr gewesen, fremde Menschen im Pyjama aufzuschrecken, nur weil sie nicht in der Lage war, in diesem winzigen Ort den Gasthof zu finden. Oder den Akku ihres Handys vor der Abreise aufzuladen, auf dem sie vorsorglich die Nummer ihrer Herberge gespeichert hatte ...

Das Jaulen ging ihr durch Mark und Bein. Erschrocken sprang sie zur Seite und fiel direkt in einen der blühenden Büsche, der leider auch Dornen hatte, wie sie gleich darauf feststellen musste.

Da hing sie nun also nahezu kopfüber im Busch und wagte nicht, sich zu rühren, damit die Dornen sich nicht noch tiefer und schmerzhafter in ihre Haut bohrten. Gleichzeitig musste sie befürchten, dass der Hund, den sie offenbar getreten hatte, sie im nächsten Moment biss. Jedenfalls hörte sie direkt neben sich ein ungnädiges Knurren, das gleich darauf in ein lautes Bellen überging.

»Sei ruhig«, herrschte sie das Tier an, so gut sie in ihrer misslichen Lage herrschen konnte. Sie klang wohl eher wie ein verängstigtes Kätzchen.

Gleich darauf flammte die Lampe über der Haustür auf. Zu allem Unglück schien es die hellste Außenbeleuchtung in diesem ansonsten sehr zurückhaltend mit Licht ausgestatteten Dorf zu sein. Selbst mit der Nase im Gebüsch kniff Felicia geblendet die Augen zusammen, während sie hörte, wie die Tür sich öffnete und energische Schritte auf sie zukamen. Sie konnte nur hoffen, dass der erste Bewohner Schottlands, dem sie privat begegnete, eine freundliche Seele war, ganz gleich ob es sich um einen Mann oder eine Frau handelte. Freundlicher als der hauseigene Hund zumindest, der sie immer noch so wild anbellte, dass sie nicht gewagt hätte, sich zu bewegen, selbst wenn die Dornen nicht gewesen wären.

»Was machen Sie da?« Die Stimme war angenehm tief und unüberhörbar männlich. Der Fremde besaß einen so weichen Akzent, dass sie entzückt gewesen wäre, hätte sie nicht kopfüber in einem Busch gehangen.

»Ich …« Obwohl ihr Englisch normalerweise gut war, musste sie sich konzentrieren, um einen vernünftigen Satz herauszubekommen. Aber welcher Satz war in ihrer Lage schon vernünftig? »Ich wollte bei Ihnen klingeln, um nach dem Weg zu fragen.«

»Und warum sind Sie dann nicht einfach an die Haustür gekommen?«, erkundigte die warme Stimme sich interessiert.

»Es ist ziemlich dunkel. Ich bin wohl vom Weg abgekommen.« Das hörte sich gar nicht so schlecht an. Der Hund schien allerdings nicht von ihrer Harmlosigkeit überzeugt zu sein. Er bellte immer noch so laut, dass sie gegen das Getöse anschreien musste, das er veranstaltete.

Der Mann hingegen schwieg.

»Es wäre nett, wenn Sie mir aus diesem Busch helfen würden«, bat sie schließlich demütig. »Ich hänge fest.«

Durch irgendeinen Zaubertrick brachte der Schotte den Hund zum Schweigen. Dann packte er Felicia bei den Schultern und hob sie fast senkrecht hoch, sodass die Dornen sie nicht noch mehr verletzen konnten. Allerdings knirschte der Stoff ihrer Jeans verdächtig, das war aber im Moment ihr geringstes Problem.

»Vielen Dank«, stieß sie aufatmend hervor, als ihr Retter sie behutsam auf die Füße stellte. Endlich hatte sie Gelegenheit, den Einheimischen im Licht der Außenlampe zu betrachten. Er war einen guten Kopf größer als sie, breitschultrig und trug nichts außer einem Paar Shorts aus weichem Sweatstoff.

»Oh, ich habe Sie aus dem Bett geholt. Entschuldigen Sie bitte. Ich wollte nur nach dem Weg fragen.«

Mit einer lässigen Handbewegung deutete er auf die offenstehende Haustür. »Kommen Sie erst mal rein. Wenn Sie sich an den Dornen verletzt haben, sollte ich mir das ansehen.«

»Wieso ansehen?«, stieß sie mit komisch kieksender Stimme hervor. Sie konnte unmöglich mit einem praktisch nackten Mann ins Haus gehen.

»Das sollte desinfiziert werden. Außerdem feiern die Mücken heute Nacht in meinem Haus eine rauschende Party mit meinem Blut, wenn ich nicht bald die Tür wieder zumache.«

»Ich komme schon zurecht«, behauptete sie und machte einen Schritt in Richtung ihres Autos. »Wenn Sie mir sagen, wo ich das *Pheasant Inn* finde. Dort habe ich ein Zimmer reserviert.«

»Das ist um diese Zeit längst geschlossen. Aber wenn Sie wollen, rufe ich an und sage Bescheid, dass Sie da sind. Sie sind die Journalistin, stimmt's?«

Verblüfft nickte sie. Die Wege, die Informationen in diesem Dorf zu nehmen hatten, waren offenbar kurz. Sie stolperte in einem x-beliebigen Vorgarten herum, und der Besitzer wusste sofort, wer sie war. »Kennen Sie etwa auch meinen Namen?«, erkundigte sie sich interessiert.

Sein Lachen schien aus den tiefsten Tiefen seiner breiten Brust zu kommen. »Den habe ich sicher von irgendjemandem gehört, aber ich habe ihn leider vergessen.«

Sie nickte verständnisvoll und machte keine Anstalten, seiner Erinnerung auf die Sprünge zu helfen. Als Großstadtmensch war es ihr unheimlich, wenn Fremde ihren Namen kannten.

»Jetzt kommen Sie schon rein. Ich bin Tierarzt und sollte mir die Sache mit den Dornen mal ansehen.

»Weil Sie *Tierarzt* sind?«

Er zuckte mit den nackten Schultern. »Hier im Dorf gibt es keinen Humanmediziner, und der Arzt in Kyleakin ist chronisch überlastet, erst recht im Sommer, wenn hier die Touristen herumstolpern.«

»Ich bin keine Touristin«, erinnerte sie ihn.

Er reagierte nicht, sondern wartete nur schweigend, was sie zu tun gedachte. Mittlerweile mussten tatsächlich eine Menge der laut Reiseführer auf Skye zahlreich vertretenen Mücken in seine beleuchtete Diele geflogen sein.

Felicia spürte deutlich das Brennen der Kratzer auf der Haut. Zum Glück hatten die Dornen sie nur an unverfänglichen Stellen verletzt. Der dichte Stoff ihrer Jacke und ihrer Jeans hatte größeres Unheil verhindert.

»Na gut.« Das klang, als würde sie dem freundlichen Tierarzt einen Gefallen tun. Aber sie hatte ja schließlich nicht um ärztliche Behandlung gebeten.

Stumm wandte er sich um und ging vor ihr zur offenen Haustür. Der große, schwarze Hund trottete hinter ihm her, sie folgte in einiger Entfernung. Dabei überlegte sie, ob der Schotte in der kühlen Nachtluft nicht fror – so leicht bekleidet, wie er war. Sie konnte nicht erkennen, ob er eine Gänsehaut hatte, denn sein Rücken und seine breiten Schultern lagen im Schatten. In der Diele nahm er eine Jacke von einem Garderobenhaken und warf sie sich über. Felicia atmete heimlich auf. Sie war es nicht gewohnt, sich abseits von Stränden und Swimmingpools mit halbnackten Fremden auseinandersetzen zu müssen.

Zu dritt betraten sie ein geräumiges Behandlungszimmer. Abgesehen von dem großen, quadratischen Untersuchungstisch sah man dem Zimmer nicht an, dass hier Tiere und keine Menschen behandelt wurden. In der Ecke des Zimmers stand sogar eine Untersuchungsliege, wie sie in der Praxis jedes Allgemeinmediziners zu finden war.

»Wo tut es weh?«, erkundigte der Tierarzt sich in sachlichem Ton, nachdem er sich über dem Metallbecken neben der Tür die Hände gewaschen hatte.

»Nur an den Unterarmen und am Hals.« Felicia zog die Ärmel ihrer Jacke etwas hoch und deutete dann auf die Stelle, wo sie die oberen Knöpfe offen gelassen hatte. Dabei bemerkte sie einige gezogene Fäden und Risse im Stoff, die ihr allerdings lieber waren als noch mehr brennende Kratzer auf der Haut.

Schweigend betupfte der Mediziner die geröteten Stellen mit einem Desinfektionsmittel. Anschließend erklärte er ihr, dass sie sich nun wegen möglicher Entzündungen keine Sorgen mehr machen müsse.

»Vielen Dank. Was bin ich Ihnen schuldig?«, erkundigte sie sich höflich. »Meine Tasche ist im Auto. Ich werde sofort …«

»Das gehört bei uns zur Gastfreundschaft.« Er zwinkerte ihr zu, und erst in diesem Moment bemerkte sie seine leuchtend grünen Augen. Und seine Haare … die schimmerten in einem beneidenswerten Mahagoniton, für den in Deutschland viele Frauen alles gegeben hätten. Hier in Schottland war die Kombination von roten Haaren und grünen Augen ja angeblich häufig anzutreffen.

»Sie sollten nicht kostenlos arbeiten, noch dazu außerhalb der Sprechstunde«, belehrte sie den attraktiven Tierarzt nach einer kurzen Pause. Sie fand es unangenehm, einem Fremden etwas schuldig zu sein.

»Sie wollen mir jetzt nicht ernsthaft ein Pfund fünfzig für ein bisschen Desinfektionsmittel und fünf Minuten meiner Zeit anbieten?« Er grinste sie an und ging dann zum Schreibtisch, wo er nach dem Telefonhörer griff. »Und jetzt rufe ich im Gasthaus an. Das *Pheasant Inn* liegt zwei Häuser rechts von der Kirche direkt an der Hauptstraße. Wenn die Beleuchtung eingeschaltet ist, finden Sie es problemlos. Wahrscheinlich hat dort heute niemand mehr mit Ihnen gerechnet. Sie hätten sich von unterwegs melden sollen.«

»Vielen Dank. Das hätte ich auch gern getan, aber mein Akku ist leer.« Felicia ging dicht hinter dem jungen Tierarzt zur Tür und konnte nicht umhin, dabei seine durchtrainierten Waden zu bemerken. Er trug keine Schuhe, und seine Füße waren lang und schmal.

»Vergessen Sie Ihren Hund nicht.« Grinsend deutete er auf das große schwarze Tier, das sich neben dem Behandlungstisch zusammengerollt hatte und schlief. Als hätte es bemerkt, dass die beiden Menschen es ansahen, hob es den Kopf und klopfte mit der Spitze seiner Rute auf den Boden.

Erstaunt wandte Felicia sich um. »Mein Hund? Ich dachte, das ist Ihrer. Er lag in Ihrem Vorgarten, und ich bin über ihn gestolpert.«

»Ich kenne das Tier nicht. Und er scheint überzeugt zu sein, dass er Ihnen gehört.« Tatsächlich stand der Hund auf, als wollte er gemeinsam mit ihr das Haus verlassen. Misstrauisch musterte der Schotte sie. Im Licht der Dielenbeleuchtung funkelte seine Iris smaragdgrün.

»Glauben Sie etwa, ich will den Hund loswerden?«, empörte sie sich. »Ich habe ihn noch nie gesehen!«

»Ich auch nicht«, trumpfte er auf. »Und ich kenne alle,

wirklich alle Hunde in Chaleran und den umliegenden Dörfern.« Er sah sie an, als würde er erwarten, dass sie jetzt ihre Untat zugab.

»Was soll ich sagen?« Sie zuckte mit den Achseln. »Ich bin vor ein paar Stunden mit dem Flugzeug in Inverness angekommen. Ohne Hund. Und dann bin ich mit dem Mietwagen hierhergefahren. Ebenfalls ohne Hund. Es sei denn, er lag im Auto drei Stunden unter einem Sitz und hat keinen Mucks von sich gegeben.«

»Könnte so gewesen sein.«

»Das ist nicht Ihr Ernst! Aber selbst wenn – dann gehört der Hund dem Mietwagenunternehmen und nicht mir.«

Während sie versuchten, die Besitzverhältnisse zu klären, stand der Hund so dicht neben Felicia, dass sie durch den Stoff ihrer Jeans seine Wärme spürte. Jetzt stupste er mit seiner feuchten Nase ihren Handrücken an. Hastig trat sie einen Schritt zur Seite. Der Hund rückte auf.

»Ich kann ihn wirklich nicht mitnehmen«, beteuerte sie. »Selbst wenn ich ihn in meinem Zimmer im Gasthof schlafen lassen dürfte. In ein paar Wochen kehre ich nach Deutschland zurück, und in mein Leben passt kein Hund. Genau deshalb habe ich auch keinen.«

»Wo kommt er denn her, wenn er Ihnen nicht gehört?« Immerhin schien er ihr langsam zu glauben.

»Woher soll ich das wissen? Vielleicht ist er irgendeinem Touristen weggelaufen.«

»Na ja, könnte sein. Ich werde nachsehen, ob er gechippt ist. Dann lässt sich feststellen, wo er herkommt.« Er schien immer noch höchst irritiert. Vielleicht hatten die Menschen in diesem kleinen Dorf das Gefühl, ihr Leben vollständig unter Kontrolle zu haben, weil sie alles und jeden im Umkreis von dreißig oder mehr Kilometern kannten. Dazu passte kein fremder Hund, der plötzlich im Vorgarten auftauchte.

»Sie sind Tierarzt«, erinnerte sie ihn. »Für Sie dürfte es kein Problem sein, zumindest übergangsweise einen Hund unterzubringen. Sie können ihm dann ja einen anderen Besitzer suchen, falls Sie nicht herausfinden, woher er kommt.« Sie lächelte ihm aufmunternd zu.

»Offenbar bleibt mir nichts anderes übrig.« Mit gerunzelter Stirn betrachtete er den Hund, der seinen Blick zu spüren schien und ihn ebenfalls ansah.

»Komm her«, forderte der Schotte das Tier auf.

Sofort war es an seiner Seite.

Felicia atmete auf. »Vielen Dank«, wiederholte sie. Immerhin hatte er nicht nur ihre Kratzer behandelt, sondern ihr auch den Weg zum Gasthaus beschrieben, dort angerufen und ihr schließlich, wenn auch widerstrebend, den Hund abgenommen.

»Kein Problem.« Mit gerunzelter Stirn betrachtete er den schwarzen Jagdhund.

»Sie sollten ihn behalten. Ein Tierarzt sollte ein Tier haben. Und ein Labrador passt irgendwie zu Ihnen. Das ist doch ein Labrador?«

Tatsächlich schien der Hund flexibel zu sein und beschlossen zu haben, dass der attraktive Schotte sich als Herr sehr gut eignete. Er setzte sich brav hin und machte keine Anstalten mehr, Felicia zu folgen.

»Ein Tierarzt hat den ganzen Tag Tiere um sich, da ist man manchmal ganz froh, Ruhe zu haben.« Er grinste und legt die Hand auf den Hundekopf. Allzu unglücklich schien er mit der Situation allerdings nicht zu sein. »Man könnte durchaus von einem Labrador reden, wenn da auch am Rande noch ein paar andere Rassen vertreten sind.«

»Ich bin sicher, falls sein vorheriger Besitzer nicht auftaucht, werden Sie ihn behalten«, stellte Felicia heiter fest. »Morgen werde ich Sie mit dem Hund durchs Dorf spazieren sehen, als hätten Sie ihn schon seit Jahren.«

»Wenn Sie das sagen.« Sein Grinsen wurde breiter.

»Sag ich! Eine Frage noch, weil Sie sich hier so gut auskennen ...« In der offenen Haustür drehte sie sich noch einmal um. »Es geht um Chaleran Castle. Ich habe mich gefragt, wer dort lebt und ob es möglich ist, die Bewohner zu interviewen. Falls es sich um einen schottischen Clan handelt, wäre das besonders interessant für mich. Ich schreibe für eine Reisezeitschrift und ...«

Er lachte kurz auf, presste aber die Lippen aufeinander, als er sah, wie sie die Stirn runzelte. Seine Art von Humor war für sie etwas gewöhnungsbedürftig

»Ich kenne die Eigentümer ganz gut«, erklärte er schnell. »Sind nette Leute. Wenn Sie fragen, bekommen Sie bestimmt ein Interview. Sie können sogar auf der Burg wohnen, wenn Sie möchten. Die vermieten neuerdings Zimmer an Touristen.«

»Das wäre toll.« Im Stillen gratulierte sie sich, weil sie womöglich bereits den ersten Geheimtipp für Schottlandreisende gefunden hatte. *Urlaub auf Chaleran Castle.* Zuerst einmal musste sie die Unterkunft natürlich testen. Aber sie hatte ein gutes Gefühl und sah sich schon aus einem Turmfenster weit über die spektakuläre Landschaft blicken. »Nochmals vielen Dank. Auch für den Tipp mit der Burg.«

»Gern geschehen.« Freundlich lächelnd trat er näher, um die Haustür hinter ihr zu schließen. Der Hund war dicht neben ihm. »Ich wünsche Ihnen einen wunderschönen Aufenthalt auf Skye. Wir werden uns aber sicher noch das ein oder andere Mal begegnen.«

Sie nickte und lächelte ihn an. »Wenn Sie Ihren Hund im Dorf spazieren führen.«

Erst in diesem Moment fiel ihr auf, dass sie nicht einmal wusste, wie er hieß. Aber sie hatte schließlich auch vergessen, sich vorzustellen – was daran gelegen haben könnte, dass sie kopfüber in einem Busch gehangen hatte.

»Ich bin übrigens Felicia Kaufmann«, holte sie ihr Versäumnis rasch nach.

»Finlay.« Er schüttelte ihre Hand, die sie ihm entgegenstreckte.

»Bye, Finlay.« Es gefiel ihr, dass er nur seinen Vornamen genannt hatte, und sie bedauerte ihre Förmlichkeit. Aber sie war nun mal in Deutschland aufgewachsen.

»Bye, Felicia.« Beim Lächeln tauchten in seinen Wangen Grübchen auf, wie sie jetzt erst bemerkte.

Ohne sich noch einmal umzusehen, ging sie zum Auto. Als sie den Motor startete, war die Außenbeleuchtung von Finlays Haus bereits wieder gelöscht. Wahrscheinlich war er froh, dass sie endlich verschwand, damit er zu Bett gehen konnte.

Nach seiner Beschreibung fand Felicia das *Pheasant Inn* ohne jedes Problem, zumal nun das große Fenster der Gaststube hell erleuchtet war. Im Licht eines kleinen Scheinwerfers erkannte sie außerdem das Wirtshausschild mit dem Fasan, das an einer schmiedeeisernen Stange im Wind schaukelte.

Ein Messingschild neben der Tür wiederholte den Namen des Gasthauses und informierte die Gäste darüber, dass der Inhaber oder die Inhaberin ein oder eine gewisse P. McAdams war.

Der Eingangsbereich des Gasthauses präsentierte sich genau so, wie Felicia sich ihre schottische Unterkunft vorgestellt hatte: dunkle Holzmöbel, weiß getünchte Wände und ein kunstvoll gedrechseltes Geländer an der Treppe, die zum ersten Stock führte. Beim Anblick der Wirtin verharrte sie jedoch überrascht auf der Schwelle.

Die Frau im schlichten Morgenmantel hätte man an allen möglichen Orten erwartet, aber nicht in einem verschlafenen schottischen Nest. Selbst nachdem sie offenbar aus dem Bett geholt worden war, sah sie sensationell aus. Sie hätte jederzeit auf den Laufstegen dieser Welt Furore machen können. Ihre langen, goldblonden Haare fielen in sanften Wellen auf ihre Schultern, und die Augen strahlten in einem unglaublich intensiven Blau. Ihre ungeschminkte Haut war cremeweiß und ebenso makellos wie die schlanke, hochgewachsene Figur, die unter dem dünnen Morgenmantel zu erahnen war.

Obwohl die blonde Schönheit sehr wahrscheinlich aus dem Schlaf gerissen worden war, begrüßte sie ihren späten Gast so herzlich, als hätte sie monatelang ungeduldig auf Felicias Ankunft gewartet. »Ich hoffe, Sie fühlen sich in meinem Haus wohl. Wenn Sie irgendetwas brauchen, sagen Sie es mir bitte sofort. Ich kümmere mich um alles gern persönlich. Ehrlich gesagt habe ich ohnehin nicht sonderlich viel Personal.« Sie lachte fröhlich.

»Vielen Dank, Ms McAdams. Ich bin so froh, dass ich endlich hergefunden habe«, murmelte Felicia erschöpft und wunderte sich, dass sie sich trotz ihres desolaten Zustands noch an den Namen auf dem Schild erinnerte.

Die schöne Wirtin bewies Einfühlungsvermögen, indem sie ihren Gast ohne weitere Umstände die Treppe hinauf in ihr Zimmer geleitete. Sie erkundigte sich, ob Felicia noch etwas zu essen oder zu trinken brauchte, und ließ sie schließlich allein. Felicia war viel zu müde, um jetzt auch nur ans Essen zu denken. Und eine Flasche Wasser hatte sie noch in ihrer Reisetasche.

Eine Viertelstunde später ließ sie sich mit einem wohligen Seufzer auf die Matratze sinken und zog sich das gemütliche Federbett bis zur Nasenspitze. Im selben Moment fiel sie in einen tiefen, traumlosen Schlaf.

3. Kapitel

27. Juli 2016
Chaleran, Isle of Skye, Schottland

Als Felicia in dem schmalen Bett mit den vor Frische raschelnden Bezügen erwachte, stand die Sonne schon hoch am Himmel. Sie hatte sich vor dem Zubettgehen nicht die Zeit genommen, die Gardinen zuzuziehen, zumal hier im ersten Stock niemand in ihr Zimmer sehen konnte. Dafür schaute sie direkt in einen strahlend blauen Himmel, als sie die Augen aufschlug. Über das Blau segelten ein paar eilige Wölkchen, und im Hintergrund der Postkartenidylle ragten die dunkelgrauen Mauern von Chaleran Castle empor.

Sie richtete sich in den Kissen auf, um die Burg besser sehen zu können. In den Scheiben des alten Gemäuers blitzte das Sonnenlicht, sodass die Fenster ihr zuzuzwinkern schienen wie alte Freunde. Als sie eines der Fenster fixierte, konnte sie sich fast einbilden, das Zimmer dahinter zu sehen: blankpolierte Eichenholzmöbel, Polster mit kostbaren Stickereien, einen weichen, bunten Teppich auf geschliffenen Holzdielen und ein breites Bett mitten im Raum auf einem niedrigen Podest, von dem man einen atemberaubenden Blick über den See und die Landschaft hatte.

Lächelnd schüttelte sie den Kopf und schlug die Bettdecke zurück. Manchmal ging ihre Fantasie mit ihr durch. Immerhin war es nicht unwahrscheinlich, dass die Schlafzimmer auf Chaleran Castle tatsächlich wunderschön waren. Und angesichts der Lage der Burg musste sich aus praktisch jedem Fenster ein einzigartiger Blick bieten.

Nachdem sie in dem kleinen Bad neben ihrem Zimmer eilig geduscht und sich angezogen hatte, ging sie über die schmale, gewundene Treppe nach unten. Die Wirtin hatte ihr gesagt, dass ab acht Uhr in der Gaststube ein Frühstücksbüfett bereitstand. Sie konnte nur hoffen, dass sie um diese Zeit, deutlich nach zehn Uhr, auch noch etwas zu essen bekam.

In dem großen Haus war es vollkommen still, und auf dem Weg nach unten begegnete Felicia niemandem. Auf dem ovalen Tisch vor der Theke stand noch genug Essen für ein Dutzend Gäste. Es gab Warmhalteplatten mit Rührei, Bacon, Bratwürstchen, Pfannkuchen und Potato Scones. Daneben eine kleine Käseauswahl, Joghurt, Räucherlachs, verschiedene Wurstsorten und Brot.

Erst beim Anblick dieser Köstlichkeiten bemerkte Felicia, dass sie seit mehr als sechzehn Stunden nichts gegessen hatte. Sie schwelgte in den schottischen Scones, die nicht zu Unrecht so berühmt waren, belegte sie mit Rührei oder mit Räucherlachs und stellte schließlich fest, dass beides zusammen auf den Kartoffelplätzchen am allerbesten schmeckte. Schließlich war sie so satt, dass sie nur noch einen halben Becher Joghurt schaffte.

Um nicht einfach ihr benutztes Geschirr auf dem Tisch stehenzulassen, trug sie es zum hinteren Teil der Theke in die Nähe der Küchentür.

Ein Blick auf die Uhr zeigte ihr, dass es bereits elf Uhr war. Eine gute Zeit, um ans Burgtor zu klopfen.

Sie hatte keine Ahnung, ob es erlaubt war, mit dem Auto

über die schmale Brücke zu fahren. Von ihrem Zimmerfenster aus hatte sie gesehen, dass das große Tor zum Innenhof der Burg einladend offen stand. Dennoch kam es ihr ziemlich dreist vor, als Fremde einfach dort hineinzufahren.

Wäre die Wirtin da gewesen, hätte sie sie fragen können. Allerdings schien ihr ein Spaziergang zur Burg nicht weit zu sein. Höchstens eine halbe Stunde Weg, wahrscheinlich weniger.

Für den Fall, dass sie unterwegs etwas sah oder hörte, das sie festhalten wollte, holte sie ihre Tasche samt Notizbuch und Diktiergerät aus ihrem Zimmer.

Als sie aus der Tür des Gasthauses ins Freie trat, empfing sie lebhaftes Stimmengewirr. Neugierig schaute sie sich um und erblickte in etwa fünfzig Metern Entfernung eine Ansammlung von Marktständen, an einer Stelle, wo die Straße sich zu einem kleinen Platz mit einem hohen Baum in der Mitte öffnete. Spontan ging sie darauf zu. Chaleran Castle würde auch in einer halben Stunde noch majestätisch auf der kleinen Insel im See thronen. Zuerst wollte sie sich den Markt ansehen.

Auf halbem Weg kam ihr die Wirtin des *Pheasant Inn* entgegen. Ihr langes blondes Haar trug sie nun im Nacken zu einem Knoten geschlungen, was ihrer biegsamen, schlanken Gestalt trotz der grauen Hose und der schlichten weißen Leinenbluse eine überraschende Eleganz verlieh. Selbst der mit Obst und Gemüse gefüllte Weidenkorb an ihrem Arm tat ihrem königlichen Auftritt keinen Abbruch.

Ms McAdams begrüßte Felicia mit einem freundlichen Lächeln. »Haben Sie Ihr Frühstück gefunden?«

Felicia lachte. »Ich habe Frühstück für zehn Personen gefunden. Das war doch hoffentlich nicht alles für mich?«

»Ich habe noch weitere Gäste. Ein deutsches Ehepaar und eine Gruppe aus London. Alles Langschläfer. Sie waren wahrscheinlich die Erste.« Lächelnd strich sie über die glatten, braunen Zwiebeln, die oben auf ihrem Korb lagen. »Sind Sie heute Abend zum Essen da? Es gibt Rumbledethumps.«

Auf Felicias erstaunten Blick hin fügte sie hinzu: »Eine schottische Spezialität aus Kohl, gestampften Kartoffeln und Röstzwiebeln, das Ganze mit Käse überbacken. Sollten Sie probieren.«

»Gern.« Schottisches Essen würde definitiv in einem ihrer Artikel Erwähnung finden. »Ist das der Wochenmarkt von Chaleran? Er kommt mir für zweihundert Einwohner ziemlich groß vor.« Auf dem kleinen Platz drängelten sich mindestens zwanzig Stände.

»Die Leute kommen von den Gehöften in der Umgebung und aus den umliegenden Dörfern, um hier etwas anzubieten oder einzukaufen oder beides«, erklärte Ms McAdams. Dann wünschte sie Felicia noch einen schönen Tag und ging weiter in Richtung Gasthaus, während Felicia ihren Weg zum Marktplatz fortsetzte.

Sie fand das muntere Treiben angesichts der Größe des Dörfchens höchst erstaunlich. Offenbar kam man nicht nur zum Einkaufen her, sondern nutzte die Gelegenheit, sich ein wenig Abwechslung zu verschaffen. Überall standen in lebhafte Gespräche vertiefte Grüppchen, vor allem an den Ständen, die Limonade und Sandwiches anboten.

Felicia schlenderte zwischen den Marktbuden umher, betrachtete das Obst- und Gemüseangebot und blieb schließlich vor einem Tisch mit Töpferwaren stehen. Die alte Frau, die dahintersaß, lächelte sie freundlich an und entblößte dabei erstaunlich weiße, perfekte Zähne, bei denen es sich eindeutig nicht um ein künstliches Gebiss handelte.

»Ist das alles Handarbeit?«, erkundigte sich Felicia und betrachtete die in verschiedenen Farben lasierten Schüsseln, Teller und Tassen. »Das sind wunderschöne Muster und Formen. In der Stadt würden die Leute ein Vermögen dafür bezahlen.«

»Ich weiß. Kommen immer mal wieder Leute vorbei, die mir ein Geschäft vorschlagen. Wollen meine Waren in der Stadt für mich verkaufen. Interessiert mich aber nicht. Seit ich fünfzehn bin, biete ich meine Töpferwaren feil und bin all die Jahre damit zufrieden gewesen, wenn die Leute von hier meine Tassen und Teller kaufen. Siebenundsechzig Jahre lang, wenn ich's recht überlege. Wird wohl auch die restlichen Jahre so gehen.«

Mit gerunzelter Stirn rechnete Felicia nach. »Sie sind zweiundachtzig Jahre alt?« Verblüfft musterte sie die Frau mit den dichten, grauen Haaren, die sie im Nacken mit einem breiten Band zusammengebunden hatte. Sie hätte sie höchstens auf siebzig geschätzt. Ihre dunklen Augen blitzten lebhaft, und ihre Haut zeigte nur sehr wenige Falten.

»Das Leben hier auf Skye ist gesund. Und ich kenne mich mit Kräutern aus«, verkündete die Frau mit unbewegter Miene.

»Mein Name ist Isobel«, fügte sie nach einer kurzen Pause hinzu, als wäre das die Erklärung für überhaupt alles.

»Ich heiße Felicia Kaufmann und komme aus Deutschland«, stellte Felicia sich höflich vor.

»Ich weiß.«

Offenbar wusste in diesem Dorf jeder über jeden Fremden

Bescheid, der sich hierher verirrte. Definitiv war dieses Dorf tatsächlich ein Geheimtipp – trotz der Beliebtheit, der sich die Isle of Skye bei den Touristen erfreute. Felicia konnte sich das Grinsen nicht verkneifen.

»Darf ich Ihren Stand fotografieren? Ich schreibe einen Artikel über Schottland, und Ihr Geschirr sieht wirklich zauberhaft aus.«

»Machen Sie nur. Aber ich sitze hier, wie ich hier eben sitze. Lächle nicht komisch oder so.« Isobel verschränkte die Arme vor der Brust und sah zu, wie Felicia ihre Kamera aus der Tasche holte. Dann schoss sie ein paar Fotos von dem bunten Geschirr und der todernst in die Linse blickenden Frau.

Sobald der Fotoapparat verschwunden war, zeigte Isobel wieder ihr freundliches Gesicht. »Eigentlich mag ich die Leute nicht, die alles knipsen müssen, was sie sehen. Aber du, mein Kind ... Du bist anders.«

»Warum?« Verblüfft sah Felicia die alte Frau an. Letztlich war sie auch nur eine Fremde und in ihrer Eigenschaft als Journalistin sogar eine besonders neugierige Fremde.

»Du bist nicht ganz so fremd wie die anderen Fremden«, stellte Isobel zu ihrem Erstaunen ernsthaft fest. »Wenn du willst, kannst du mich besuchen. Dann zeige ich dir meinen Kräutergarten und wie ich das Geschirr mache.«

»Das ist ... Es wäre mir eine Ehre.« Fast hätte Felicia einen Knicks vor der alten Frau gemacht.

»Du hast keinen Mann, nicht wahr?«

Verblüfft starrte Felicia die alte Frau an. »Äh, nein. Ich bin nicht verheiratet, und ich habe auch keinen Freund, aber ich verstehe nicht ...«

»Musst nur im Dorf nach dem Weg fragen«, unterbrach Isobel sie, als würde sie gar nicht verstehen, worüber sie redete. »Kann dir jeder erklären, wo ich wohne. Komm einfach irgendwann vorbei.«

Damit schien das Gespräch beendet zu sein. Eigentlich hatte Felicia vorgehabt, wenigstens eines der hübschen Geschirrteile zu kaufen, aber dazu hatte sie sicher Gelegenheit, wenn sie Isobels Töpferwerkstatt besuchte.

Ein Blick auf ihre Armbanduhr zeigte, dass es höchste Zeit für ihren Besuch auf Chaleran Castle war – wenn sie nicht unangemeldet während der Mittagszeit dort auftauchen wollte.

Mit raschen Schritten ließ sie den Marktplatz und das kleine Dorf hinter sich und ging auf Chaleran Castle zu. Ebenso wie die Brücke, die auf die Insel führte, war die schmale Straße dorthin seitlich von halbhohen Mauern begrenzt. Auf der rechten Seite des Weges reckten sich zwischen Heidepflanzen und Farn einige hohe, schmale Felsen in die Höhe. Links befand sich eine Schafweide, auf der eine Handvoll wollige Geschöpfe auf dünnen Beinen herumliefen und die kärglich wachsenden Kräuter aus dem Boden zupften. Drei Schafe hatten sich unter dem einzigen Baum weit und breit versammelt, wo sie gelangweilt herumstanden und Löcher in die Luft starrten. Ebenfalls im Schatten der Zweige lag ein Felsbrocken, der nicht ganz so hoch und so schmal wie die meisten anderen war. Er hatte eine merkwürdige, seltsam vertraute Form.

Felicia legte den Kopf auf die Seite und hätte im nächsten Moment fast laut aufgelacht. Die Form des Steins ähnelte verblüffend einer knienden Frau mit einem wie zum Gebet gesenkten Kopf. Nachdem sie den Felsen aus verschiedenen Blickwinkeln fotografiert hatte, ging sie weiter.

Auf der Brücke überholte sie ein alter, schwarzer Kombi mit einer jungen Frau am Steuer, die ihr fröhlich zuwinkte. Verblüfft winkte Felicia zurück. Wahrscheinlich hatte die Fahrerin, wer auch immer sie sein mochte, auch schon von ihr gehört.

Als Felicia wenige Minuten später durch das weit offenstehende Tor auf den Innenhof von Chaleran Castle trat, parkte der betagte Wagen vor dem Eingang des Hauptgebäudes. Sie ging die wenigen Stufen der breiten Treppe hoch, und als sie keine Klingel fand, klopfte sie an die hohe Tür aus dunklem Holz.

Drinnen tat sich nichts. Wie sollte in diesem riesigen Gebäude auch jemand ihr Klopfen hören? Sie pochte nochmals möglichst laut an die Tür, wartete kurz und drückte dann entschlossen die eiserne Klinke herunter. Tatsächlich schwang die Tür auf.

»Hallo?« Die Wände der großen Eingangshalle warfen ihre Stimme laut zurück. Ansonsten geschah nichts.

Zögernd machte sie einige Schritte über die Steinplatten auf die Treppe zu, die hinauf auf eine Empore führte.

»Hallo«, rief sie erneut.

Als wieder niemand auftauchte, zuckte sie mit den Schultern. Da die Tür nicht abgeschlossen gewesen war, schien es normal oder sogar erwünscht zu sein, dass Besucher sich auf eigene Faust auf die Suche nach jemandem machten, der ihnen weiterhelfen konnte.

»Hallo?«, kam es mit einiger Verspätung mit hoher Stimme leise zurück. »Die Chalerans sind im Westflügel«, fügte das Stimmchen nach einer kurzen Pause hinzu.

Felicia fuhr herum und sah sich einer Frau im mittleren Alter gegenüber. Sie trug Wanderschuhe, einen karierten Faltenrock, einen grünen Wollpullover, und an einem Riemen baumelte eine längliche Blechbüchse von ihrer Schulter.

»Gehören Sie zur Familie?«, erkundigte sich Felicia verblüfft und begriff im selben Augenblick, dass das eine ziemlich dumme Frage war, da sie auf Deutsch angesprochen worden war.

»Nein, nein. Ich bin Luise Herbert«, beeilte sich die Frau zu erklären, als sei sie der Hochstapelei bezichtigt worden. »Ich bin Gast hier auf der Burg. Mein Zimmer liegt dort.« Mit einer vagen Handbewegung deutete sie die Treppe hinauf.

»Wissen Sie, ob noch Gästezimmer frei sind? Ich wollte mich auch gern hier einmieten.«

Luise Herbert runzelte angestrengt die Stirn. »Ich weiß nicht«, erklärte sie schließlich. »Da ist noch der Professor, und ein Zimmer wird gerade renoviert. Am besten fragen Sie Mrs Chaleran. Meistens ist sie im Westflügel.«

»Und wie finde ich da hin?«

»Man kommt irgendwie über die Flure hin, aber da verlaufe ich mich immer. Am besten gehen Sie wieder raus, dann durchs Tor und rechts um die Ecke an der Außenmauer entlang, da ist ein Nebeneingang.« Luise Herbert zupfte nervös an ihren kinnlangen, windzerzausten aschblonden Haaren.

»Vielen Dank. Sammeln Sie Pflanzen?« Felicia deutete auf die Botanisiertrommel.

Wieder ein Schulterzucken. »Farne, Moose, Steinbrech, Heidepflanzen ... ich dachte, ich könnte ein paar seltene Exemplare finden, aber bis jetzt war noch nichts dabei. Das macht aber nichts, weil es trotzdem wunderschön hier ist, meinen Sie nicht?« Das klang unsicher, als bräuchte sie eine Bestätigung für die Schönheit der Insel.

»Sicher. Und Sie finden bestimmt auch noch ein oder zwei seltene Gewächse«, tröstete Felicia die freundliche Frau. »Wie lange bleiben Sie denn noch?«

»Das weiß ich nicht. Ich muss ja nicht wieder nach Hause. Mein Mann hat jetzt eine Neue zum Kochen und zum Wäschewaschen.« Die Art, wie sie ihre Mundwinkel beim Lachen nach unten zog, zeigte, dass sie es nicht sonderlich lustig fand, bei der Hausarbeit ersetzt worden zu sein.

»Ich bekomme genug Geld von ihm, um noch sehr lange auf Reisen zu sein. Wer weiß, vielleicht finde ich hier ja sogar einen neuen Mann. Highlander, ich sage nur Highlander.« Mit einem verhaltenen Kichern wandte die Frau sich ab und ging die Treppe zur Empore hinauf.

Felicia folgte ihrer Anweisung und verließ das Haus auf dem gleichen Weg, auf dem sie gekommen war. Sie überquerte den Innenhof und ging dann auf einem schmalen Fußweg außen um die Burganlage herum. Dabei bewunderte sie den weiten Blick über den See hinüber zu den grünen Hügeln, deren obere Hälfte trotz des sonnigen Tages von Nebelschleiern verhüllt war.

»Können Sie nicht aufpassen!«, wurde sie unvermittelt angeherrscht.

Erschrocken machte sie einen Schritt zur Seite, stolperte gegen ein Holzgeländer, das unter ihrem Gewicht wankte, und erstarrte, als sie bemerkte, dass an dieser Stelle der Felsen zum See hin etwa dreißig Meter steil abfiel.

»Offenbar sind Sie nicht nur blind, sondern auch lebensmüde! Was stolpern Sie denn hier herum? Das ist keine Touristenattraktion, sondern Privatgelände.« Jetzt war die Stimme direkt in ihrem Ohr und brachte ihr Trommelfell zum Vibrieren. Gleichzeitig wurde sie von hinten beim Jackenkragen gepackt und unsanft von dem wackligen Geländer weggezogen.

Der Mann, der sie so barsch anbrüllte, hatte blondes Haar, blaue Augen und einen dichten Bart, der einen großen Teil seines Gesichts verbarg. Er trug eine Latzhose mit zahlreichen Erdflecken und ein kariertes Hemd.

»Wenn Sie mich nicht so erschreckt hätten, wäre ich auch nicht ins Stolpern geraten«, fuhr Felicia ihn an und zog sich mit einem energischen Ruck die Jacke wieder gerade.

»Sie haben die Blumen plattgewalzt, die ich gerade gepflanzt hatte.« Er deutete auf ein etwas ramponiert wirkendes Beet direkt neben dem Weg, auf dem Heidepflänzchen mit violett schimmernden Knospen und kleine weiße Rosen blühten.

»Oh. Ich …« Spontan entschied sie, dass bei dem Ton, in dem der Kerl sie anblaffte, eine Entschuldigung fehl am Platze gewesen wäre. »Der Weg ist an dieser Stelle viel zu schmal. Vielleicht hätten Sie die Sache vorher besser durchdenken sollen.«

»Die Gartenanlage erfolgt nach historischem Vorbild. Was seit Hunderten von Jahren funktioniert, sollte auch für Sie gut genug sein, denke ich.« Sein Blick war so eisig, dass sie rasch den obersten Knopf ihrer Jacke schloss, weil sie plötzlich fröstelte.

»Ich suche den Westflügel«, erklärte sie nach einer kurzen Pause.

»Hier?« Das klang so verächtlich, als hätte sie verkündet, sie sei auf der Suche nach den auf der Insel ansässigen Feen.

»Der Eingang soll irgendwo hier sein.« Sie deutete auf die Burgmauer.

»Ebenfalls seit einigen Hundert Jahren gehen die Bewohner von Chaleran Castle ganz einfach durch den Haupteingang, um einen der Gebäudeflügel zu erreichen. Oder dachten Sie, man kämpft sich hierzulande durch Wind und Wetter, wenn man abends in sein Schlafzimmer will?« Nicht das leiseste Lächeln streifte seine unbewegte Miene. »Die Seitentür ist ohnehin nicht mehr zugänglich. Braucht ja keiner.«

Sie folgte seinem Blick und erspähte eine niedrige Holztür mit abgeblätterter grüner Farbe. Direkt davor hatte der Gärtner eine große Fläche umgegraben.

»Ist es auch historisch begründet, dass Seiteneingänge blockiert werden?«, erkundigte Felicia sich in einem schnippischen Ton, den sie gar nicht von sich selbst kannte.

»Das geschieht als kleine Abweichung von den Originalplänen auf besonderen Wunsch der Familie Chaleran, damit nicht ständig irgendwelche Touristen an die Tür hämmern.« Sein Blick ließ keinen Zweifel daran, dass er sie zu genau diesen lästigen Menschen zählte.

Wortlos wandte Felicia sich ab und kehrte zum Haupteingang zurück. Wieder traf sie in der Halle niemanden an. Auch Luise Herbert blieb verschwunden.

Da sie wusste, wo morgens die Sonne aufgegangen war, wandte sie sich in die entgegengesetzte Richtung und öffnete die Tür ganz am Ende der Halle. Sie führte auf einen breiten Flur, dem sie folgte, nachdem sie ein weiteres Mal vergeblich »Hallo?« gerufen hatte.

Der Gang war lang und gerade, und an den weiß getünchten Wänden hingen Gemälde von ernst dreinblickenden Männern und Frauen. Die meisten waren einzeln porträtiert worden, teilweise gab es jedoch auch Bilder von Paaren und ganzen Familien. Felicia blieb vor einem Gemälde stehen, das offenbar Vater und Sohn zeigte. Der Mann hatte wie beschützend den Arm um die Schultern des halbwüchsigen Jungen gelegt und sah ihn liebevoll an. In den grünen Augen des Kindes leuchtete Vertrauen.

Ebenso wie die meisten anderen Bilder in diesem Flur zeigte auch dieses einen gekonnten Pinselstrich, der auf einen begabten Maler hindeutete. Felicia, die bis vor einigen Jahren in ihrer Freizeit viel gemalt hatte, betrachte das Bild lange, bevor sie weiterging.

Nach etwa fünfzig Metern stand sie plötzlich vor einem Fenster, von dem aus sie weit über das stille Wasser des Sees bis hinüber zu den grünen Hügeln am anderen Ufer sehen konnte.

»Guten Tag. Ich bin Amelia Chaleran. Kann ich Ihnen helfen?« Obwohl die Frauenstimme sehr freundlich klang, zuckte Felicia zusammen. Die Menschen schienen hier mit Vorliebe lautlos aus dem Nichts aufzutauchen.

Die Frau, die plötzlich neben ihr am Fenster stand, sah mit ihren farbbekleksten Jeans und dem schlichten weißen T-Shirt nicht gerade so aus, wie man sich eine Burgherrin vorstellte. Doch unter dem ebenfalls mit weißen Spritzern verzierten Strohhut lugten glänzende, mahagoniefarbene Haarsträhnen hervor, die bereits von einigen wenigen Silberfäden durchzogen waren.

»Felicia Kaufmann. Entschuldigen Sie bitte, dass ich hier

einfach so herumlaufe, aber die Eingangstür war nicht abgeschlossen, und unten in der Halle habe ich niemanden angetroffen.«

»Wir lassen die Tür tagsüber absichtlich offen. Und eine Klingel gibt es nicht, weil wir sie in den meisten Räumen sowieso nicht hören würden.« Die Frau lächelte Felicia strahlend an. »Bis jetzt ist noch nie etwas gestohlen worden. Ehrlich gesagt gibt es bei uns auch nicht viel zu holen. Natürlich bekommen die Gäste Schlüssel für ihre Zimmer. Und nachts schließen wir selbstverständlich auch die Haustür ab.«

»Ich wollte fragen, ob Sie ein Zimmer für mich haben. Für einige Tage, vielleicht eine Woche?«, erläuterte Felicia ihr Anliegen.

»Gern. Wenn es Sie nicht stört, dass es noch etwas nach Farbe riecht.« Amelia Chalerans Lächeln wurde noch breiter. »Wir richten hier im Westflügel gerade zwei weitere Gästezimmer her, und eins davon ist gestern fertiggeworden.«

»Darf ich es sehen?« Unvermittelt schlug Felicias Herz schneller. Sie hatte kaum zu hoffen gewagt, dass sie tatsächlich hier wohnen konnte.

Mit großer Geste stieß die Burgherrin eine der Türen auf. »Früher haben wir die Zimmer hier selbst bewohnt. Doch die Kinder werden flügge. Während der Semesterferien begnügen sie sich mit den kleineren Räumen im ersten Stock.« Sie trat zur Seite und machte eine einladende Geste.

Felicia verharrte minutenlang bewegungslos auf der Schwelle und wagte kaum zu atmen. »Es ist wunderschön«, flüsterte sie schließlich. »Wahrscheinlich klingt es verrückt, aber es kommt mir vor, als hätte ich schon immer von einem Zimmer wie diesem geträumt.«

Die beiden großen Fenster gingen ebenfalls hinaus auf den See, nur dass hier andere Hügel am Horizont aufragten, als die, die sie eben vom Flur aus gesehen hatte. Die Sonne hatte sich für einen kurzen Moment hinter den Wolken versteckt, und oben auf den Hügeln lagen immer noch zarte Nebelschwaden, die nun wie rosig schimmernde Schleier wirkten. Auch über der Oberfläche des Sees schwebte kaum wahrnehmbarer Dunst, als wollte sich das Wasser unter einer hauchdünnen Decke verstecken.

Im Zimmer war hingegen alles kuschelig, einladend und warm: der beigefarbene Teppich auf den abgeschliffenen Holzdielen, die Kissen auf den beiden Sesseln am Fenster, die Decke auf dem Bett mit den vier Pfosten.

»Das war der Plan.« Amelia Chaleran lachte leise.

»Was meinen Sie?« Als würde sie aus einem Traum erwachen, sah Felicia die Burgherrin an.

»Wir haben das Zimmer so gestaltet, dass man sich sofort darin zu Hause fühlt und am liebsten gar nicht mehr wegwill.«

»Ich nehme es«, erklärte Felicia, nachdem sie tief durchgeatmet hatte. »Kann ich heute noch einziehen? Vielleicht nach dem Abendessen? Ich habe schon zugesagt, im *Pheasant Inn* zu essen, aber anschließend könnte ich mit dem Wagen und meinem Gepäck kommen.« Da sie das Zimmer im Gasthaus für drei Nächte gebucht hatte, würde sie zumindest die ersten beiden Übernachtungen auf Chaleran Castle aus eigener Tasche bezahlen. Das waren ihr diese Atmosphäre und der herrliche Blick wert.

»Gern.« Amelia Chaleran strahlte sie an. »Meine Tochter wird sich freuen. Isla ist ein bisschen jünger als Sie und studiert in London Germanistik und Literatur.«

Felicia nickte. »Wenn sie Lust hat, rede ich gern ein bisschen Deutsch mit ihr. Ich glaube, als ich vorhin über die Brücke kam, habe ich Ihre Tochter gesehen. Fährt sie einen schwarzen Kombi?«

»Wir fahren alle einen schwarzen Kombi, und zwar ein und denselben«, erklärte Amelia lachend. »Heutzutage leben in den Burgen Schottlands nicht unbedingt reiche Leute. Wir kommen zurecht, aber es ist teuer, so ein altes Gemäuer in Schuss zu halten. Wir bieten Führungen durch den nicht von uns bewohnten Teil des Castles an und vermieten Zimmer. Mit dem Geld, das wir damit einnehmen, halten wir die Burg instand, so gut es geht. Gerade lassen wir den Burggarten nach den historischen Plänen neu anlegen. Unser Gärtner ist mit wahrer Leidenschaft bei der Sache.«

»Ja, den habe ich schon kennengelernt«, erklärte Felicia und bemühte sich um eine ausdruckslose Miene. Wenn sie hier wohnte, würde sie einfach den Außenbereich rings um die Burg meiden.

»Mein Mann arbeitet als Steuerberater auf dem Festland, und was hier drinnen im Gebäude zu machen ist, erledige ich selbst, wenn es irgend geht. Es macht mir Spaß.« Amelia sah sich stolz in dem frisch renovierten Gästezimmer um. Offenbar hatte sie auch hier selbst Hand angelegt.

»Es ist wunderschön«, wiederholte Felicia. »Ich freue mich sehr darauf, hier zu wohnen.«

4. Kapitel

28. Juli 2016
Chaleran, Isle of Skye, Schottland

Felicia erwachte von einem dumpfen Klopfen. Mühsam öffnete sie die Augen und warf einen Blick auf ihr Handy, das sie abends auf das Nachttischchen gelegt hatte. Die Ablage war aus demselben dunklen Holz gefertigt wie das Bett mit den vier Pfosten, zwischen denen sich ein Himmel aus weißem Musselin spannte.

Es war kurz nach sechs, und durch die dichten Gardinen fiel schwaches Licht ins Zimmer. Obwohl sie kaum sechs Stunden geschlafen hatte, fühlte sich Felicia wunderbar erholt. Vielleicht lag es an dem breiten, bequemen Bett mit der kuscheligen Decke, vielleicht auch an der Ruhe, die bis zu diesem Augenblick um sie herum geherrscht hatte.

Sie stand auf und ging über den weichen Teppich zum Fenster, das einen Spaltbreit offen stand. Mit einem Ruck öffnete sie es ganz und beugte sich hinaus. Verdutzt wischte sie sich über die Augen, weil sie nichts sah – nur ein milchiges Weiß, als würde sie noch träumen und sei in diesem Traum mitten in einer dicken Wolke gelandet. Es dauerte einen Moment, bis sie begriff, dass die Burg von dichtem Nebel umgeben war, der den See, die Hügel und den Himmel vor ihren Augen verbarg.

Unter dem Fenster hörte sie immer noch das Klopfen. »Hallo?«, rief sie fragend nach unten.

»Hallo?«, kam es zurück.

Sie erkannte die Stimme sofort. Der unfreundliche Gärtner hatte offenbar schon früh am Tag seine Arbeit begonnen.

»Guten Morgen«, rief sie und schloss hastig das Fenster. Um diese Tageszeit hatte sie absolut keine Lust auf eine Unterhaltung mit dem griesgrämigen Kerl, auch wenn Amelia Chaleran seine Arbeit und seinen Einsatz noch so sehr lobte.

Felicia war aber nicht böse, dass er sie mit seiner Klopferei geweckt hatte. Im Gegenteil: Sie war ausgeschlafen und freute sich, dass sie einen langen Tag vor sich hatte. Das bedeutete viel Zeit für Recherchen, um möglichst bald ihren ersten Artikel abzugeben.

Nachdem sie geduscht und sich fertig gemacht hatte, verließ sie gegen sieben Uhr ihr Zimmer. Sie ging durch die langen, stillen Flure zum Speiseraum, den Amelia Chaleran ihr am Abend gezeigt hatte. Dort wurde den Gästen nach Amelias Aussage morgens ein üppiges schottisches Frühstück serviert, hierzulande offenbar die wichtigste Mahlzeit des Tages. Mittags und abends konnte sie sich je nach Wunsch in der kleinen Teeküche selbst etwas zubereiten, wenn sie nicht im *Pheasant Inn* oder einem anderen Restaurant essen wollte.

Felicia fragte sich, ob es zu so früher Stunde überhaupt schon Frühstück gab. Umso erstaunter war sie, als an dem großen runden Holztisch in der Mitte des Raumes bereits zwei Personen beim Essen saßen. Offenbar die beiden anderen Gäste, die Mrs Chaleran erwähnt hatte.

Luise Herbert kannte sie ja schon. Ihr gegenüber lehnte ein etwa siebzigjähriger Herr entspannt in seinem Stuhl und hielt einen Monolog, während Luise mit voller Konzentration ihr Frühstück in sich hineinschaufelte.

»Man nimmt an, dass um das Jahr 500 Fergus der Große von Irland aus das Meer überquerte und Schottlands Westküste besetzte«, dozierte der Herr mit der weißen Löwenmähne und der runden Hornbrille soeben.

»Guten Morgen«, grüßte Felicia freundlich, als er eine Pause einlegen musste, um Luft zu holen.

Streng hob er die Hand, um weitere Unterbrechungen zu verhindern. »Ich bin noch nicht fertig. Der Mythos besagt, dass Fergus das Reich Dalriadas gründete, aus dem das heutige Schottland entstand – guten Morgen.«

»Guten Morgen«, wiederholte Felicia verblüfft und stellte sich höflich vor.

»Haggat. Professor Haggat aus London, Spezialgebiet ‚Geschichte der frühen Neuzeit', aber natürlich interessiere ich mich für alle Epochen.«

»Der Herr Professor weiß allerlei Interessantes zu berichten«, bestätigte Luise Herbert freundlich und schob sich eines der kleinen Bratwürstchen in den Mund. Sie schien höchst erfreut zu sein, dass Felicia sie als Publikum für Professor Haggat entlasten konnte.

»Ich schreibe für ein Reisemagazin eine Artikelreihe über Schottland. Ein Abschnitt über schottische Geschichte wäre eine wunderbare Ergänzung«, erklärte Felicia, während sie sich ebenfalls an den Tisch setzte, auf dem mehrere Platten und Schlüsseln mit kalten und warmen Speisen standen.

»Für welche Zeitschrift sind Sie tätig?«, erkundigte der Professor sich streng.

»Für den *Traveler*«, gab Felicia willig Auskunft.

»Keine Fachliteratur«, stellte Haggat fest und verzog den Mund ein kleines bisschen, als wollte er seine Verachtung höflich verbergen – was ihm jedoch keinesfalls gelang.

»Es handelt sich um ein Magazin für Menschen mit Fernweh. Wir geben Reisetipps, beschreiben besonders lohnende Reiseziele und drucken Fotos von besonders schönen Orten.« Felicia lächelte ihn freundlich an. Auf keinen Fall würde sie sich für ihre Arbeit schämen.

»Sicher gibt es Menschen, die sich für so etwas interessieren«, stellte Haggat fest.

»Oh ja. Sonst würde das Magazin nicht gedruckt werden«, erklärte sie heiter.

»Wenn Sie über die Geschichte von Schottland schreiben wollen, sollten wir uns in Ruhe über dieses Thema unterhalten.« Haggat war offenbar entschlossen, seinen Teil zur Weiterbildung der *Traveler*-Leser beizutragen.

»Gern.« Felicia nahm sich eine Scheibe Toast und etwas Rührei.

Durch die offene Tür, die scheinbar in die Küche führte, tauchte in diesem Augenblick die junge Frau auf, die Felicia am Tag zuvor von dem schwarzen Kombi aus zugewinkt hatte. Sie hatte die gleichen rotbraunen Haare wie Amelia und auch ihre schlanke Gestalt. Zweifellos handelte es sich um ihre Tochter Isla, die mit einer Teekanne in der Hand neben Felicia trat.

»Tee oder lieber Kaffee?«, erkundigte sie sich auf Deutsch, nachdem sie freundlich einen guten Morgen gewünscht hatte.

»Tee bitte. Du sprichst sehr gut Deutsch«, lobte Felicia sie. »Deine Mutter hat mir schon erzählt, dass du Germanistik studierst.«

»Sie erzählte mir, dass du gesagt hast, du würdest mit mir Deutsch sprechen.« Isla hatte einen bezaubernden Akzent, um den Felicia sie fast beneidete. »Während der Semesterferien helfe ich hier immer, und eigentlich vergesse ich dann alles. Es wäre toll, wenn du ein bisschen mit mir üben kannst.«

»Natürlich. Dann könntest du mir vielleicht etwas über das Leben hier auf Skye und auf Chaleran Castle erzählen«, schlug Felicia vor und rührte Zucker in ihren Tee.

»Nachher fahre ich auf einem der Höfe in der Nähe Eier und Gemüse kaufen. Und ich muss nach Portree, um im Hafen frische Langusten zu besorgen. Hast du Lust mitzukommen? Allerdings fährt man nach Portree ungefähr eine Stunde, und wenn der Nebel sich nicht verzieht, siehst du unterwegs wahrscheinlich nicht viel.« Isla hatte das strahlende Lächeln ihrer Mutter geerbt, das sie ebenso wie diese höchst überraschend einsetzte. In diesem Moment erweckte sie damit den Anschein, als wäre die Aussicht, auf einer Autofahrt nichts von der Landschaft zu sehen, besonders reizvoll.

»Portree bedeutet auf Gälisch ‚Des Königs Hafen'«, trug Professor Haggat zur allgemeinen Bildung bei.

»Ich komme gern mit, Isla«, sagte Felicia hastig, bevor der Professor Gelegenheit zu weiteren Ausführungen hatte.

»Skye wird auch ‚Misty Island' genannt.« Luise kicherte in sich hinein. »Obwohl ich mich schon bei klarem Wetter immer verlaufe, wandere ich bei Nebel besonders gern über die Insel. Ich stelle mir dann immer vor, dass plötzlich ein Highlander vor mir auftaucht. Aus dem Nichts, verstehen Sie?«

»Das klingt romantisch«, stimmte Felicia höflich zu.

»Vielleicht gibt es sie ja wirklich, diese unsterblichen, starken Männer«, schwärmte Luise weiter. »Oft haben Mythen einen wahren Hintergrund.«

»Es gibt hier sicher starke Männer, wenn sie auch sehr wahrscheinlich sterblich sind.« Plötzlich musste Felicia an Finlay denken. Immerhin hatte sie Gelegenheit gehabt, seine wohlgeformten Waden zu bewundern. Ein Kilt würde ihm sicher gut stehen. Ob er den Hund behalten hatte? Vielleicht ergab sich während der gemeinsamen Autofahrt eine Gelegenheit, Isla nach dem Tierarzt aus dem Dorf zu fragen. Da hier jeder jeden zu kennen schien, wusste sie bestimmt bestens über ihn Bescheid.

Isla lachte leise vor sich hin. »Mich würde ein Highlander, der ständig mit seinem Schwert herumfuchtelt, ziemlich nervös machen.«

»Ach, mein Kind, wenn Sie erst einmal eine Ehe mit einem Mann hinter sich haben, der überall seine getragenen Socken herumliegen lässt und um Hilfe schreit, wenn er eine Kellerassel sieht, ändern Sie Ihre Meinung möglicherweise ganz flugs.« Luise nippte an ihrer Tasse.

»Möglicherweise ganz flugs«, wiederholte Isla, die sich zu freuen schien, eine neue deutsche Redewendung gelernt zu haben. »Können wir in einer halben Stunde losfahren, Felicia?«

***

Während Isla den schnaufenden alten Kombi über die schmalen Straßen der Insel steuerte, zogen sich die letzten Nebelschwaden in die Hügel zurück und schmückten sie wie die übrig gebliebenen Fetzen eines Schleiers nach dem mitternächtlichen Brauttanz.

Auf dem Bauernhof, wo Isla einige Einkäufe für ihre Mutter erledigte, schoss Felicia eine Menge Fotos. Besonders die Hühner hatten es ihr angetan, die gackernd und pickend auf einem riesigen, eingezäunten Stück Land zwischen einem halben Dutzend Schafe herumliefen. Die Vegetation war nicht gerade üppig, was die glücklichen Tiere aber nicht zu stören schien.

Als Verkaufsraum diente ein scheunenartiges Gebäude mit grob gezimmerten Holzregalen. Darin waren Kohlköpfe nach Größe sortiert sowie zahlreiche Stiegen mit Kartoffeln und mit Stroh ausgepolsterte Pappschachteln voller brauner Eier angeordnet.

Nachdem die Einkäufe auf der Ladefläche des Kombis verstaut waren, ging es weiter nach Portree.

»Da kann man direkt am Hafen frischen Fisch, Langusten und überhaupt alles kaufen, was hier im Meer gefangen wird«, erzählte Isla munter. Sie schien ihre Ausflüge nach Portree zu genießen. »Isst du gern Fisch?«

»Hm«, machte Felicia, der es leidgetan hätte, Isla ihre Freude an dem Ausflug zum Fischereihafen zu verderben. Seit sie vor fünfzehn Jahren im Biologieunterricht einen Hering hatte sezieren müssen, rührte sie keinen Fisch mehr an.

»Da«, rief sie und deutete auf ein Tal, das sich neben der Straße aufgetan hatte. Zwischen mehreren heidebewachsenen Hügeln ging es mindestens hundert Meter in die Tiefe. Vielleicht aber auch noch weiter, denn die Talsohle war nicht zu erkennen, weil dort unten der Nebel waberte wie in einem riesigen Hexenkessel. »Kannst du anhalten? Ich möchte das fotografieren.« Aufgeregt kramte Felicia in ihrem Lederbeutel nach der Kamera.

Isla bremste, und Felicia hängte sich weit aus dem Seitenfenster, um das geheimnisvolle Tal auf ein Foto zu bannen.

»Wenn du vorhast, jede Stelle zu fotografieren, wo du Nebel siehst, wirst du ziemlich viel zu tun haben«, spottete Isla gutmütig. Sie war natürlich an all die zauberhaften Ausblicke gewöhnt und konnte wahrscheinlich Felicias Entzücken nicht ganz nachvollziehen.

Beim nächsten Mal waren es drei kleine, sturmzerzauste Bäume vor einer spitzen Felsnase. Wieder hielt Isla, wieder verrenkte Felicia sich nach Kräften, um ein gutes Foto zu machen.

Es folgte eine Felsgruppe, die aussah, als hätten ein paar müde Wanderer sich zur Rast niedergelassen. Anschließend versetzte eine Schafherde Felicia in Entzücken, die gerade dabei war, gemeinsam auf einen Hügel zu steigen. Als Felicia fünf Minuten später auch noch eine malerische Steinbrücke über einem Bach entdeckte, meldete Isla Protest an.

»Wenn wir dauernd stehenbleiben, sind alle Fische verkauft, bis wir in Portree ankommen.«

»Tut mir leid. Ich weiß, dass du mich nicht zum Vergnügen durch die Gegend kutschierst. Aber vielleicht könnte ich nur noch diese Brücke ... Sie ist wirklich wunderschön.« Da Isla wortlos weiterfuhr, verrenkte Felicia den Kopf, bis das kleine Bauwerk hinter der nächsten Kurve verschwunden war.

»Tut mir leid. Aber Brücken wie die da gibt es hier an jeder Ecke. Das wirst du schon noch sehen.« Achselzuckend gab Isla Gas, vielleicht in der Hoffnung, dass Felicia bei höherem Tempo draußen nicht so viel Sehenswertes entdeckte. Gegenverkehr gab es so gut wie gar nicht, und Isla war offenbar das

Fahren auf den schmalen, gewundenen Straßen gewohnt, die woanders kaum als Feldwege durchgegangen wären.

Felicia biss sich auf die Unterlippe, weil sie gerade wieder eine wunderschöne Felsformation entdeckt hatte. Sie sagte jedoch nichts, sondern wandte tapfer den Blick ab.

»Kennst du eigentlich den Tierarzt, der unten im Dorf seine Praxis hat?«, erkundigte sie sich nach einigen Minuten und kniff angesichts einer Wiese, auf der zwischen hohen Gräsern ein paar Schafe wie große Schaumkronen standen, angestrengt die Augen zu. *Nicht hinsehen! Ich fahre morgen allein zum Fotografieren los. Es gibt viele Schafe auf Skye!*

»Den kenne ich allerdings. Du etwa auch?«, fragte Isla lachend.

»Flüchtig. Ich habe ihn bei meiner Ankunft nach dem Weg gefragt.« Sie gab sich Mühe, gleichgültig zu klingen.

»Und er hat natürlich mit dir geflirtet. Finlay flirtet mit jeder hübschen Frau.« Isla schien sich prächtig zu amüsieren.

»Keine Ahnung, ob er mit mir geflirtet hat«, behauptete Felicia. »Ich hatte andere Sorgen. Es war nach Mitternacht, und ich konnte das Gasthaus nicht finden. Ist Finlay denn eine Art ... Womanizer?« Sie konnte es nicht lassen, dem Grund für Islas Gelächter nachzugehen.

»Nein. Eigentlich ist er total in Ordnung. Er lässt sich nicht so leicht auf eine Frau ein, flirtet aber hin und wieder gern.« Wieder kicherte Isla vor sich hin.

»Mit dir auch?« Neugierig sah Felicia die junge Frau von der Seite an.

»Mit mir nicht. Natürlich nicht.« Isla schüttelte so heftig den Kopf, dass die rotbraunen Locken nur so flogen.

Bevor Felicia fragen konnte, warum Finlay zwar angeblich

mit allen hübschen Frauen flirtete, aber nicht mit der unübersehbar schönen Isla, deutete ihre Fahrerin von der Hügelkuppe, deren höchsten Punkt sie gerade erreicht hatten, nach vorn. »Da liegt Portree! Siehst du die Dächer? Und das Meer?«

Der Anblick des Meeres war auf einer Insel, auf der man erwiesenermaßen an keiner Stelle weiter als zwanzig Kilometer vom Meer entfernt war, eigentlich nicht sonderlich überraschend. Aber dennoch hielt Felicia die Luft an, als sie die Sonne auf dem Wasser funkeln sah, das aus der Entfernung wie flüssiges Gold wirkte.

Und beim Anblick der hübschen bunten Häuser musste sie dann doch noch einmal ihren Fotoapparat zücken.

Im Hafen von Portree ging Isla zielstrebig zu einem kleinen Kutter, der an der Mole vor Anker lag. Hier verkaufte ein grauhaariger Mann mit meerblauen Augen, die von einem Strahlenkranz aus zahllosen Fältchen umgeben waren, über die Reling seines Bootes hinweg Fische, deren schimmernde Leiber in großen Trögen lagen. Felicia hielt respektvoll einige Schritte Abstand und hoffte inständig, dass die Tiere nicht mehr lebten.

Der Geruch brachte sie dazu, nur noch ganz flach zu atmen, obwohl hier alle Fische garantiert fangfrisch waren. Trotz ihrer persönlichen Probleme mit der Szenerie knipste sie heftig drauflos. Für Menschen, die Fisch mochten, war das hier sicher ein interessanter Anblick.

»Guck mal! See bass!« Strahlend wandte Isla sich ihr zu und hielt einen silbrig glänzenden Fisch an der Schwanzflosse hoch. »Wie heißt der auf Deutsch?«

Felicia schluckte krampfhaft und wich automatisch einen

Schritt zurück, obwohl sie bereits in sicherer Entfernung stand. »Ich weiß nicht. Eigentlich kenne ich Fische nur als Filet.« Angesichts der Menschen, die vom Fischfang lebten, und der begeisterten Isla schien es ihr wieder nicht der richtige Zeitpunkt zu sein, ihre Abneigung gegen den Verzehr von Meeresbewohnern kundzutun.

»Wir nehmen sechs davon!« Isla wechselte ein paar Worte mit dem Fischer, der die Exemplare, die seine Kundin einzeln auswählte, in Zeitung einschlug. Nachdem Isla bezahlt hatte, legte sie ihr Fischpaket in den mitgebrachten Korb und zog ihr Smartphone hervor. »Wolfsbarsch«, erklärte sie stolz, nachdem sie kurz darauf herumgetippt hatte. »Auf Deutsch heißt der Fisch Wolfsbarsch.«

»Hm«, machte Felicia wieder und zwang sich zu einem Lächeln.

»Und jetzt die Langusten!« Isla stürmte an der Hafenkante entlang auf einen anderen Kutter zu.

Langusten hatte Felicia noch nie probiert. Schließlich kamen sie wie Fische aus dem Wasser. Sie warf einen Blick in den großen Korb hinter der Reling und konnte nur mit Mühe ihr Erschaudern verbergen. Da wimmelte es von riesigen käferähnlichen Tieren, die noch dazu so etwas wie lange Antennen an den Köpfen hatten. Aus der Nähe hatte sie diese Delikatesse noch nie gesehen, und in Zukunft würde sie es auch weiterhin so halten.

Nachdem Isla einige Langusten ausgewählt hatte, die sie einzeln stolz vor die Kamera der in rascher Abfolge erschaudernden Felicia hielt, wurden die Einkäufe hinten im Wagen verstaut. Dann ging es zurück in Richtung Chaleran. Zu ihrem Erstaunen fand Felicia das salzige Meeresaroma, das die Fische und Langusten im Wagen verströmten, nicht einmal unangenehm. Außerdem war sie sofort wieder von den wunderbaren Landschaften abgelenkt, die sich hinter jeder Kurve darboten.

»Dahinten wohnt Lady McClamond.« Isla deutete auf ein weitläufiges Herrenhaus, das auf einem niedrigen Hügel thronte, dessen Hänge mit einigen Blumenbeeten, niedrigen Büschen und weiten Rasenflächen wie ein weitläufiger Park gestaltet waren. »Ihr verstorbener Mann war mit meinem Vater befreundet, und seit sie allein lebt, kümmern wir uns ein bisschen um sie. Momentan kann sie das Haus nicht verlassen, weil sie sich ein Bein gebrochen hat. Ein Teil unserer Einkäufe ist für sie.«

»Sie lebt ganz allein in diesem riesigen Haus? Das hat doch mindestens zwanzig Zimmer.« Während Isla den Wagen eine geschwungene Auffahrt entlangsteuerte, betrachtete Felicia erstaunt das langgestreckte Gebäude, das wie ein englischer Landsitz wirkte.

»Na ja, ein bisschen ist es wie auf Chaleran Castle. Die meisten Zimmer sind nicht mehr wirklich bewohnbar. Ich fürchte, Lady McClamond hätte nicht das Geld, sie zu renovieren, selbst wenn sie wollte. Sonst könnte sie überlegen, ob sie wie wir Gästezimmer vermieten will. Doch das ist wahrscheinlich nichts für sie. Ich meine, Gäste im Haus.«

»Aber sie muss doch so was wie Personal haben. Das kann sie unmöglich alles allein in Ordnung halten.« Aus der Nähe erkannte Felicia, wie heruntergekommen das Gebäude war. Der Putz blätterte ab, die Büsche neben der Auffahrt benötigten dringend einen Schnitt, und die Stufen zur Haustür waren rissig und ausgetreten.

»Eine Frau aus dem Dorf kommt ab und zu zum Putzen, und wenn Scott zwischendurch ein bisschen Zeit hat, kümmert er sich um den Park, obwohl sie ihm sicher nur sehr wenig bezahlen kann. Aber natürlich kann er in ein paar Stunden im Monat auf dem riesigen Grundstück nicht viel ausrichten.«

Isla bremste vor der Freitreppe, sprang aus dem Wagen, holte von der Ladefläche einen Korb, in dem sie offenbar die für Lady McClamond bestimmten Lebensmittel verstaut hatte, und eilte im Laufschritt die Treppe zur Haustür hoch, ohne den Wagen abzuschließen.

Eilig schloss Felicia die Ladeklappe. Es widerstrebte ihr, das bis unters Dach mit Lebensmitteln gefüllte Auto so offen herumstehen zu lassen. Anschließend hatte sie Mühe, Isla einzuholen, die bereits oben vor der Haustür stand. Vollkommen selbstverständlich zog sie einen Schlüssel aus ihrer Jackentasche und öffnete damit die Tür, deren ehemals schwarzer Lack sich im Laufe der Jahre in ein undefinierbares Graubraun verwandelt hatte, das nur noch an wenigen Stellen dunkel glänzte.

»Lady McClamond ist oben«, erklärte Isla, als sie in einer Eingangshalle standen, die mindestens so groß wie die von Chaleran Castle war. Allerdings gab es hier ein buntes Sammelsurium der unterschiedlichsten Schränke und Kommoden, die teilweise so vollgestopft waren, dass die Türen halb offen standen. »Sie meint, man müsste alles aufheben, was man vielleicht irgendwann noch mal gebrauchen kann«, sagte Isla in selbstverständlichem Ton, als sie Felicias erstaunten Blick bemerkte. Die Herrin dieses Hauses war eben so, und das akzeptierte man offenbar ohne Wenn und Aber.

»Momentan kann sie nicht an die Sachen heran, sonst sortiert sie öfter mal um.« Zwei Stufen auf einmal nehmend, lief Isla mit ihrem vollen Korb die breite Treppe hinauf.

»Ich warte besser hier unten. Vielleicht stört es Lady McClamond, wenn ich einfach mitkomme. Immerhin ist sie krank.« Felicia sah sich nach einer Sitzgelegenheit um, doch in der großen Halle gab es nur Möbel, die der Aufbewahrung dienten. Auf Besucher schien man hier nicht eingerichtet zu sein.

»Die Lady lässt sich von niemandem stören. Ich dachte, du willst möglichst viele echte Schotten kennenlernen, über die du schreiben kannst«, rief Isla ihr über die Schulter zu, ohne stehen zu bleiben.

»Normalerweise frage ich, wann es den Leuten passt«, murmelte Felicia vor sich hin, während sie, ebenfalls im Eiltempo, die Treppe hinter sich brachte.

Isla war bereits einen breiten Flur entlanggeeilt, an dessen Ende sich eine breite Glastür zu einem Balkon befand, wie Felicia feststellte, als sie dort ankam. Zögernd trat sie hinter Isla hinaus in den Sonnenschein.

»Guten Tag, Lady McClamond. Mein Name ist Felicia Kaufmann. Ich hoffe, ich störe nicht«, sagte sie höflich zu der Dame mit den pechschwarzen, im Nacken zu einem Knoten geschlungenen Haaren. Sie saß kerzengerade in einem zerschlissenen Lehnstuhl und blickte über die steinerne Brüstung hinunter auf ihren Besitz. Ihr rechtes Bein steckte in einer dicken, weißen Plastikschiene, die einen merkwürdigen Kontrast zu dem elegant geschnittenen schwarzen Kleid und dem hochhackigen Schuh bildete, den sie an ihrem gesunden Fuß trug.

Neben ihr auf dem Boden lag ein brauner Jagdhund, der sich für die Gäste nicht im Mindesten zu interessieren schien. Als Felicia in der Balkontür auftauchte, hob er nur kurz den Kopf und ließ ihn sofort wieder auf seine ausgestreckten Vorderpfoten sinken.

Die Lady winkte Felicia lässig mit einer Hand zu, sagte aber nichts. Tatsächlich schien sie nicht gewillt zu sein, sich von einem unerwarteten Gast stören oder gar aus der Ruhe bringen zu lassen.

Isla hatte bereits ihren gefüllten Korb auf einen niedrigen Tisch neben dem Lehnstuhl gestellt. Sie fing an, die Einkäufe einen nach dem anderen herauszuheben, Lady McClamond zu zeigen und wieder zurückzulegen. Die Lady nickte jeweils huldvoll. Es schien sich um ein schon häufig geübtes Ritual zu handeln.

Felicia kam sich überflüssig vor und entfernte sich auf dem großen Balkon ein paar Schritte von den beiden, um von hier aus die Landschaft rings um das große Haus zu bewundern. Als es direkt neben ihr knallte, fuhr sie erschrocken herum.

Die Lady hielt plötzlich ein Gewehr in den Händen und zielte über die Brüstung hinunter in den weitläufigen Park. Dabei blickte sie mit dem rechten Auge starr über den Gewehrlauf nach vorn, während sie das linke fest zugekniffen hatte.

Der zweite Knall erschreckte Felicia nicht ganz so sehr. Zumal Isla vollkommen ruhig dastand und das Geschehen interessiert verfolgte. Der Hund hatte den Kopf gehoben und starrte seiner Herrin angespannt ins Gesicht, als würde er einen Befehl erwarten.

Ein oder zwei Minuten verharrten alle Anwesenden in atemloser Spannung, dann lehnte Lady McClamond das Gewehr neben sich an die Armlehne des Sessels. »Kaninchen. Leider verfehlt«, erklärte sie wortkarg, als sei es die selbstverständlichste Sache der Welt, von einem Balkon herab in der Gegend herumzuballern. Mit einem Seufzer legte ihr Hund den Kopf wieder auf seine Pfoten, und Isla hielt ihr zur Begutachtung eine Languste hin, als sei nichts geschehen.

»Sie kommen aus Deutschland«, wandte Lady McClamond sich an Felicia, nachdem sie die Languste abgenickt hatte. Selbstverständlich wusste auch sie genau über den neuen Gast im Dorf Bescheid.

»Ja, ich schreibe für ein Reisemagazin eine Artikelreihe über die Isle of Skye und ihre Bewohner. Es wäre sehr freundlich, wenn Sie mir ein Interview geben würden.«

Die Lady lachte fröhlich. »Macht sich bestimmt gut, in einem Artikel über die seltsamen Schotten. Die verarmte Adlige, die sich ihr Abendessen von der Balkonbrüstung aus schießt, weil sie sich bei der Jagd das Bein gebrochen hat.«

»Um so etwas geht es mir nicht«, wehrte Felicia hastig ab. »Ich interessiere mich für Ihre Familiengeschichte, Ihre Traditionen und dergleichen.«

»Dann verstehen Sie nichts davon, wie man einen Text interessant macht«, beschied die Schottin ihr in heiterem Ton. »Fragen Sie in zwei oder drei Tagen mal nach. Falls Sie dann noch auf der Insel sind. Vielleicht habe ich dann Zeit und Lust, mit Ihnen zu sprechen, heute muss ich noch meinen Roman zu Ende lesen.« Sie deutete auf ein dickes Taschenbuch, auf dessen Cover ein gebräunter Schönling mit bis zur Taille offenem Hemd sich über das entblößte Dekolleté einer blonden Frau beugte, die in Erwartung seines heißblütigen Kusses bereits die Augen geschlossen hatte. Die schießwütige Lady las Nackenbeißer! Erneut war Felicia sprachlos.

»Ich werde noch da sein, und ich komme vorbei«, beteuerte sie eilig.

»Allerdings erwarte ich, dass Sie mich im Gegenzug mit ein oder zwei saftigen Klatschgeschichten aus dem Dorf belohnen.« Lady McClamond zwinkerte ihr zu.

Isla lachte amüsiert, und Felicia behielt die Bemerkung für sich, dass sie als Journalistin zu einer gewissen Diskretion verpflichtet war.

»Weißt du wenigstens inzwischen, wann dein Bruder seine Reise antreten wird?«, erkundigte die Lady sich nach einer kurzen Pause bei Isla.

»Ich weiß nichts von einer Reise«, erwiderte Isla mit harmloser Miene und funkelnden Augen.

»Ich bitte dich! Du kennst die Familientradition. Er wäre der erste Chaleran, der sich nicht daran hält. Und immerhin geht er mittlerweile auf die dreißig zu.«

»Nun ja.« Isla legte das weiße Leinentuch über den Korb. »Solche Traditionen sind vielleicht heutzutage nicht mehr so sinnvoll wie früher.«

»Traditionen hatten stets ihren Sinn und haben ihn auch heute noch«, beharrte die Lady und beugte sich vor, um ihrem Hund den Kopf zu streicheln.

»Ich weiß nicht. Wieso müssen dann die Töchter nicht auf Reisen gehen?« Achselzuckend nahm Isla den Korb und trug ihn zur Tür. »Ich würde es sofort machen.«

»Uns Frauen stehen andere Prüfungen bevor, das wirst du schon noch herausfinden«, erklärte die Lady energisch.

»Ich stelle die Sachen wie immer unten in die Speisekammer.« Um Islas Lippen spielte ein leises Lächeln.

Obwohl Felicia nicht wusste, um welche Tradition es ging, war ihr klar, dass Isla die Einstellung der Lady für nicht sonderlich zeitgemäß hielt.

»Speisekammer ist gut. Clara kommt heute Abend. Sie kann mir die Languste zubereiten, der Rest der Lebensmittel reicht dann bis Freitag. Vielen Dank, mein Kind. Deine Mutter soll mir wie immer am Monatsende eine Rechnung schicken.«

Während sie nebeneinander die Treppe hinuntergingen, sah Isla auf ihre Armbanduhr. »Ma wird schon auf mich warten. Wir wollen heute Nachmittag das zweite Gästezimmer im Westflügel fertig machen. Es müssen nur noch die Türrahmen gestrichen und ein paar Bilder aufgehängt werden. Du könntest die Zeit nutzen, um in der Umgebung Fotos zu schießen.«

Felicia musste angesichts des diskreten Hinweises schmunzeln. »Keine Sorge. Ich werde dich auf den letzten Metern nicht wieder ständig bitten anzuhalten, damit ich fotografieren kann.«

Im Erdgeschoss ging Isla schnurstracks in eine riesige Küche, in deren Hintergrund sie eine weitere Tür öffnete, die in eine fensterlose Speisekammer führte. Felicia blieb abwartend neben dem sechsflammigen Gasherd stehen.

»Heute Abend musst du unbedingt mit uns essen. Dann lernst du meinen Vater kennen. Mein Bruder Colin wird auch da sein. Es ist sozusagen sein Begrüßungsessen. Er hat seine letzten Klausuren hinter sich und kommt für ein paar Tage nach Chaleran. Wenn er da ist, ist endlich wieder Leben in der Burg. Wir müssen aber beide bald schon wieder nach Inverness, um an der Uni die Vortests für die Sommerkurse zu machen.«

Nachdem sie eine Weile in der Speisekammer herumrumort hatte, tauchte Isla mit dem leeren Korb wieder auf und hakte Felicia freundschaftlich unter, während sie zum Auto zurückgingen. »Wir essen gegen sieben.«

»Vielen Dank. Ich komme gern.« Tatsächlich freute Felicia sich auf ein Essen im Kreis der freundlichen Chalerans. Vielleicht konnte sie dabei die ersten Informationen für einen Artikel über schottische Clans sammeln.

Erst als sie sich wenige Minuten später mit dem Wagen Chaleran Castle näherten, fiel ihr ein, dass es mit großer Wahrscheinlichkeit zum Abendessen Fisch geben würde. Oder Langusten. Möglicherweise beides. Aber jetzt konnte sie die Einladung nicht mehr ablehnen. Was sie auch gar nicht wollte. An ein bisschen fangfrischem Fisch war schließlich noch niemand gestorben.

5. Kapitel

28. Juli 2016
Chaleran, Isle of Skye, Schottland

»Hast du in Deutschland einen Freund?« Islas Augen blitzten neugierig, während sie Felicia die Platte mit den gebratenen Wolfsbarschen hinhielt. Die Fische glotzten sie aus runden, starren Augen an. Erschaudernd wandte sie den Kopf ab, meinte aber immer noch, den anklagenden Blick aus zahlreichen Fischaugen zu spüren.

»Nee, nicht mehr. Ich habe mich vor einem guten halben Jahr von ihm getrennt«, stieß sie hervor und sah über die Platte hinweg Isla an, deren Augen im Gegensatz zu denen der Fische lebendig funkelten.

»Nimm dir«, forderte Isla sie auf und hielt die ovale Porzellanplatte mit den toten Fischen noch dichter vor Felicias Gesicht.

»Eigentlich ...«, fing Felicia an. ... *bin ich noch von meiner letzten Mahlzeit satt. ... ist mir sowieso schon schlecht. ... kann ich Fisch nicht ausstehen.*

Die verschiedensten Bemerkungen, mit denen sie es hätte vermeiden können, einen der Fische auf ihren Teller zu legen, huschten durch ihren Kopf. Aber irgendwie brachte sie angesichts der gastfreundlichen Chalerans und der glücklich strahlenden Isla keine davon heraus.

Aus dem Augenwinkel schielte sie den Wolfsbarsch an, der ganz vorn auf dem Porzellan lag, griff nach dem Vorlegebesteck und hievte ihn auf ihren Teller. Obwohl sie keine Ahnung hatte, was sie dort damit anfangen sollte. Essen kam jedenfalls nicht infrage, auch wenn sie vor ein paar Stunden noch geglaubt hatte, hier auf Skye könne sie ihre langjährigen Ernährungsgewohnheiten einfach mal so ändern.

Hätte es sich um ein Fischfilet gehandelt, möglicherweise sogar paniert, hätte sie vielleicht sogar ein oder zwei Bissen probiert und versucht, den Rest unter dem Gemüse zu verstecken. Vor ihr lag jedoch ein ganzer Fisch mit Kopf und Schwanz und Flossen. Und weit aufgerissenen Augen – was definitiv das Schlimmste war. Sie fühlte sich fast wie vor fünfzehn Jahren, als ihre Biologielehrerin sie gezwungen hatte, einen bereits ziemlich übelriechenden Hering zu sezieren. Was damit endete, dass sie sich angesichts der Innereien über dem aufgeschnittenen Fisch übergab, der ihr trotz seines desolaten Zustands interessiert beim Würgen zuzusehen schien.

»Du bist ganz blass«, stellte Isla mitleidig fest. »Es tut mir leid, dass ich gefragt habe.«

»Bei diesem Thema ist meine Schwester verloren.« Colin, Islas jüngerer Bruder, der Felicia ebenso freundlich begrüßt hatte wie der Rest der Familie, schüttelte mit gespieltem Tadel den Kopf. »Sie kann das Wort Liebeskummer nicht mal buchstabieren. Isla ver- und entliebt sich innerhalb von zwei bis drei Wochen. Und das praktisch jeden Monat.«

»Spinner!« Isla warf ihrem Bruder ein Stückchen Brot an den Kopf, was Ian Chaleran, den Vater der Geschwister, zum Lachen brachte, während Amelia die Brauen hochzog.

»Hey! Könnt ihr bitte aufhören, euch mit Essen zu bewerfen. Es ist immer eine ernste Sache, wenn eine Beziehung in die Brüche geht.«

»Ich bin nicht mehr traurig wegen der Trennung«, erklärte Felicia hastig. »Schließlich war ich diejenige, die sie wollte. Mein Exfreund ...« Sie zögerte, weil sie normalerweise nicht mit Fremden über ihre persönlichen Angelegenheiten sprach. »Phillip wollte mehr als ich. Zusammenziehen, heiraten, möglichst bald Kinder. Dazu war ich noch nicht bereit.« Unauffällig schob sie eine der gerösteten Kartoffeln über das glotzende Auge des Wolfsbarschs.

»Wenn der Richtige kommt, wirst du es merken. Und dann ist es nicht das geringste Problem, mit ihm zusammenzuleben«, erklärte Amelia in entschiedenem Ton.

»Möglicherweise.« Felicia zuckte mit den Schultern. Sie behielt für sich, dass sie bisher mit genau fünf Männern eine feste Beziehung gehabt hatte, die allesamt irgendwann mit ihr zusammenziehen wollten, was unweigerlich der Anfang vom Ende gewesen war. Weil sie jedes Mal die Flucht ergriffen hatte. Da sie wohl nie erfahren würde, woher sie stammte und wer sie zur Welt gebracht hatte, war es vielleicht nur folgerichtig, dass sie nicht in der Lage war, sich an einen Mann zu binden. Ob es ihr beim »Richtigen«, falls es so etwas überhaupt gab, gelingen würde, bezweifelte sie in manchen Momenten heftig. Sie war sich ihrer selbst ja noch nicht mal sicher, wie sollte sie dann sicher sein, ob sie einem Mann vertrauen konnte?

Nachdenklich spießte sie ein Möhrenstückchen auf die Gabel und betrachtete das noch unbenutzte Gedeck neben sich. Offenbar wurde noch ein weiterer Gast erwartet, der sich aber verspätet hatte. Sie hoffte, dass dieser Gast möglichst viel Aufmerksamkeit auf sich ziehen würde, sodass es ihr irgendwie gelingen könnte, den Fisch zumindest teilweise loszuwerden — wenn sie auch noch keine Ahnung hatte, wie sie das anstellen sollte. Nicht weit von ihr entfernt stand ein Teller für die Gräten, die bei dieser Art der Zubereitung zuhauf anfielen. Allerdings konnte sie wohl kaum ihren vollständigen Wolfsbarsch auf diese Weise entsorgen.

Während sie krampfhaft über eine Lösung für ihr Problem nachdachte, öffnete sich die Tür, und ein großer, schwarzer Hund stürmte herein. Er lief hechelnd einmal um den Tisch herum, blieb neben Felicia stehe, stupste sie mit der Nase gegen das Knie und ließ sich dann brav neben ihr nieder.

»Dich kenn ich doch.« Verblüfft betrachtete sie den Labradormischling, der ihren Blick erwiderte und dabei die Lefzen zurückzog, als würde er sie angrinsen. Als sie den Kopf hob, sah sie in ein lächelndes Männergesicht.

»So sieht man sich wieder.« Auch seine Augen strahlten sie an, und er sah noch besser aus, als sie ihn in Erinnerung gehabt hatte.

»Hallo, Finlay.« Bevor sie diese Worte sagen konnte, musste sie sich leider mehrmals räuspern, was der angestrebten Coolness einiges an Überzeugungskraft nahm.

Er zwinkerte ihr zu, als würden sie ein schmutziges Geheimnis teilen.

»Entschuldigt bitte, dass ich zu spät komme, es gab noch einen Notfall mit den Schafen der Clearys.« Als wären die anderen am Tisch gar nicht da, sah er nur sie an, während er sprach. Bevor er sich neben ihr vor dem überzähligen Gedeck niederließ, reichte er ihr die Hand. Sein Händedruck war warm und kräftig, und sie meinte seine Finger noch zu fühlen, als er sie schon längst wieder losgelassen hatte.

»Ihr kennt euch?« Verblüfft schaute Amelia zwischen ihnen beiden hin und her.

»Das hier ist ein Dorf«, bemerkte Finlay lächelnd. »Tatsächlich glaube ich, dass ich Felicia vor allen anderen in Chaleran kennengelernt habe. Sie ist die Frau, die dafür gesorgt hat, dass ich nur noch mit einem Vierbeiner im Schlepptau herumlaufe.« Er deutete auf den Jagdhund neben seinen Füßen.

»Ach, sie ist die Fremde, die nach dem Weg gefragt hat und dir den Hund daließ.« Als würde ihr in diesem Moment ein Licht aufgehen, hob Amelia den Finger. »Finlay war heute Nachmittag kurz hier, um uns seinen neuen Hund zu zeigen, und sprach von einer Touristin, die um Mitternacht in seinem Vorgarten in einen Busch gefallen ist. Ich dachte nicht, dass Sie das waren.« Sie konnte sich ein kurzes Grinsen nicht verkneifen.

Zu ihrem eigenen Erstaunen wurde Felicia nicht einmal verlegen. Sie lachte nur. »Meine ersten Stunden auf der Insel waren ziemlich aufregend.«

»Ich wusste seit meinem Ausflug mit Felicia zumindest, dass sie und Finlay sich schon mal begegnet sind«, bemerkte Isla kichernd und schob Finlay die ovale Platte hin, auf der noch zwei Fische mit leeren Augen an die Decke starrten. »Aber ich habe dichtgehalten. Felicia hatte nämlich keine Ahnung, dass Finlay mein Bruder ist, und ich wollte gern ihr Gesicht sehen, wenn er heute Abend hier auftaucht.«

Als hätte sie einen großen Coup gelandet, sah Isla sich triumphierend am Tisch um. »Du hast Eindruck hinterlassen, Bruderherz«, wandte sie sich dann direkt an Finlay. »Sie hat sich bei mir nach dem Tierarzt von Chaleran erkundigt.«

»Aber das war doch nur ...« Entsetzt spürte Felicia, dass ihre Wangen nun doch vor Verlegenheit brannten. Schon immer hatte sie es tunlichst vermieden, Interesse an einem Mann zu zeigen, bevor dieser deutlich gemacht hatte, dass er sie gern näher kennenlernen wollte.

Ohnehin dachte sie nicht im Traum daran, sich hier in Schottland zu verlieben. Das konnte nur zu Komplikationen führen. Schließlich würde sie nur vier Wochen bleiben.

»Ich habe nur nach Finlay gefragt, weil ich mir Sorgen um den Hund machte«, erklärte sie hastig in die erwartungsvolle Stille am Tisch hinein. »Hast du schon etwas über den Besitzer in Erfahrung bringen können?«

»Zunächst mal habe ich in Erfahrung gebracht, dass sie eine Hündin ist«, erklärte Finlay, während er nach der Gemüseschüssel griff. »Sie ist gechippt und gehört laut Register einem Mister Sloan Smith. Dieser Mister Smith ist jedoch vor zwei Wochen verstorben.«

»Ach, das arme Tier. Dann war sie auf der Suche nach einem neuen Herrn. Wie klug von ihr, sich in deinen Vorgarten zu legen.« Felicia zwinkerte dem Mann neben sich zu.

Er ging nicht auf ihre Bemerkung ein, sondern verkündete: »Es bleibt jedoch ein großes Rätsel, warum sie sich ihren neuen Besitzer in mehr als fünfzig Kilometern Entfernung von ihrem bisherigen Heimatort gesucht hat.«

»Ist sie etwa doch in meinem Mietwagen mitgefahren, und ich habe nichts bemerkt?« Erschrocken betrachtete Felicia die Hündin auf dem Boden.

Finlay schüttelte den Kopf. »Falsche Richtung. Entweder ist sie die ganze Strecke gelaufen, oder sie hat eine Mitfahrgelegenheit gefunden. Wer weiß, ob ich das jemals erfahre.«

»Jedenfalls hast du dich entschlossen, sie zu behalten. Das freut mich.« Felicia nickte zufrieden.

»Der Entschluss ging von ihr aus. Eigentlich hatte einer der Jäger im Dorf Interesse an ihr. Er meinte, sie würde sich für die Entenjagd eignen. Aber sie weigerte sich, bei ihm zu bleiben. Beim ersten Versuch saß sie nach einer halben Stunde wieder vor meiner Tür, beim zweiten Mal brauchte sie nur zehn Minuten. Obwohl Liam sie eingesperrt und festgebunden hatte. Keine Ahnung, wie sie das macht.« Finlay rollte mit den Augen, während er sich Gemüse auf den Teller schaufelte.

Felicia war jedoch klar, dass die Entschlossenheit der Hündin, bei ihm zu bleiben, ihn rührte, denn in seinen Mundwinkeln nistete sich ein winziges Lächeln ein.

»Die Hundedame ist in dich verliebt. Und sie ist nicht die Einzige in diesem Dorf«, erklärte Isla trocken. Offenbar liebte sie es, ihren großen Bruder zu necken.

Finlay ignorierte die Bemerkung seiner Schwester und konzentrierte sich darauf, seinen Fisch zu zerlegen. Schaudernd wandte Felicia den Blick ab.

»Unser Ältester ist eine begehrte Partie.« Stolz lächelte Amelia in die Runde, bevor sie ihr Glas hob und am Wein nippte, als wollte sie auf die Beliebtheit ihres Sohnes trinken.

Finlay reagierte nicht. Offenbar war er Bemerkungen zu diesem Thema gewöhnt. Vielleicht gefielen sie ihm auch. Sehr wahrscheinlich gefielen sie ihm. Welcher Mann hörte nicht gern, dass sämtliche Frauen auf ihn standen?

»Wie heißt sie denn? Oder hast du ihr noch keinen Namen gegeben?«, wechselte Isla das Thema.

Finlay zögerte kurz. »Ich nenne sie Poppy«, sagte er dann und schob sich die erste Gabel voll Fisch in den Mund.

Zu Felicias Überraschung brach daraufhin am Tisch lautes Gelächter los. Ian Chaleran war der Einzige, der sich nicht vor Lachen krümmte – was möglicherweise daran lag, dass er ein sehr zurückhaltender Mensch war, soweit Felicia das bisher beurteilen konnte. Doch selbst um seinen Mund zuckte ein Lächeln.

»Ist übrigens gut, der Wolfsbarsch«, erklärte Finlay mit todernster Miene, was seine Familie seltsamerweise noch mehr zum Lachen brachte.

»Jetzt tut er so, als wäre es die normalste Sache der Welt, dass er seine Hündin Poppy nennt. Ausgerechnet Poppy!« Mit der blütenweißen Leinenserviette wischte sich Isla die Lachtränen aus den Augen.

Soweit Felicia informiert war, handelte es sich um einen verbreiteten Frauennamen im englischsprachigen Raum. Zwar bedeutete Poppy so etwas wie Mohnblume, aber so schrecklich lustig fand sie das nun auch wieder nicht.

»Meinst du, es ärgert sie, wenn sie davon erfährt? Früher oder später wird sie hören, wie du deinen Hund mit ihrem Namen rufst.« Colin hatte sich als Erster von seinem Lachkrampf erholt.

»Ist mir egal. Ich finde, es ist ein perfekter Hundename.« Energisch säbelte Finlay dem Fisch den Kopf ab und balancierte ihn auf seiner Gabel quer über den Tisch zum Resteteller.

Felicia war so fasziniert von der Frage, was die Familie Chaleran so lustig an dem Namen Poppy fand und wer sich ärgern würde, wenn er davon erfuhr, dass sie fast vergessen hätte, sich zu ekeln.

Als sich alle wieder ihren Tellern zugewandt hatten, platzte sie heraus: »Ich will nicht indiskret sein, aber warum ist es so lustig, dass der Hund Poppy heißt?«

»Das ist eine alte Geschichte«, erzählte Isla bereitwillig. »Poppy und Finlay kennen sich schon seit der Grundschule und sind auch ungefähr seit dieser Zeit verfeindet. Er zog sie an den Zöpfen, sie legte ihm heimlich Würmer auf die Sandwiches. Das ging immer so weiter. Dann haben sie in verschiedenen Städten studiert, und als sie beide zurück nach Chaleran kamen, waren sie tatsächlich für ein paar Monate ein Paar. Sie konnten die Hände nicht voneinander lassen und schienen richtig glücklich zu sein. Dann kam es zu einem Riesenstreit, und seitdem haben sie kein Wort mehr miteinander gewechselt. Warum er jetzt allerdings die arme Hündin ausgerechnet Poppy nennt, weiß der liebe Himmel. Hasst du deinen eigenen Hund, Finlay?«

»Nein«, brummte Finlay, ohne den Kopf zu heben. »Aber sie ist eine Nervensäge, genau wie Poppy.«

»Wie waren deine letzten Klausuren, Colin?«, ergriff Ian Chaleran überraschend das Wort.

»Ganz gut«, murmelte Colin und stopfte sich den Mund voll Gemüse.

»Kannst du denn schon einschätzen, wie die Ergebnisse sein werden?« Offenbar gab es Themen, die das Oberhaupt des Chaleran-Clans dazu brachten, fast gesprächig zu werden.

Während Colin krampfhaft versuchte, einer direkten Antwort aus dem Weg zu gehen, indem er bewundernswert vage Bemerkungen fallenließ, begann Felicia beherzt, ihren Fisch auseinanderzunehmen. Da er eigentlich ganz appetitlich roch, musste sie dabei nicht einmal die Luft anhalten. Sie befreite ein möglichst großes Stück Wolfsbarsch von seiner Haut und untersuchte es dann sorgfältig auf Gräten. Schließlich wollte sie die arme Poppy nicht umbringen.

Die kluge Hündin schien zu ahnen, was vor sich ging. Jedenfalls sah Felicia aus dem Augenwinkel, dass Poppy den Blick nicht von ihrem Teller ließ.

Als Felicia sicher war, dass das Fischfilet keine einzige Gräte enthielt, schob sie es unauffällig zum Tellerrand. Im nächsten Moment ließ sie es in die Serviette gleiten, die sie unter die Tischkante hielt, und von dort aus war es kein Problem mehr, das Stückchen direkt vor Poppys Schnauze auf den Boden fallen zu lassen.

Unauffällig beobachtete sie, wie der Happen innerhalb des Bruchteils einer Sekunde verschwand und die Hündin sich die Schnauze leckte. Wunderbar!

Nachdem sie den Fischkopf sorgfältig mit mehreren Grillkartoffelhälften und einem Berg Möhrenscheiben abgedeckt hatte, machte sie sich daran, einen weiteren Leckerbissen für Poppy vorzubereiten.

Am Tisch wurde immer noch lebhaft über Colins Leistungen in der Uni diskutiert, die offenbar zu wünschen übrig ließen.

»Ich hoffe sehr, du passt auf, dass Poppy nicht am Ende eine Gräte im Hals stecken bleibt.«

Als sie neben sich Finlays leise Stimme hörte, zuckte sie so heftig zusammen, dass ihr die Gabel aus der Hand glitt und klirrend zu Boden fiel.

Während sie von Isla aus der Schublade des riesigen Büfetts in der Ecke mit einer neuen Gabel versorgt wurde, hatte sie Zeit, sich von ihrem Schreck zu erholen. Die Unterhaltung wandte sich sofort wieder dem armen Colin zu, und sie wagte einen Blick in Finlays Gesicht. Er grinste sie an.

»Tut mir leid«, entschuldigte sie sich mit gesenkter Stimme.

»Ich habe nichts dagegen, dass du meinen Hund mit hochwertigem Eiweiß fütterst. Fisch ist nun mal nicht jedermanns Sache.« Seine grünen Augen funkelten belustigt.

»Wegen der Gräten passe ich auf, versprochen.« Sie flüsterte so leise, dass sie nicht sicher war, ob er sie überhaupt verstand.

»Okay.«

Seine Art, ihr zuzuzwinkern, sorgte dafür, dass sich in ihrem Magen ein seltsames Gefühl breitmachte. Vielleicht lag das aber auch an ihrem schlechten Gewissen wegen des teuren Fischs.

Während sie der entzückten Poppy zwei weitere Stücke Wolfsbarsch zukommen ließ, stellte Felicia sich deutlich ungeschickter an als beim ersten Mal. Was wohl hauptsächlich daran lag, dass Finlay ihr Tun unauffällig, aber für sie unübersehbar belustigt verfolgte.

Schließlich beschloss sie, das Gemüse und die Kartoffeln zu verspeisen und zu behaupten, so satt zu sein, dass sie von dem köstlichen Fisch einfach nichts herunterbekommen konnte.

Colin, der ebenso charmant und wortgewandt wie seine Geschwister war, gelang es nach einigen Minuten, sich der Befragung durch seinen Vater zu entziehen.

»Ich interessiere mich übrigens sehr für die schottischen Clans«, verkündete Felicia in einer Gesprächspause. »Meinen Sie, Sie könnten mir etwas über die Geschichte ihrer Familie erzählen, Mr und Mrs Chaleran? Was ich in meinem Artikel schreibe, spreche ich selbstverständlich mit Ihnen ab.«

»Nenn uns Amelia und Ian«, forderte der Burgherr sie daraufhin auf. »Wir sind nicht sonderlich förmlich, was vielleicht schon die erste Information über uns ist. Allerdings haben die Männer der Familie alle einen Kilt im Schrank.«

Automatisch wandte Felicia ihren Blick nach rechts, weil sie sofort daran denken musste, dass sie sich bei ihrer ersten Begegnung Finlay im Kilt vorgestellt hatte.

»Und die Kilts haben natürlich ein spezielles Karomuster, das nur die Angehörigen eures Clans tragen«, stellte Felicia zufrieden fest. »Darf ich es bei Gelegenheit sehen?«

»Du meinst unser Tartan.« Isla strahlte sie an. »Ich finde es wunderschön. Im Winter trage ich einen Schal in diesem Muster.«

»Darum beneide ich dich.« Felicia schob ihren Teller mit den Fischresten weg, um deutlich zu machen, dass sie satt war. Es schien niemanden zu stören, dass sie fast die Hälfte des Wolfsbarschs liegen gelassen hatte.

»Du könntest meinen Bruder heiraten, dann hast du auch das Recht, einen solchen Schal zu tragen.«

»Isla! Hör bitte auf damit!«, tadelte Amelia ihre vorlaute Tochter und wandte sich dann Felicia zu: »Entschuldige bitte. Isla ist manchmal schrecklich. Sie zieht ihre Geschwister für ihr Leben gern auf. Fremden gegenüber ist sie dagegen ziemlich zurückhaltend. Normalerweise. Ich fürchte, du musst es als Kompliment sehen, wenn sie dich ebenfalls neckt.«

»Das ist kein Problem. Ich weiß ja, dass es nett gemeint ist«, beteuerte Felicia und hoffte inständig, dass sie nicht rot geworden war.

»Eines der Geschwister fehlt ja heute noch«, stellte sie fest, um so schnell wie möglich das Thema zu wechseln, und deutete auf eines der Fotos auf dem Büfett. Auf dem Bild waren Ian und die offenbar hochschwangere Amelia mit dem etwa fünfjährigen Finlay – eindeutig am energischen Kinn zu erkennen – zu sehen. Ein Mädchen zwischen zwei und drei saß auf einem Knie des im Gras hockenden Ian, und Amelia umarmte ein Krabbelkind von einem knappen Jahr. Da zwischen Isla und Finlay ein Altersabstand von knapp vier Jahren bestand und Colin der Jüngste der Geschwister war, war offenbar das älteste Mädchen der Familie abwesend.

Eine Weile herrschte betretenes Schweigen am Tisch. Dann sagte Amelia leise: »Ja, es fehlt jemand.«

»Oh. Entschuldigung. Ich wollte wirklich nicht …« Felicia biss sich auf die Unterlippe. Offenbar steckte eine traurige Geschichte hinter der Abwesenheit des kleinen Mädchens mit dem weißen Sonnenhut, das mit dem Rest der Familie auf dem Rasen vor der Burg fotografiert worden war. Felicia war automatisch davon ausgegangen, eine Tochter der Chalerans wäre in einen entfernten Ort gezogen oder aus irgendeinem anderen Grund heute verhindert.

»Du musst dich nicht entschuldigen, Felicia«, sagte Ian Chaleran mit fester Stimme und legte seiner Frau die Hand auf den Arm. »Es ist nur so, dass wir über dieses Thema nicht oft sprechen. Es ist einfach zu schmerzhaft.«

»Es tut mir leid.« Felicia warf Finlay einen hilfesuchenden Blick zu. Er nickte beruhigend, blieb aber stumm.

Mit einer fahrigen Bewegung legte die sonst so gelassene Amelia ihre Serviette auf den Tisch und stand auf. Erschrocken verfolgte Felicia ihre Bewegungen. Sie befürchtete, die

Burgherrin müsse wegen des schmerzlichen Themas, das sie unwissentlich angesprochen hatte, das Zimmer verlassen, um sich zu beruhigen.

»In unserer Familie ereignete sich vor knapp hundert Jahren eine dramatische Liebesgeschichte«, sagte Amelia jedoch zu ihrer Überraschung. »Es existieren Briefe und persönliche Aufzeichnungen darüber, die ich dir geben könnte, wenn du dich für die Vergangenheit unseres Clans interessierst.«

Felicia richtete sich wie elektrisiert auf ihrem Stuhl auf. »Unterlagen über etwas, das sich Anfang des 20. Jahrhunderts ereignet hat?« Ihr Herz klopfte plötzlich schneller. In solchen Momenten, in denen sie einer spannenden Geschichte auf der Spur war, liebte sie ihren Beruf als Journalistin ganz besonders.

»Ich hole dir die Sachen aus der Bibliothek.« Amelia verschwand durch die offene Tür, und Felicia sah ihr verblüfft nach. Ihre Fingerspitzen kribbelten, als könnte sie das alte Papier schon fühlen. Tagebücher und Briefe – wie aufregend!

»Es gibt eine Familientradition bei uns«, erzählte Isla auf ihre muntere Art. »Mit der hängt diese alte Geschichte zusammen.«

Plötzlich erinnerte Felicia sich an die seltsame Bemerkung, die Lady McClamond gemacht hatte. »Der älteste Sohn der Familie geht auf Reisen«, sagte sie und sah automatisch Finlay an. »Aber warum und wohin und wie lange?«

»Wir sind uns nicht sicher, ob es Sinn macht, diese Tradition fortzuführen«, mischte Ian Chaleran sich erneut unvermittelt ein. »Damals hat es letztlich nur Unglück gebracht. Dennoch haben mein Großvater, mein Vater und ich die

Reise gemacht. Aber Finlay hat kein sonderliches Interesse daran, ein ganzes Jahr im Ausland unterwegs zu sein. Vor oder während seines Studiums hat er die Gelegenheit versäumt, und heute ...«

»Heute wäre es einigermaßen verantwortungslos, wenn die Leute von Chaleran und Umgebung wegen einer sinnlosen Familientradition ein Jahr lang ohne Tierarzt auskommen müssten«, unterbrach Finlay seinen Vater in ruhigem Ton. »Erst recht seit der alte Doktor Shriver nicht mal mehr im Notfall rausfahren kann, weil ihn seine Arthritis so quält.« Er schüttelte den Kopf, als sei der Gedanke an das Festhalten an besagter Tradition vollkommen absurd.

»Worum geht es denn genau?«, erkundigte Felicia sich erneut. »Der älteste Sohn der Familie geht auf Reisen?«

»Genau. Er sucht sich ein paar Reiseziele aus, die ihm gefallen, und dort macht er sich ein Jahr lang ein schönes Leben. Also, ich bin jederzeit bereit, für Finlay einzuspringen.« Grinsend sah Colin in die Runde.

»Die Reise war als Reifeprozess gedacht, als Weg zum erwachsenen Ich. Wenn man in einem fremden Land auf sich gestellt ist, ohne die vertrauten Menschen und die vertraute Umgebung, sieht man viele Dinge plötzlich aus einem anderen Blickwinkel.« Ian schaute nachdenklich durchs Fenster hinaus auf den See. »Ich war damals in Indien, und mir hat die Begegnung mit der fremden Kultur geholfen, zu mir zu finden. Als ich zurückkam, habe ich Amelia um ihre Hand gebeten.«

»Das kann auch schiefgehen, wie wir aus Logans Geschichte gelernt haben«, erklärte Finlay. »Tatsache ist, dass Reisen heutzutage weder sonderlich gefährlich noch abenteuerlich sind, wenn man nicht gerade zu Fuß und ohne Wasser die Wüste durchquert. Was soll das denn für ein Reifeprozess sein, wenn man im Reisebüro ein Ticket und eine Ferienwohnung bucht?« Er zuckte mit den Schultern.

Felicia sah ihn prüfend von der Seite an und fragte sich, warum er sich so sehr gegen diese Reise wehrte, die die meisten jungen Männer mit Freude angetreten hätten. Ging es wirklich nur darum, dass er seine vierbeinigen Patienten und ihre Besitzer nicht im Stich lassen wollte, oder steckte mehr dahinter?

»So, hier ist sie. Die Geschichte von Ians Urgroßvater Logan.« Amelia war mit einem Holzkästchen zurückgekehrt, ging um den Tisch herum und stellte es neben Felicias Teller. Es sah edel aus, wie eine Miniaturtruhe mit kupfernen Beschlägen.

»Vielen Dank. Ich verspreche, dass ich nichts von dem, was in den Unterlagen steht, ohne eure Erlaubnis veröffentlichen werde. Vielleicht kann ich einen Teil der Geschichte in einem Artikel erzählen, ohne Namen zu nennen.« Andächtig strich sie mit den Fingerspitzen über die Schnitzereien im Deckel der Schatulle.

»Lies dir erst einmal alles durch, Felicia. Dann sehen wir weiter. Du musst beurteilen, ob die Ereignisse von damals für einen deiner Artikel interessant genug sind.« Amelia lächelte sie freundlich an.

»Das ist sehr zuvorkommend von euch. Zumal ihr mich kaum kennt.«

»Wir kennen dich gut genug, um zu wissen, dass die Briefe und das Tagebuch bei dir in guten Händen sind.« Amelia lächelte freundlich, und Ian nickte zustimmend.

»Trotzdem wisst ihr kaum etwas über mich.« Felicia zögerte kurz, doch dann platzte sie heraus: »Ich bin adoptiert und kenne meine leiblichen Eltern nicht.« Sie hatte das Gefühl, den Chalerans als Gegenleistung ebenfalls etwas sehr Persönliches anvertrauen zu müssen. Obwohl sie schon einige Jahre als Journalistin arbeitete, hatte ihr niemals jemand aus freien Stücken derart wertvolle Unterlagen übergeben.

Nach ihrem spontanen Ausbruch herrschte Schweigen in dem großen Esszimmer. Wie zufällig berührte Finlay ihren Unterarm, der neben seiner Hand auf dem Tisch lag. Diese mitfühlende Geste erfüllte sie mit Wärme. Sie wandte ihm den Kopf zu und begegnete seinem Blick.

»Ich wollte nur, dass ihr auch ein bisschen mehr über mich erfahrt«, erklärte sie und sah dabei immer noch Finlay an.

»Hast du nicht gesagt, du hast Geschwister? Sind die auch adoptiert?«, erkundigte sich Isla nach einer Pause.

»Wir sind zu viert«, erzählte Felicia lächelnd. Es war ein gutes Gefühl, von ihrer Familie zu sprechen. »Nachdem unsere Eltern mich adoptiert hatten, weil es hieß, sie könnten keine eigenen Kinder bekommen, wurde unsere Mutter sofort schwanger und brachte insgesamt noch drei leibliche Kinder zur Welt: Leon, Julia und Katharina. Leon ist der Älteste, meine beiden Schwestern kamen jeweils im Abstand von zwei Jahren.«

»Das soll öfter vorkommen, habe ich gehört. Nachdem das Adoptivkind da ist, meldet sich dann doch noch eigener Nachwuchs an. Dann bist du praktisch diejenige, die dafür gesorgt hat, dass noch mehr Kinder in die Familie kamen. Was für eine schöne Geschichte.« Amelia schien sich ehrlich zu freuen, wirkte aber gleichzeitig immer noch etwas bedrückt. Wahrscheinlich dachte sie an ihr eigenes Kind, das heute nicht mit den anderen zusammen am Tisch saß.

»Vielen Dank für die Einladung und das wunderbare Essen.« Felicia stand auf.

Als sie sich für die Fischmahlzeit bedankte, hustete Finlay leise und hielt sich schnell die Serviette vor den Mund. Zum Glück schien er von Natur aus diskreter zu sein als seine schon fast brutal offene, wenn auch überaus freundliche Schwester Isla.

Felicia fing an, die Teller zusammenzustellen. Isla sprang auf, um ihr zu helfen, und Finlay griff nach einigen Schüsseln, um sie in die Küche zu bringen. In trauter Eintracht räumten sie den Tisch ab. Nur Colin hielt sich vornehm zurück und diskutierte lieber mit seinem Vater über die Uni.

Nachdem sie in der Küche gemeinsam die Teller in die Geschirrspülmaschine und die Essensreste in den Kühlschrank gestellt hatten, verabschiedete Felicia sich von den Chalerans. »Ich sollte heute Abend noch ein paar Notizen über all die Dinge machen, die ich heute gesehen habe, als ich mit Isla unterwegs war. Und die Fotos von heute Nachmittag muss ich auch noch durchsehen.«

»Schade! Wir spielen abends meistens Scrabble, wenn wir alle zusammen sind. Es wäre toll, wenn du mitspielen würdest.« Isla schien sie als so etwas wie ihre neue beste Freundin zu betrachten.

»Eigentlich gern. Aber ich muss wirklich noch ein bisschen arbeiten. Mein Chefredakteur bezahlt mir die Schottlandreise leider nicht, damit ich hier einen schönen Urlaub verbringe. Nochmals vielen Dank für alles.«

Sie griff nach der Holzschatulle, deren Inhalt ein weiterer Grund für sie war, den Rest des Abends in ihrem Zimmer zu verbringen. Sie konnte es kaum erwarten, einen ersten Blick in das Tagebuch und die Briefe zu werfen, die der Kasten nach Amelias Worten enthielt.

Poppy begleitete sie wie ein stummer schwarzer Schatten bis zur Tür, dann kehrte sie zu ihrem Herrn zurück und ließ sich mit einem tiefen Seufzer auf ihrem Platz neben seinem Stuhl nieder.

Nachdem sie ihren Gastgebern einen schönen Abend gewünscht hatte, machte Felicia sich auf den Weg in ihr Zimmer. Die Flure auf Chaleran Castle waren lang und verwinkelt, es ging treppauf und treppab, manche Bereiche des riesigen Gebäudes waren aus irgendeinem Grund gesperrt, andere als privat gekennzeichnet oder für die regelmäßig stattfindenden Führungen mit kleinen Messingschildchen versehen.

Als Felicia sich an einer Stelle, an der mehrere Gänge sich kreuzten, in Richtung Westflügel wandte, hörte sie hinter sich ein aufgeregtes Rufen.

»Hallo! Können Sie mir helfen?«

Sie wandte sich um und sah Luise Herbert, die aufgeregt mit einem Stockschirm winkend auf sie zukam. »Können Sie mir sagen, wie ich zu meinem Zimmer finde?«, erkundigte sie sich hoffnungsvoll, als sie Felicia erreicht hatte.

»Ich weiß nicht, wo Ihr Zimmer liegt. Meins ist im Westflügel, aber dort wohne ich ganz allein.«

Luise Herbert sah sie aus weit aufgerissenen Augen an. »Haben Sie keine Angst vor dem Geist?«

»Vor welchem Geist?«, erkundigte Felicia sich interessiert. Sie hätte sich selbst nicht unbedingt als tapfer bezeichnet, aber vor Gespenstern hatte sie sich noch nie gefürchtet.

»Dem Burggeist.« Luise senkte die Stimme und scharrte unruhig mit ihren Wanderschuhen auf dem unebenen Steinboden herum. »Angeblich hat jede Burg hier in Schottland ihren Geist, aber hier auf Chaleran Castle soll eine dramatische Liebesgeschichte stattgefunden haben. Mit gebrochenen Herzen und einer unsterblichen Liebe, die mit ins Grab genommen wurde. Genaues weiß ich nicht, ich habe nur im Dorf Gemunkel gehört. Angesichts dieser Umstände halte ich es für recht wahrscheinlich, dass es hier spukt. Einmal habe ich abends jemanden in einem weißen Gewand auf einem der Flure gesehen.«

Felicia verkniff sich ein Lachen. »Das war wahrscheinlich Isla im Nachthemd. Ich glaube nicht an Geister.« Sie packte die Holzschatulle ein wenig fester. Vermutlich ging es bei der Geschichte, die Luise Herbert erwähnte, um genau die Ereignisse, die in den Dokumenten, die Amelia ihr gegeben hatte, beschrieben wurden.

»Hoffentlich werden Sie nicht schon bald eines Besseren belehrt«, erklärte Luise streng. Sie klang, als würde sie hoffen, dass Felicia dem vermeintlichen Geist sehr bald begegnete.

»Hier immer geradeaus geht es direkt zur Eingangshalle.« Felicia deutete in die entsprechende Richtung. »Finden Sie von dort aus in Ihr Zimmer?«

»Ich glaube, ja.« Das klang nicht sonderlich überzeugt, aber da sicher niemand in den Gängen der Burg verlorengehen konnte, ließ Felicia die ältere Frau ihrer Wege gehen. Vielleicht wurde sie ja vom Geist eines Highlanders gerettet.

Felicia selbst erreichte kurz darauf ihr Zimmer im Westflügel. Erstaunlicherweise hatte sie von Anfang an nicht die geringsten Schwierigkeiten gehabt, sich auf Chaleran Castle zurechtzufinden.

Sie stellte die Holzschatulle auf den kleinen Schreibtisch am Fenster und klappte den Deckel auf. Die Schachtel enthielt mehrere Stapel sorgfältig gebündelter Briefumschläge sowie ein Buch mit einem abgegriffenen weinroten Einband. Sie schlug das Tagebuch auf. Auf der ersten Seite stand mit großen Buchstaben der Name *Sofia Molina*. Alle Buchstaben waren sorgfältig gemalt und mehrmals nachgezogen worden. Dabei hatte es ein kleines Unglück gegeben, denn unter dem N prangte ein Tintenfleck.

Felicia musste lächeln, denn sie konnte sich lebhaft Sofias Ärger vorstellen, als ihr dieses Malheur passiert war.

Eine Weile starrte sie gedankenverloren den Namenszug auf der ersten Seite an, dann öffnete Felicia das Buch etwa in der Mitte. Das linierte Papier war vergilbt, die blaue Tinte ausgeblichen, aber noch gut lesbar. Die Handschrift, mit der die Seiten eng bedeckt waren, hatte einen energischen und dennoch ein wenig verschnörkelten Strich.

Nachdem sie an verschiedenen Stellen einige kurze Abschnitte gelesen hatte, blätterte sie zurück zum Anfang der Aufzeichnungen und ließ sich mit dem Tagebuch in der Hand auf der kleinen Couch nieder. Obwohl Felicia gut Spanisch sprach, kostete es sie zunächst noch etwas Anstrengung, Sofias Erlebnisse, Gedanken und Gefühle zu verstehen. Doch nach den ersten zwei oder drei Seiten bemerkte sie kaum noch, dass die Aufzeichnungen nicht in ihrer Muttersprache verfasst waren. Ihr Blick glitt wie gebannt an den Zeilen entlang, huschte von Wort zu Wort und von Satz zu Satz, und mit jeder Seite, die sie las, versank sie tiefer in dem Schicksal einer jungen Frau, das diese vor fast hundert Jahren niedergeschrieben hatte.

6. Kapitel

1920
Farmosca, Spanien

14. September

Als ich den Fremden zum ersten Mal sah, kam er mir mindestens so groß wie einer der Zitronenbäume hinter dem Haus vor. Nur würde er sich nicht wie die jungen Bäume im Wind beugen, stark wie er ist, mit seinen breiten Schultern und den Händen, die aussehen, als könnte er damit einen unserer Bäume aus dem Boden reißen und weit in die Landschaft schleudern.

Seine Haare erschienen mir zuerst braun, doch dann trat er aus dem Schatten, und im Schein der Sonne loderten sie wie Feuer.

Als er vom Dorf her auf unser Haus zukam, saß ich vor der Tür und putzte das Gemüse für unser Mittagessen. Ich hatte die Möhren, die Zwiebeln und Tomaten nach draußen getragen, weil es in der Küche so still war, dass es sich anfühlte, als würde ich irgendetwas Schweres auf meinen Schultern herumschleppen.

Es ist der erste Sommer nach Mutters Tod. Vater und Fernando sind wie immer während der warmen Monate von morgens bis abends draußen. Als ich noch mit Mutter zusammen das Essen zubereitet und die Zimmer in Ordnung gehalten habe, ist mir das gar nicht so aufgefallen. Wir haben bei der Arbeit gelacht und gesungen, und wenn wir fertig waren, sind wir manchmal hinaus in den Zitronenhain hinter dem Haus gegangen, haben uns ins Gras gelegt, und Mutter hat mir Geschichten erzählt. Ich mochte am liebsten solche, in denen Prinzen oder irgendwelche anderen wahnsinnig reichen und schönen Männer arme Mädchen heim auf ihr Schloss oder in ihren riesigen Landsitz holen. Doch Mutter versäumte nie, mich bei einer solchen Geschichte daran zu erinnern, dass es diese Dinge in der Wirklichkeit nicht gibt.

Ich bin ein Mädchen aus einer armen Familie, und mich wird niemand in ein Schloss entführen, niemand wird mir schöne Kleider und Schmuck kaufen und mich bis ans Ende meiner Tage auf Händen tragen. Ich werde eines Tages einen Obstbauern aus einem der Nachbardörfer heiraten. Vielleicht schon sehr bald, denn wenn mein Bruder seine Anna zur Frau nimmt, ist kein Platz mehr für mich in diesem Haus. Hier bei uns fragt auch niemand nach der großen Liebe. Es geht einzig und allein darum, dass mein Mann mich ernähren, ich ihm Kinder gebären und bei der Arbeit helfen kann.

Mutter hat Vater geliebt, und sie sagte mir, reich würde der Mann sicher nicht sein, mit dem ich mein Leben verbringen würde, aber auf Liebe dürfe ich wohl hoffen. Das hat sich seit Mutters Tod geändert: Wie es jetzt aussieht, kann ich nicht einmal auf Liebe hoffen. Denn ich weiß, wen Vater für mich ausgesucht hat. Er hat mich lieb und meint es gut mir mir, aber über Gefühle muss ich mit Vater gar nicht erst reden. Das sind für ihn Albernheiten ...

Tränen strömten über Sofias Wangen. Erst als sie kaum noch etwas erkennen konnte, wischte sie sie mit dem Ärmel des alten graugemusterten Kleids weg, das sie bei der Hausarbeit trug. Aber sofort tropfte es wieder aus ihren Augen, nun direkt auf ihre Hände, über die sie bei der Arbeit den Kopf neigte.

Sie schniefte leise und suchte in den Kleidertaschen nach einem Taschentuch. »Geht es Ihnen nicht gut? Kann ich helfen?«

Die fremde Männerstimme mit dem seltsamen Akzent erklang so unvermittelt neben ihr, dass sie zusammenfuhr und erschrocken gegen die hoch stehende Mittagssonne blinzelte. Unglaublich groß und breitschultrig ragte vor ihr eine Gestalt auf und flößte ihr Angst ein.

»Ich ... Nein ... Wer sind Sie?«, stammelte sie, während sie aufsprang und sich rückwärts zur Haustür bewegte. Dabei wurde ihr klar, dass es besser gewesen wäre, das Gemüsemesser als Waffe zu ihrer Verteidigung in der Hand zu behalten.

»Haben Sie bitte keine Angst. Ich will Ihnen nichts tun«, beteuerte der Mann, der die spanischen Worte so merkwürdig aussprach, dass sie manche von ihnen nur mit Mühe verstand.

Als sie mit dem Rücken schon fast die Haustür berührte, kam er hinter ihr her und blieb so dicht vor ihr stehen, dass er die Sonne verdunkelte. »Hier. Ein Taschentuch.« Ohne zu warten, dass sie die Hand hob und danach griff, drückte er ihr ein weiches Tuch in die herabhängende Rechte.

»Danke«, murmelte sie automatisch und wischte sich hastig über die Augen. Aus dem Stoff stieg ein feiner Duft nach teurem Tabak und Lavendel auf.

Als sie den Arm wieder senkte, konnte sie den Fremden endlich deutlich erkennen. Er war so groß, dass sie kaum über seine Schulter sehen konnte, und trug einen seltsamen Mantel mit einer Art kurzem Cape darüber, der für die spanische Septembersonne viel zu warm war.

»Danke«, wiederholte sie und wollte ihm sein Taschentuch zurückgeben, zögerte aber im letzten Moment. Immerhin hatte sie es benutzt. Wahrscheinlich ekelte er sich jetzt davor. Rasch ließ sie den Arm wieder sinken. »Ich werde es für Sie waschen. Bleiben Sie länger in der Gegend? Dann könnte ich es Ihnen bringen, wenn es sauber ist.«

Er lachte leise, und sein Lachen löste ein merkwürdiges Gefühl in ihrem Magen aus, als hätte sie Hunger. Es war aber eine besondere Art von Hunger, der auch bleiben würde, nachdem sie ihr Mittagessen verspeist hatte, das konnte sie fühlen.

»Behalten Sie es ruhig. Obwohl ich hoffe, dass Sie es nicht mehr brauchen. Ist es ein großer Kummer, der Sie quält? Kann ich irgendwie helfen?« Aus klaren, dunkelgrünen Augen sah er sie prüfend an. Was ihren ohnehin schon unruhigen Magen dazu brachte, merkwürdige kleine Hüpfer zu machen. Es dauerte einen Moment, bis sie den Sinn seiner Worte verstand. Ein vollkommen Fremder bot ihr seine Hilfe an. Sie schüttelte heftig mit dem Kopf.

»Nein, nein, ich habe nicht geweint. Jedenfalls nicht aus Kummer. Es waren die Zwiebeln!« Sie deutete auf die Gemüsezwiebeln, die zum größten Teil schon kleingeschnitten zusammen mit den Tomaten und Möhren in der irdenen Schüssel lagen.

»Oh. Da bin ich aber erleichtert. Mein Name ist Logan Chaleran. Ich komme aus Schottland.« Lächelnd streckte er ihr die Hand entgegen. »Im Dorf sagte man mir, dass Diego Molina die schönsten Zitronenbaumsetzlinge hier in der Gegend hat. Ich möchte welche kaufen.«

Zögernd streckte sie den Arm vor. Ihre schmalen Finger

schienen sich in seiner kräftigen Hand vollkommen zu verlieren. Aber seltsamerweise war es ein schönes Gefühl, dass ein Teil ihres Körpers sekundenlang mit seinem verschmolz. Seine Haut fühlte sich warm und trocken und auf eine männliche Art glatt an. Nicht so schwielig wie die Hände ihres Vaters, ihres Bruders und all der anderen Bauern im Dorf.

Ein oder zwei Sekunden hielt er ihre Hand fest und sah sie dabei an, als würde er sich fragen, wer sie war und was sie in diesem Augenblick dachte. Vorsichtig zog sie ihre Finger wieder zwischen seinen hervor und verschränkte die Hände vor dem Körper, als müsste sie sich selbst festhalten, wenn er es nicht mehr tat.

Plötzlich schien ihm bewusst zu werden, dass er, der Fremde, den sie gar nicht kannte, viel zu dicht vor ihr stand. Hastig machte er einen Schritt rückwärts und trat aus dem Schatten des Hauses in die Mittagssonne. Seine Haare leuchteten rot auf, als hätte jemand eine Fackel entzündet.

»Sie sind extra aus Schottland gekommen, weil Sie von meinem Vater Zitronenbaumsetzlinge kaufen möchten?«, erkundigte sie sich nach einer viel zu langen Pause, die ihm nicht im Geringsten peinlich zu sein schien. Er sah sie immer noch einfach nur an, als könnte er gar nicht genug von ihrem Anblick bekommen.

Auf ihre Frage hin lächelte er und strich sich mit den gespreizten Fingern der linken Hand durch die Haare, die unter seiner Berührung Funken zu sprühen schienen. »Nicht extra wegen der Zitronenbäume. Ich reise in diesem Jahr durch Spanien und Italien, und meine Mutter bat mich, ihr einige Zitronenbäumchen mitzubringen. Sie möchte sie in ihrem

Gewächshaus hinter der Burg in Kübeln ziehen und hofft auf eine eigene Zitronenernte.«

Erneut wich sie zurück, dieses Mal bis sie die Klinke der Tür im Rücken spürte. »Sie leben in einer Burg?«

Angesichts ihrer Verwirrung schien er zu zögern, was er ihr darauf antworten sollte, dann nickte er. »Meiner Familie gehört Chaleran Castle auf der Isle of Skye in Schottland.«

Sie schluckte. Was tat dieser offenbar reiche Mann aus einer mächtigen Familie hier in ihrem Dorf, vor ihrem Haus? Es gab eine Menge Obstbauern in Spanien, und viele von ihnen waren sehr viel reicher als ihr Vater.

»Setzen Sie sich hierher! Mein Vater und mein Bruder sind in den Anpflanzungen unterwegs, aber es kann nicht mehr lange dauern, bis sie zum Essen kommen.« Nur leider würde es heute für ihre Familie nichts zu essen geben, weil ein Mann mit starken Händen und loderndem Haar sie von ihrer Arbeit abhielt.

Sie deutete auf die Bank im Schatten und schob rasch die Schüssel mit dem kleingeschnittenen Gemüse und das Holzbrett mit dem Messer darauf zur Seite.

Ihre Mutter hatte stets Wert darauf gelegt, Gäste besonders höflich zu behandeln. Allerdings waren diese Gäste normalerweise Nachbarn aus dem Dorf. Noch nie hatten sie in ihrem Haus jemanden bewirtet, der von so weit herkam und offenbar so wohlhabend war. Deshalb hatte sie nicht die geringste Ahnung, wie sie sich einem Mann gegenüber verhalten sollte, der in einer Burg wohnte.

»Ich könnte Ihnen ein Glas Wein bringen«, schlug sie schüchtern vor. »Es ist allerdings Wein aus der Gegend hier. Nichts Besonderes und ein bisschen sauer. Wir trinken ihn manchmal zum Essen.«

»Vielen Dank, aber ich bin die Hitze nicht gewohnt, und es ist noch ein bisschen zu früh am Tag, um Alkohol zu trinken.« Er legte seinen Hut, den er bis jetzt in der Hand gehalten hatte, neben die Schüssel auf den Tisch, zog den seltsamen Mantel aus, hängte ihn über die Lehne und ließ sich anschließend zu ihrem Erstaunen tatsächlich auf der Bank nieder.

Hastig nahm sie ihre Schüssel in die Hand, die neben dem teuren schwarzen Hut äußerst merkwürdig aussah. Außerdem wollte er sicher keine Tomatenflecke auf der Krempe haben.

»Kaffee?«, erkundigte sie sich zögernd. Es waren nur noch einige wenige Kaffeebohnen da, aber für eine Tasse würde es vielleicht reichen.

»Für ein Glas kühles Wasser wäre ich Ihnen dankbar.« Entspannt lehnte er sich zurück. »Schön haben Sie es hier.«

»Aber Sie leben doch auf einer Burg.« Sie starrte ihn verblüfft an.

»Dort kann es im Winter ganz schön kalt werden, und selbst im Sommer regnet es dauernd.« Als hätte er damit alles über sein Leben in Schottland gesagt, nickte er nachdrücklich. Dann deutete er die staubige Straße hinunter. »Hier ist es grün, die Sonne scheint, und man braucht kein Gewächshaus, um Zitronen zu ernten.«

»Ich hole Ihnen Wasser.« Mit der Schüssel in der Hand floh sie ins Haus. Der Mann da draußen musste verrückt sein, wenn er der Meinung war, ihr einfaches, arbeitsreiches Leben würde Annehmlichkeiten bieten, die es mit dem vornehmen Leben in einer Burg aufnehmen konnten.

Als sie ihm kurz darauf ein Glas Wasser brachte, bedankte

er sich freundlich, nahm einen großen Schluck und erklärte, selten habe er etwas so Köstliches getrunken.

»Sie sind verrückt!«, entfuhr es ihr, und sofort schlug sie sich erschrocken die Hand vor den Mund. »Entschuldigung, das wollte ich nicht sagen. Aber Sie trinken doch zu Hause sicher nur feinen Wein und Sherry und überhaupt die besten Sachen.«

»Wenn ich Durst habe, trinke ich zu Hause auch Wasser«, erklärte er ihr freundlich. »Nur habe ich dort selten solchen Durst wie hier, wo die Sonne so heiß scheint. Und je größer der Durst, desto besser schmeckt das Wasser, mit dem man ihn löscht.«

»Aber deshalb sind Sie doch sicher nicht in unser Land gekommen – weil man hier ordentlich Durst bekommt?« Verlegen lachte sie auf. Er musste sie für ziemlich dumm halten. Für einen Bauerntrampel, der ihn und seine Worte nicht verstand.

»Nein.« Mehr sagte er nicht, sah sie nur mit seinem ruhigen, offenen Blick an. »Warum setzen Sie sich nicht zu mir, bis Ihr Vater kommt?«

»Ich sollte lieber ...« Sie deutete durch die Tür, die sie hinter sich offen gelassen hatte, in die dämmerige Diele.

»Einen Moment nur. Ich weiß nicht einmal, wie Sie heißen.«

»Sofia. Sofia Molina.« So weit wie möglich von dem Fremden entfernt hockte sie sich auf die vorderste Kante der Bank.

»Ein wunderschöner Name. Er passt gut zu Ihnen.« Das klang nicht, als wollte er ihr schmeicheln, sondern wie die schlichte Feststellung einer einfachen Wahrheit. Dennoch begannen ihre Wangen zu glühen.

In diesem Moment hörte sie hinter dem Haus Stimmen. Sie sprang auf. »Mein Vater. Ich sage ihm Bescheid.«

Obwohl der Fremde so freundlich mit ihr gesprochen hatte – vielleicht gerade deshalb –, kam sie sich vor wie ein wehrloses Tier auf der Flucht vor einem Wolf. Nachdem sie ihrem Vater erklärt hatte, wer vor dem Haus auf ihn wartete, huschte sie durch die Hintertür in die Küche, stellte mit zitternder Hand den gusseisernen Topf aufs Feuer und goss Olivenöl hinein, um das Gemüse zuzubereiten.

Während sie die kleingeschnittenen Zwiebeln in das heiße Fett gab, dachte sie darüber nach, dass der Mann mit dem schönen, fremden Namen Logan Chaleran gesagt hatte, er sei nicht nur wegen der Zitronenbäume ihres Vaters aus Schottland nach Spanien gereist. Was tat er wirklich hier?

»Hija?« Als ihr Vater die Küche betrat und sie bei ihrem Kosenamen nannte, schreckte sie aus ihren Gedanken auf.

»Tut mir leid, das Essen ist noch nicht fertig. Unser Besucher hat mich aufgehalten.« Sie wischte sich mit dem Handrücken eine dunkle Strähne aus dem Gesicht.

»Zieh den Topf vom Feuer. Wir müssen das Essen verschieben. Fernando und ich haben Marco versprochen, dass wir ihm helfen, den Baum wegzuschaffen, den er heute Morgen gefällt hat. Er versperrt die Straße.«

»Aber der Mann, Logan Chaleran ... Ist er weg? Er wollte doch ...« Seltsamerweise brachte sie nur halbe Sätze zustande, wenn sie von ihm sprach.

»Er möchte ein paar Setzlinge mit nach Schottland nehmen und bezahlt dafür einen guten Preis.« Ihr Vater schien nicht halb so erstaunt wie sie über das Auftauchen des rothaarigen Fremden.

Heimlich atmete sie auf. Offenbar war das Geschäft erledigt und Logan fort. Da sie ihn nun in sicherer Entfernung wusste, wagte sie in Gedanken sogar, ihn bei seinem Vornamen zu nennen.

»Er möchte gern etwas über die Pflege der Bäume wissen, aber ich habe keine Zeit. Wegen Marco. Geh mit ihm hinter das Haus und zeig ihm, wie wir die Bäume schneiden und die Äste stützen, wenn die Früchte zu schwer werden.«

»Ich? Hinter das Haus?« In ihren eigenen Ohren klang ihre Stimme ganz piepsig und klein. So klein, wie sie sich neben dem starken Logan fühlte.

»Du kennst dich genauso gut mit den Bäumen aus wie dein Bruder.« Ihr Vater nickte ihr zu und verschwand ohne ein weiteres Wort aus der Küche.

Sofias Herz klopfte so schnell wie sonst nur, wenn sie den ganzen Weg vom Dorf bis nach Hause rannte, weil sie beim Einkaufen mal wieder getrödelt hatte und es viel zu spät geworden war. Sie zog den Topf vom Feuer und ging zögernd in die Diele. Vor dem Spiegel blieb sie stehen und strich sich die Haare glatt. Wieso hatte sie ausgerechnet heute ihr ältestes Kleid an? Obwohl es natürlich egal war, was sie trug. Der Mann da draußen war so etwas wie der Prinz in den Geschichten ihrer Mutter, und in der Wirklichkeit holte der Prinz *La Cenicienta* nicht von ihrem Platz hinter dem Herd in seine Burg im fernen Schottland. Weil das wahre Leben kein Märchen war.

Sie atmete tief durch und trat durch die Haustür ins Freie. Dort wartete er auf sie, und als der Blick seiner strahlend grünen Augen sie traf, hatte sie das seltsame Gefühl, eine Prinzessin zu sein, wunderschön, reich und begehrenswert. Der

Augenblick ging schnell vorbei. Während sie auf ihn zuging, spürte sie wieder den harten Boden unter den Sohlen ihrer abgetragenen Schuhe.

»Es ist wirklich nicht so schwierig«, beteuerte sie und lachte, nachdem sie ihm zum zweiten Mal erklärt hatte, an welchen Stellen die jungen Bäume zurückgeschnitten werden mussten.

Schon als Kind hatte Sofia am liebsten im schattigen Zitronenhain hinter ihrem Elternhaus gespielt – wenn die Blüten wie duftender Schaum die Zweige schmückten, die Früchte langsam reiften und sie wie kleine Sonnen im Grün leuchteten. Hier hatte sie sich stets frei und glücklich gefühlt, freier als in dem kleinen Haus mit den niedrigen Decken, in dem oft bis zum Abend die Fensterläden geschlossen waren, damit die Hitze nicht hereinkam.

Jetzt stand sie mit Logan unter dem grünen Laub, und plötzlich erschien er ihr gar nicht mehr so fremd. Ganz im Gegenteil: Es kam ihr vor, als wäre sie schon viele Male mit ihm über das weiche Gras unter den Bäumen gegangen.

Zu ihren Füßen hörte sie ein leises Geräusch. Es klang, als hätte jemand mit der Fingerspitze ganz zart über die Schale einer reifen Zitrone gestrichen, sodass es leise quietschte.

Als Sofia den Kopf senkte, sah sie einen Spatz mit aufgeplustertem Gefieder im Gras hocken. Er flog nicht weg, als sie sich erstaunt über ihn beugte.

»Sehen Sie nur, der arme Vogel muss krank sein.« Mitleidig betrachtete sie das zitternde Tierchen. »Du musst keine Angst haben. Wir tun dir nichts«, redete sie mit leiser Stimme auf den kleinen Spatz ein.

Logan ging in die Hocke, schob vorsichtig eine seiner großen Hände unter den Vogel und hob ihn hoch. Wie in einem sicheren Nest saß er nun da, immer noch heftig zitternd.

»Ich glaube, er hat sich einen Flügel gebrochen.« Damit das kleine Tier, das in der großen Hand wirklich winzig aussah, nicht noch mehr Angst bekam, betrachtete Sofia das Vögelchen nur aus der Entfernung. Einer der Flügel hing neben dem bebenden Körper, sodass die Flügelspitze Logans Handfläche berührte.

»Das denke ich auch. Wir könnten den Bruch schienen«, schlug Logan vor. »Als Kind habe ich das zusammen mit meiner Schwester öfter gemacht. Wenn es Ihnen dann gelingt, ihn zum Fressen zu bewegen, kann er wieder fliegen, sobald der Knochen geheilt ist. Oder er bleibt als zahmer Vogel bei Ihnen.«

»Wir brauchen ein gerades Stück Holz, nicht wahr?« Suchend sah sie sich im Gras um.

»Ein dünner Ast wäre gut. Außerdem sollten Sie sich überlegen, wo Sie den Vogel unterbringen können. Wahrscheinlich haben Sie nicht zufällig einen leeren Vogelkäfig herumstehen. Eine Schachtel mit Luftlöchern ginge auch.«

»Doch, ich habe etwas Passendes!«, rief sie triumphierend. »Auf dem Speicher muss noch ein Käfig stehen. Als kleines Mädchen hatte ich einen Kanarienvogel, aber er wurde schon sehr bald krank und ist gestorben. Ich habe tagelang geweint.«

»Das tut mir leid«, sagte er ernsthaft, als würde er es tatsächlich bedauern, dass vor vielen Jahren ihr Haustier gestorben war.

»Es ist schon lange her.« Erstaunt sah sie Logan von der

Seite an. Ihr Vater und ihr Bruder hatten es damals, als sie sechs oder sieben Jahre alt gewesen war, albern gefunden, dass sie so sehr um einen toten Vogel trauerte. Logan Chaleran schien ihren Kummer nachempfinden zu können. »Wahrscheinlich ist der Käfig noch da. Solche Dinge werden bei uns nicht auf den Müll geworfen.«

»Das trifft sich gut. Dann sollten wir einen passenden Ast suchen.«

Ein gerades Holzstück war schnell gefunden. Nachdem Sofia ein Wollknäuel aus dem Haus geholt hatte, das im Winter vom Strümpfestricken übrig geblieben war, wurde der Tisch vor dem Haus kurzerhand zum Operationstisch umfunktioniert.

Der Vogel schien begriffen zu haben, dass die beiden Menschen ihm helfen wollten. Zwar zitterte er immer noch, aber längst nicht mehr so stark. Und er hielt ganz still, während Sofia mit den Fingerspitzen vorsichtig seinen kranken Flügel festhielt, damit Logan den dünnen Ast mit dem Wollfaden daran festbinden konnte.

Als der Flügel fertig geschient war, holte Sofia den alten Vogelkäfig vom Speicher und polsterte den Boden mit Gras, das sie neben dem Haus ausgerissen hatte. Sie setzten den Spatz in sein neues Haus und betrachteten ihn durch die Gitterstäbe. Mit runden, schwarzen Augen sah der Vogel sie an. Jetzt zitterte er kaum noch.

»Ich hole ihm ein paar Brotkrumen.« Sofia lief in die Küche und fegte die Krümel aus dem Brotkasten in ihre aufgehaltene Hand. Als Futterschälchen diente ein kleiner, flacher Teller, den sie neben den Vogel ins Heubett stellte.

»Er frisst nicht«, sagte sie wenige Minuten später traurig.

»Er braucht sicherlich ein bisschen Zeit, um sich an seine neue Umgebung zu gewöhnen. Wenn Sie von einem Riesen eingefangen und in einen Käfig gesetzt würden, hätten Sie wahrscheinlich auch erst mal keinen Appetit.«

Sie schüttelte den Kopf. »Wahrscheinlich nicht mal auf Kichererbsen-Eintopf. Und das ist mein Lieblingsgericht.«

»Morgen frisst er bestimmt. Stellen Sie ihm auf jeden Fall Wasser hin. Das ist noch wichtiger als Futter.« Aufmunternd lächelte Logan sie an.

»Vielen Dank«, stieß sie hervor und war plötzlich nicht mehr in der Lage, sich zu bewegen. Sie konnte nur dastehen und den fremden Mann ansehen, dessen Haare schimmerten wie köstliche Maronen.

»Wofür?« Sein Lächeln berührte sie tief in ihrem Herzen. Sie blieb weiter wie angewurzelt neben ihm stehen, obwohl sie eigentlich in die Küche gehen wollte, um dem Vogel Wasser zu holen.

»Weil Sie mir mit dem Vogel geholfen haben. Allein hätte ich das nicht gekonnt.« Sie deutete auf den Käfig.

»Es ist auch für mich ein gutes Gefühl, etwas für eine hilflose Kreatur zu tun.« Immer noch lag auf seinem Gesicht dieses Lächeln, welches so viel Wärme ausstrahlte, dass ihr die heiße Mittagssonne dagegen kühl erschien.

»Mein Vater und mein Bruder … Sie würden so etwas nicht machen. Es wäre in ihren Augen sinnlos, weil es kein Geld einbringt, um die Familie zu ernähren.« Als die Worte heraus waren, biss sie sich auf die Lippen. Sie hatte nichts sagen wollen, das wie eine Kritik an ihrer Familie klang.

»Manchmal stillen auch Dinge unseren Hunger, die nichts mit Nahrung zu tun haben und die man nicht für Geld kaufen kann.« Logan nickte, als wollte er seinen Worten besonderen Nachdruck verleihen.

Auch wenn ihr gefiel, was er sagte, so wusste sie doch, dass Worte wie diese nur von einem Mann stammen konnten, der keine Ahnung hatte, wie die Bauern in ihrem Dorf lebten. Hier spielte Geld eine wichtige Rolle – weil es so wenig davon gab. Die Menschen brauchten es zum Überleben. Sie konnten einfach nicht alles, was notwendig war, um die Familie durchzubringen, auf den Feldern und in den Obstplantagen anbauen. Logan Chaleran lebte in einer anderen Welt als sie. Er konnte ihre Sorgen und Nöte nicht verstehen.

Trotzdem nickte sie und lächelte ihn an, während sie mit den Fingerspitzen über das Dach des Vogelkäfigs strich. Sicher war es schön, sich niemals Sorgen um Geld machen zu müssen.

»Ich komme morgen, um die Setzlinge abzuholen. Dann kann ich auch sehen, ob der Vogel inzwischen gefressen hat.« Auch er berührte einen der Gitterstäbe des Käfigs, und seine Finger waren nur wenige Zentimeter von ihren entfernt.

»Das ist gut.« Sie gab sich große Mühe, ihre Freude über das baldige Wiedersehen nicht zu zeigen, obwohl sie wusste, dass sie die Minuten bis dahin zählen würde.

7. Kapitel

29. Juli 2016
Chaleran, Isle of Skye, Schottland

Als Felicia in der Morgendämmerung die Augen öffnete, hörte sie als Erstes das vertraute Scharren und Kratzen unter ihrem offenen Fenster. Der Gärtner war eindeutig schon wieder bei der Arbeit.

Sie streckte sich unter der Decke und wandte den Kopf zur Seite. Ihr Blick fiel auf das Tagebuch, das aufgeschlagen neben ihr auf dem Kissen lag. Sie hatte in Sofias Aufzeichnungen gelesen, bis ihr darüber die Augen zugefallen waren – was nach dem ereignisreichen Tag und der vielen frischen Luft nicht allzu lange gedauert hatte.

Nachdem sie einen auf ihrem Nachttisch liegenden Notizzettel als Lesezeichen in das Buch gelegt hatte, klappte sie es zu.

Sie hatte das Gefühl, die ganze Nacht von Sofia geträumt zu haben. In ihrem Traum hatte sie das alte Haus mit den Zitronenbäumen ringsum, die zierliche Spanierin Sofia, den kräftigen Schotten Logan, ja selbst Sofias Vater und ihren Bruder gesehen.

Energisch schlug Felicia die Decke zurück und stellte ihre Füße auf den kleinen Teppich vor dem Bett. Dann ging sie barfuß zum Fenster. Dieser Morgen war im Vergleich zum vorherigen erstaunlich klar, wenn auch bis jetzt die Sonne nicht zu sehen war. Sie konnte jedoch den Gärtner unter ihrem Fenster genau erkennen. Gerade stellte er die Hacke weg und ließ sich neben einem blühenden Busch nieder. Sofort tauchte zwischen den Zweigen eine schwarz-weiße Katze auf und setzte sich neben ihm ins Gras.

Zu Felicias Erstaunen bewegte er die Lippen, als würde er etwas zu der Katze sagen, während er ihr über den Kopf strich. Daraufhin schmiegte sich das Tier an sein ausgestrecktes Bein, und obwohl Felicia es aus der Entfernung nicht hören konnte, war sie sicher, dass die Katze schnurrte.

Das Verhalten, das sie dort unten beobachtete, erschien ihr höchst erstaunlich, wenn man bedachte, dass der Gärtner ihr gegenüber nicht gerade umgänglich gewesen war. Wieso mochte die Katze einen derart ruppigen Menschen? Andererseits behandelte er sie wesentlich freundlicher, als er es bei Felicia getan hatte.

Jetzt zog er ein in Pergamentpapier gewickeltes Päckchen aus der Jackentasche und packte es aus. Es enthielt ein paar Brote. Von einem brach der Gärtner ein Stückchen ab und hielt es der Katze hin, die es mit spitzem Mäulchen vorsichtig aus seinen Fingern pflückte.

In diesem Moment kam zwischen den Wolken die Sonne hervor. Ihr Licht fiel direkt in die Augen des mürrischen Gärtners, die so blau aufleuchteten, dass Felicia nach Luft schnappte. Es war, als würde sie in ferne, winzige Seen blicken.

Als hätte sie etwas Verbotenes gesehen, wandte sie sich hastig vom Fenster ab und eilte in das kleine Bad neben ihrem Zimmer.

An diesem Morgen traf Felicia im Frühstücksraum niemanden an, was ihr ganz recht war. Ohnehin wollte sie nur rasch eine Scheibe Toast essen und eine Tasse Tee trinken. Sie hatte sich vorgenommen, am Vormittag die alte Isobel in ihrem Haus auf dem Hügel zu besuchen. Ein Bericht über die kräuterkundige Töpferin, die über achtzig Jahre alt war und noch jede Woche ihre Waren auf dem Markt anbot, passte wunderbar in die Artikelreihe über Schottland abseits der touristischen Pfade.

Isla hatte ihr am Vorabend den Weg zu Isobels Haus erklärt. Der Fußmarsch von einer guten halben Stunde bot sicher Gelegenheit zum Fotografieren.

Als Felicia nach dem Frühstück ins Freie trat, machte der Gärtner sich neben der breiten Treppe zu schaffen, welche in einem sanften Schwung zur Eingangstür führte. Auf den unteren Stufen und seitlich davon standen einige große Pflanzkübel, in die er soeben Erde schaufelte.

»Hallo.« Felicia bemühte sich um einen heiteren Ton, doch sie stellte selbst fest, dass man hauptsächlich das Bemühen und weniger die Heiterkeit hörte.

»Morgen«, brummte der Mann mit den windzerzausten Haaren zwischen seinem Bart hervor und sah nur kurz von seiner Arbeit auf. Er erweckte nicht gerade den Eindruck, als würde er Wert auf etwas Small Talk legen.

Dennoch blieb Felicia stehen und deutete auf einen der bereits mit Erde gefüllten Kübel. »Werden die auch nach historischem Vorbild bepflanzt?«

Mit einem Ruck hob der Mann den Kopf und sah sie aus zusammengekniffenen Augen an. Obwohl zwischen seinen dichten Wimpern nur ein schmaler Spalt blieb, blitzte es im Licht der leicht verhangenen Morgensonne dunkelblau. Und feindselig.

»Kommt Ihnen wohl albern vor?«, beantworte er ihre Frage mit einer Gegenfrage.

»Wieso sollte es?« Instinktiv trat sie einen Schritt zurück. »Es wird sicher sehr schön.«

»Das ist noch nicht raus. Jedenfalls wird es so wie auf den alten Bildern.« Schwungvoll warf der chronisch schlecht gelaunte Gärtner der Chalerans eine weitere Schaufel Erde in den Kübel.

»Ich wollte nicht …« Was tat sie hier eigentlich? Es gab keinen Grund, sich für eine interessierte Frage zu entschuldigen. Offenbar hatte dieser Mann ein Problem mit seiner Arbeit hier. Oder mit sich selbst. Aber das ging sie nichts an.

Ohne ihren Satz zu beenden, drehte sie sich um und ging quer über den Hof zum Tor. Erst als sie die Brücke zum Festland schon halb hinter sich gebracht hatte, atmete sie auf. Immer wieder nahm sie sich vor, sich von feindseligen Menschen nicht die Laune verderben zu lassen. Und immer wieder fühlte sie sich abgelehnt und angegriffen, wenn jemand ihre Freundlichkeit nicht erwiderte. Leider war der Mann im Burggarten nicht der erste Mensch, dem es gelang, ihr den Tag zu verderben. Und er würde wohl leider auch nicht der letzte sein.

»Blödmann«, murmelte sie vor sich hin. »Als ob ich dir was getan hätte.« Der Kerl konnte ihr doch wohl nicht immer noch übelnehmen, dass sie in sein Beet getreten war!?

Die Bewegung an der frischen, klaren Luft tat ihr gut. Als sie die Hauptstraße des Dorfs erreichte, hatte sie die Begegnung mit dem mürrischen Gärtner schon fast vergessen. Die wenigen Menschen, die ihr hier begegneten, grüßten sie freundlich. Was machte es auch aus, wenn es auf der wunderschönen Insel Skye einen Mann gab, der sie, aus welchem Grund auch immer, nicht mochte? Sie musste ja nicht mit jedem gut klarkommen.

Nachdenklich stand sie an einer Abzweigung, die ins hügelige Umland führte. Sie war sich nicht sicher, ob es dort wirklich zu Isobels Haus ging. Felicia war so in Gedanken versunken, dass sie sich furchtbar erschrak, als sie eine feuchte Berührung an der Hand spürte. »Poppy! Wo kommst du denn her?«

Sie freute sich, die schwarze Hündin zu sehen. Die wiederum ihre Begeisterung mit einem so heftigen Schwanzwedeln ausdrückte, dass die hintere Hälfte ihres Körpers heftig ins Schlingern geriet.

Felicia bückte sich, um Poppy hinter den Ohren zu kraulen und ihrem Herz Gelegenheit zu geben, wieder einen normalen Rhythmus anzunehmen. Gleichzeitig schielte sie aus dem Augenwinkel die Straße hinunter, wo Finlay tatsächlich kurz darauf auftauchte.

»Es ist anstrengend, einen Hund zu haben«, beklagte er sich schnaufend. »Ständig will das Tier spazieren gehen, und sie ist locker doppelt so schnell wie ich, ohne sich auch nur anzustrengen.«

»Sie wollte dir nicht weglaufen«, tröstete Felicia ihn. »Ich glaube, sie wollte einfach nur freundlich sein und mich begrüßen.«

»Du bist schuld an meiner Misere.« Seine Augen funkelten fröhlich, während er die Hand auf Poppys Kopf legte, als täte er das schon seit vielen Jahren. »Nur weil du sie nicht wolltest, bin ich jetzt gezwungen, meine Kondition zu trainieren.«

Lachend schlug sie ihm gegen den Oberarm. »Ich hätte furchtbar gern einen Hund, aber wegen meines Berufs muss ich dauernd reisen. Nur deshalb habe ich keinen.«

»Ich danke dir, dass du Poppy zu mir geführt hast«, sagte Finlay plötzlich in ernstem Ton. »Als Kind hatte ich einen Hund. Er starb, als ich vierzehn war, und mir war gar nicht klar, wie sehr ich es seitdem vermisst habe, so ein treues Tier um mich zu haben.«

»Ich habe sie nicht zu dir geführt. Sie lag schon in deinem Vorgarten, als ich kam«, stellte Felicia richtig. »Außerdem hast du doch selbst erzählt, dass ihr vorheriges Zuhause fünfzig Kilometer von hier entfernt ist. Und zwar nicht in Richtung Inverness, wo ich gelandet bin und meinen Wagen gemietet habe.«

Finlay zuckte mit den Schultern. »Aber du hast mir klargemacht, dass ich sie bei mir behalten sollte. Wärst du nicht gewesen, hätte ich mich vielleicht gar nicht auf diesen Gedanken eingelassen.« Er lächelte Felicia an und kraulte dabei Poppy hinter dem Ohr. »Hast du Lust, mit uns einen Spaziergang zu machen? Ich öffne die Praxis erst um elf. Wir könnten zum Machair gehen.« Er sah in Richtung Meer.

»Machair?«, wiederholte sie und spürte ein Kribbeln im Bauch. Machair – das klang geheimnisvoll, natürlich wollte sie dorthin. Ein bisschen freute sie sich aber natürlich auch auf einen gemeinsamen Spaziergang mit Finlay. Und dass er ihn ihr vorgeschlagen hatte.

»Eigentlich wollte ich …« Sie stockte. Isobel würde morgen auch noch in ihrem Haus oben in den Hügeln sein. Wenn sie Finlay jetzt begleitete, würde sie etwas Neues, Unerwartetes erleben.

»Es dauert nicht lange. Ich muss ja um elf zurück sein.« Als hätte sie schon zugestimmt mitzukommen, setzte er sich einfach in Bewegung, und auch Poppy lief los, ohne sich weiter um Felicia zu kümmern.

Finlays Verhalten ärgerte sie ein bisschen, und ganz kurz zog sie in Erwägung, sich zu verabschieden und in die Richtung zu gehen, in der Isobels Haus lag. Doch dann siegte die Neugier und vielleicht noch etwas anderes, über das sie lieber nicht nachdachte. Sie beeilte sich, Finlay einzuholen.

»Verrätst du mir wenigstens, wohin wir gehen?«

Von der Seite konnte sie seine Grübchen sehen, als er die Mundwinkel zu einem Lächeln hochzog. »Es sind nur fünfzehn Minuten bis dorthin. Solange wirst du deine Neugier im Zaum halten müssen.«

Sie beschloss, die Zeit zu nutzen, um mehr über den ältesten Sohn der Chalerans in Erfahrung zu bringen. »Ich kenne nicht viele Männer in deinem Alter, die eine kostenlose Weltreise ausschlagen würden.«

»Tja, jetzt kennst du mich.« Sie meinte, einen unterdrückten Seufzer zu hören. »Weißt du, Familientraditionen sind ja schön und gut, aber mir macht das irgendwie Angst.«

»Du hast Angst davor, allein zu verreisen?« Auf sie wirkte er nicht wie jemand, der es nicht wagte, seinen Heimatort zu verlassen.

»Quatsch! Nein.« Kopfschüttelnd sah er einer Wolke nach, die eilig über den Himmel in Richtung Meer huschte, als wollte sie vor ihnen den Strand erreichen.

Sie schwieg. Von den Interviews, die sie schon geführt hatte, wusste sie, dass es oft erfolgversprechender war, auf eine Antwort zu warten, als ungeduldig nachzubohren.

»So meinte ich das nicht. Es ist eher die Erwartung, die damit verbunden ist«, sagte er tatsächlich, nachdem sie eine Weile stumm nebeneinander hergegangen waren. »Man schickt den ältesten Sohn auf eine lange Reise und hofft, dass er mit Erkenntnissen zurückkehrt, die ihm für den Rest seines Lebens als Clan-Oberhaupt in jeder noch so schwierigen Situation den Weg weisen.«

»Tatsächlich?« Dass ein paar Monate in einem fremden Land einem jungen Mann helfen konnten zu reifen, erschien ihr einleuchtend. Nicht aber die Erwartung, er wüsste fortan immer, was zu tun sei.

»Na ja, ganz so ist es nicht«, gab er zu und folgte mit seinen Blicken Poppy, die fröhlich auf der schmalen Straße vorauslief. Schon jetzt war das Rauschen des Meeres zu hören.

Nach einer Weile verstieß sie doch gegen ihre eigene Regel und fragte nach: »Wie ist es dann?«

»Es wird in der Familienchronik behauptet, tatsächlich sei es immer so gewesen, dass die ältesten Söhne von ihrer Reise vollkommen verändert zurückkehrten. Sie warfen all ihre Pläne über den Haufen, heirateten innerhalb weniger Monate, obwohl sie die Frau vorher nicht mal gemocht hatten – solche Dinge eben. Ehrlich gesagt erscheint es mir nicht sonderlich erstrebenswert, ein vollkommen anderer zu werden und Sachen zu tun, die ich jetzt nicht mal in Erwägung ziehen würde.«

»War es auch bei Logan so?«, erkundigte sie sich neugierig.

Finlay blieb stehen und sah Poppy dabei zu, wie sie aus lauter Freude an der Bewegung wie verrückt zwischen ihnen beiden und der nächsten Kurve hin und her lief. »Hast du das Tagebuch und die Briefe schon gelesen?«

»Ich habe mit dem Tagebuch angefangen. Sofia beschreibt darin ihre erste Begegnung mit Logan.« Abwartend musterte sie sein Profil, während er immer noch dem Hund beim Spielen zuschaute.

»Ja«, sagte Finlay nach einer Weile. »Für ihn hat sich mit dieser Reise alles verändert. Natürlich ist es albern anzunehmen, dass es so kommen musste. Logan hatte einen freien Willen. Auch wenn in die Familientradition der Ältestenreise eine Menge hineingeheimnisst wird, ist es nicht mehr und nicht weniger als eine Reise.« Er zuckte mit den Achseln, bückte sich nach einem Ast am Wegrand und warf ihn weit nach vorn. Begeistert stürzte Poppy hinterher.

»Wäre es denn so schlimm, wenn sich deine Gefühle und deine Einstellung zum Leben verändern würden?«, erkundigte sich Felicia vorsichtig. »Um welche Gefühle oder Pläne hast du Angst?«

Nachdem der Hund den Ast zurückgebracht und Finlay in die ausgestreckte Hand gelegt hatte, setzten sie sich wieder in Bewegung. Finlay lachte kurz und trocken auf. »Zum Beispiel um mein Pflichtgefühl. Das bliebe von vornherein auf der Strecke, wenn ich mich für die Reise entscheiden würde. Ich kann die Menschen und vor allem die Tiere hier nicht im Stich lassen. Für die Bauern sind die Schafe ihr wichtigster Besitz. Wenn eines beim Lammen stirbt, ist das ein Drama. Nicht nur wegen des Kaufpreises für ein Mutterschaf und ein Lamm.«

»Vielleicht passt es ja in ein paar Jahren. Könnte doch sein, dass sich in der Nähe noch ein Tierarzt niederlässt.«

»Möglicherweise.« Finlay warf einen Blick auf seine Armbanduhr und wurde schneller, obwohl die Straße an dieser Stelle steil den Hügel hinaufführte.

»Und jetzt mach die Augen zu.« Kurz vor der Hügelkuppe, hinter der Poppy schon verschwunden war, blieb Finlay stehen und hielt sie am Unterarm fest, damit sie nicht weiterging.

»Ist es da unten?«, fragte sie aufgeregt.

»Augen zu! Und nicht schummeln!«, kommandierte er.

Gehorsam kniff sie die Lider zusammen und ließ zu, dass er ihre Hand nahm, um sie zu führen.

Es ging noch ein paar Schritte bergauf, dann spürte sie, dass der Weg eben wurde. Sie hatten den höchsten Punkt des Hügels erreicht. Eine nach Salz duftende Brise wehte ihr entgegen, und das Rauschen der Wellen war jetzt so deutlich zu hören, als wären sie direkt am Strand. Finlay blieb erneut stehen, hielt ihre Hand aber immer noch in seiner.

»Darf ich jetzt gucken?« Sie flüsterte, als könnte sie die geheimnisvolle Überraschung, die sie gleich zu sehen bekommen würde, mit einer zu lauten Stimme vertreiben.

Finlay lachte leise. Es machte ihm Spaß, sie auf die Folter zu spannen.

»Was ist denn nun?«, drängte sie. »Wenn du es so spannend machst, bin ich womöglich am Ende enttäuscht, falls es sich nicht um eine Art Weltwunder handelt.«

»Dann bist du selbst schuld. Aber du darfst jetzt gucken.«

Vorsichtig blinzelte sie zwischen den Wimpern hervor. Zuerst sah sie nur Blau und Grün. Dann öffnete sie die Augen weit und schnappte nach Luft. Ganz unten am Ende der gewundenen Straße lagen ein schmaler Sandstrand und dahinter das Meer. Den Hügel hinab schlängelte sich das schmale Asphaltband jedoch durch eine blühende Wiese – eine Wiese direkt am Meer.

Im hohen Gras, das sich im leichten Wind wiegte, leuchteten rote, weiße und gelbe Wildblumen. Dazwischen standen, wie Wolken, die ein Maler dicht über den Pflanzen nach Lust und Laune hingetupft hatte, ein paar Schafe. Poppy tobte zwischen Gras und Blumen herum, machte aber keine Anstalten, die Schafe zu jagen.

»Darf ich vorstellen? Der Machair.« Finlay ließ ihre Hand los und vollführte eine weit ausholende Armbewegung, als würde er ihr die Blumenwiese zum Geschenk machen. Und tatsächlich war dieser Anblick ein schöneres Geschenk, als wenn er ihr einen prunkvollen Strauß überreicht hätte.

»Das ist wunderschön und sehr überraschend. Hier auf Skye sieht die Vegetation sonst eher karg aus. Auf eine wirklich schöne Weise karg. Und nun plötzlich all diese Blumen.« Ohne den Blick von der Wiese abzuwenden, als könnte das kleine Wunder verschwinden, wenn sie wegschaute, kramte sie in ihrem Lederbeutel nach der Kamera.

»Langsam verstehe ich, wie gut es war, dass Poppy nicht bei dem Jäger geblieben ist, der sie gern zu sich nehmen wollte«, sagte Finlay nachdenklich, während er der Hündin zusah, wie sie freundlich eines der Schafe begrüßte. Das weiße, wollige Tier wirkte zwar angesichts des großen Hundes etwas unruhig, lief aber nicht weg. »Sie hätte wahrscheinlich keinen Spaß daran, tote Enten zu apportieren, was eigentlich eine typische Aufgabe für einen Labrador ist. Manche Hunde sind einfach so. Geradezu erschreckend freundlich zu Mensch und Tier.«

»Gefällt es dir, dass sie so ist?« Felicia versuchte, die Begegnung zwischen Hund und Schaf mit möglichst viel Wiese im Hintergrund einzufangen, was gar nicht so einfach war.

Finlay lachte. »Ich bin kein Typ, der andere Menschen oder irgendwelche Tiere mit seinem Hund erschrecken will. Ich denke, es tut meiner Männlichkeit keinen Abbruch, wenn mein Hund freundlich ist. Sie ist wie geschaffen für einen Tierarzt, weil sie mit allem, was kreucht und fleucht, gut auskommt.«

Lächelnd hockte Felicia sich an den Straßenrand, um aus dieser Perspektive ein Bild von möglichst vielen Farbtupfern im Grün zu machen. »Wie kommt es, dass diese Wiese, dieser *Machair*, so dicht am Meer liegt?«

»Die Fläche ist im Winter überschwemmt. Dann wird Erde angespült, die fruchtbarer ist als an anderen Stellen der Insel. Eine solche Wiese entsteht aber nur, wenn man dort gelegentlich Tiere weiden lässt. Die Schafe schaffen erst den eigentlichen Lebensraum für seltene Vögel und Pflanzen. Es ist sozusagen ein Zusammenspiel zwischen Mensch und Natur.« Fast liebevoll ließ Finlay seinen Blick über die bunte Wiese schweifen.

Plötzlich kniff er die Augen zusammen. »Moment mal.« Noch bevor sie etwas sagen konnte, stürmte er los. Nicht in Richtung Meer, sondern quer über die blühende Wiese. Im nächsten Augenblick hielt er eines der Schafe im Arm, sodass es nicht weglaufen konnte. Das Tier blökte erstaunt und reckte den Kopf aus Finlays Umarmung, blieb aber ansonsten ruhig und schien keine Angst zu haben.

»Kannst du mir mal helfen, bitte?«, rief Finlay ihr zu.

Sie trat ins kniehohe Gras und beeilte sich, zu ihm zu kommen – machte aber dennoch zwei oder drei Schlenker, um die Blüteninseln nicht zu zertreten.

Als sie Finlay erreichte, war Poppy auch schon da und schnüffelte neugierig an den Ohren des Schafs.

»Sie hinkt«, teilte Finlay ihr mit, als sei es die selbstverständlichste Sache der Welt, im Vorbeigehen Schafe mit Gesundheitsproblemen einzufangen.

»Und was machen wir jetzt?«

»Kannst du sie festhalten, damit ich die Beine untersuchen kann? Ich glaube, es ist vorn rechts.«

»Ich versuche es.« Sie konnte selbst hören, dass sie nicht gerade klang wie eine beherzte Tierarztassistentin. Aus der Nähe betrachtet, war so ein Schaf ziemlich groß.

»Klemm dir einfach ihren Kopf unter den Arm. Das ist Clementine. Sie ist ein sehr freundliches Tier.« Mit der freien Hand kraulte Finlay das Schaf zwischen den Ohren.

»Clementine? Aha.« Sie atmete tief durch und tat, was er von ihr erwartete, indem sie den linken Arm um Clementines Hals schlang. Das Schaf zappelte einmal kurz mit den Hufen, entspannte sich aber sofort wieder, als Finlay ihm mit beiden Händen sanft an den Beinen auf und ab strich.

Der herbe Geruch, den das Tier verströmte, vermischte sich mit dem Duft der Blumen und dem salzigen Aroma des Meeres. Einen Moment hielt Felicia die Luft an, doch als sie vorsichtig weiteratmete, erschienen ihr Clementines Ausdünstungen gar nicht mehr so unangenehm.

»Dachte ich es mir doch!« Vorsichtig drückte Finlay auf eine Stelle dicht über dem rechten Huf. Daraufhin zuckte das Schaf zusammen und blökte empört. »Kommst du mit deiner freien Hand an meine rechte Jackentasche? Da müsste noch ein Stück Mullbinde drinstecken. Wenn ich die fest um das Bein wickle, hat es Halt. In ein, zwei Tagen ist dann alles wieder in Ordnung.«

Das Lachen kitzelte Felicia ganz oben in der Kehle, und sie

konnte nicht anders, als es herauszulassen. »Entschuldige – schleppst du wo du gehst und stehst Verbandmaterial mit dir herum?« Zögernd ließ Felicia die Hand an seiner Jacke abwärtsgleiten. Clementine versperrte ihr die Sicht, also musste sie blind zu Werke gehen, was die Angelegenheit nicht eben einfacher machte. Normalerweise pflegte sie Männer, die sie kaum kannte, nicht abzutasten. Dennoch tauchte sie die Finger entschlossen in seine Seitentasche, als sie sie gefunden hatte.

»Meistens schon. Das sind Reste von irgendwelchen Behandlungen, die mir gelegentlich noch gute Dienste leisten, wie du siehst.« Er lachte ebenfalls. Erst leise, dann lauter. »Vorsicht! Ich bin kitzelig!«

»Oh. Verzeihung.« Felicia zog die Hand hastig wieder aus seiner Jackentasche.

»Ich brauche die Binde trotzdem. Es wäre allerdings nett, wenn du nicht ganz so wild danach suchen würdest.«

Dieses Mal bemühte sie sich, die Finger in der Enge seiner Tasche kaum zu bewegen. Sie meinte da drinnen eine Hundepfeife, eine Rolle Drops, einen Schlüssel und noch einige undefinierbare Gegenstände zu ertasten. Finlay hielt ganz still, sie hörte ihn nicht mal atmen. »Da ist kein … doch.«

Als sie die Hand aus Finlays Jackentasche zog, hielt sie darin tatsächlich eine Rolle Mullbinde.

Nachdem sie ihm den Mull gereicht hatte, war die Sache ganz schnell erledigt. Er wickelte die Binde dicht über dem Huf um das Bein des Schafs, das sich die Prozedur ruhig gefallen ließ.

»Jetzt kannst du sie loslassen«, sagte er schließlich.

Vorsichtig lockerte sie den Griff um Clementines Hals,

und das Schaf stellte sich ganz von allein wieder auf alle viere.

Felicia hatte gedacht, Clementine würde nach dieser unerwünschten Behandlung durch den Tierarzt entsetzt das Weite suchen. Doch das Schaf blieb ganz ruhig stehen, zupfte ein paar Gräser, sah sich noch einmal um und trottete dann gemächlich durch ein Meer aus violetten Blüten davon.

»Morgen sehe ich auf meinem Spaziergang mit Poppy noch mal nach ihr. Ich denke, dann wird es ihr schon besser gehen. Und natürlich rufe ich Kerry an, damit sie Bescheid weiß. Es sind ihre Schafe.« Zufrieden sah Finlay zu, wie Clementine sich zu zwei ihrer Kolleginnen gesellte, um mit ihnen gemeinsam Kräuter zu fressen.

Auf dem Rückweg zur Straße machte Felicia wieder zahlreiche Kurven um die im Wind nickenden Blüten. Als ihr ein Felsbrocken den Weg versperrte, reichte Finlay ihr die Hand, um ihr darüber hinwegzuhelfen.

»Gehen wir noch ein Stück am Strand entlang?«, erkundigte er sich, als sie das schmale Asphaltband wieder erreicht hatten, wo Poppy sie bereits erwartete. Felicias Hand hielt er immer noch fest.

Sie nickte stumm, weil plötzlich ihre Kehle eng war von all dem Schönen, das an diesem Vormittag unverhofft passierte.

Während sie Hand in Hand hinunter zum Meer gingen, sah sie Finlay immer wieder heimlich von der Seite an. Als hätte er ihren Blick gespürt, wandte er plötzlich den Kopf und lächelte sie an.

»Danke, dass du mich auf diesem Spaziergang begleitest«, sagte er leise.

»Ich danke dir, dass du mir das hier zeigst.« Sie erwiderte

sein Lächeln und versuchte, den viel zu schnellen Schlag ihres Herzens zu ignorieren.

Er sagte nichts und drückte nur für ein oder zwei Sekunden ihre Hand, während sie gemeinsam an den Saum des Wassers traten, um das in der Sonne funkelnde Meer zu betrachten.

8. Kapitel

1920
Farmosca, Spanien

15. September

Ich weiß, ich sollte nicht ständig an ihn denken und mich erst recht nicht fragen, ob er vielleicht auch ein kleines bisschen an mich denkt. Denn selbst wenn er es täte, wohin sollte das führen? Er, der Prinz, der in einem fernen Land in einer Burg lebt, und ich, die arme Bauerntochter?

Natürlich ist er in Wirklichkeit kein Prinz. Vater erzählte mir, dass Logan aus einem schottischen Clan stammt. Das sind die mächtigsten Familien Schottlands. Er ist der älteste Sohn einer solchen Familie, das künftige Oberhaupt des Clans. Das hat er Vater angedeutet, als sie über die Zitronenbäume sprachen, die er für den Wintergarten seiner Mutter kaufen möchte. Ein Wintergarten ist ein großes Glashaus, in dem reiche Menschen fremdländische Pflanzen in Kübeln ziehen.

Also ist er doch so etwas wie ein Prinz. Im wahren Leben, das so ganz anders als jedes Märchen ist, unerreichbar für das arme Bauernmädchen. Wenn sie nicht will, dass ihr das Herz gebrochen wird, sollte sie nicht einmal von ihm träumen ...

Gedankenverloren rührte Sofia in dem großen Topf mit Gemüsesuppe und sang dabei leise vor sich hin. Das Singen hielt sie davon ab, sich dumme Gedanken zu machen. Nun ja, so war jedenfalls die Idee. Dummerweise tauchte dennoch in regelmäßigen Abständen, die höchstens eine Minute oder auch nur wenige Sekunden betrugen, das Gesicht des Fremden vor ihrem inneren Auge auf.

Sie sang lauter und rührte heftiger in der Suppe. Als sie eine zarte Berührung an der Schulter spürte, ließ sie mit einem Aufschrei den Kochlöffel fallen und fuhr herum.

Dieses Mal war es kein Trugbild ihrer Fantasie – er stand leibhaftig vor ihr. Mit blitzenden grünen Augen, funkensprühendem Haar und einem Lächeln, das ihr Herz zum Rasen brachte, während sie gleichzeitig immer noch vor Schreck zitterte.

»Das tut mir furchtbar leid. Ich wollte Sie nicht erschrecken. Sie haben so schön gesungen und deshalb mein Klopfen nicht gehört. Und weil nicht abgeschlossen war, bin ich einfach hereingekommen.«

Seine Hand lag immer noch auf ihrer Schulter, und jetzt strich er ihr beruhigend über den Oberarm. Durch den dünnen Stoff fing ihre Haut Feuer. Sie trug ihre gute Bluse, weil ihre beiden Alltagskleider unbedingt gewaschen werden mussten. Das hatte sie sich zumindest einzureden versucht, obwohl sie den wahren Grund sehr genau kannte.

Als er seine Hand sinken ließ, blieb von seiner Berührung ein heftiges Kribbeln wie von tausend Ameisen.

»Nein, nein«, beteuerte sie hastig, als er sie betreten ansah. »Es ist hier ganz üblich, dass Freunde und Nachbarn einfach ins Haus kommen. Ich bin nicht erschrocken, es war nur … die Überraschung.«

Und außerdem eine große Freude, die ihr den Atem genommen hatte, wie sie merkte, als sie nach Luft schnappen musste.

»Ich bin gekommen, um mich nach unserem Schützling zu erkundigen.« Er schaute sich suchend in der Küche um.

»Er ist nicht hier«, erklärte Sofia. »Mein Vater würde nicht erlauben, dass ein Käfig mit einem wilden Vogel in der Küche steht. Deshalb habe ich ihn in den Schuppen neben dem Haus gebracht. Kommen Sie, ich zeige Ihnen, wo das ist.«

Sie legte den Deckel auf den Topf und eilte zur Tür. Für den Moment war es eine Erleichterung, dass Logan ihr nicht ins Gesicht blicken konnte, denn ihre Wangen brannten noch immer. Und der Schreck über sein plötzliches Auftauchen in der Küche konnte nicht ewig als Begründung für ihr heftiges Erröten gelten.

Logan folgte ihr aus der Küche in die kleine Diele. »Frisst er denn?«, erkundigte er sich.

»Ich weiß nicht genau. Mir schien, dass es weniger Brotkrumen geworden sind, aber vielleicht bilde ich mir das auch nur ein. Wenn ich vor dem Käfig stehe, pickt er nicht, dazu ist er noch viel zu ängstlich.«

Sie führte Logen aus dem Wohnhaus zum Holzschuppen, wo der Käfig auf dem Hackklotz vor dem Fenster stand.

»Ich habe mich im Dorf erkundigt, was Spatzen wohl gern mögen, und ihm ein paar Leckereien mitgebracht.« Während er in den dämmerigen Raum trat, holte er eine Papiertüte aus der Tasche seines dunklen Mantels, der ihr für den sonnigen Tag wieder viel zu warm erschien.

Gemeinsam traten sie vor den Käfig, in dem der kleine Spatz mit seinem geschienten Flügel auf dem Boden hockte. Als er sie bemerkte, legte er den Kopf schief und betrachtete sie mit seinen schwarzen Augen, die ihr wie winzige Perlen erschienen.

»Ich glaube, er hat wenigstens etwas Wasser getrunken«, flüsterte Sofia. Das Metallschüsselchen, das zu dem Puppengeschirr gehörte, welches als Kind eines ihrer kostbarsten Besitztümer gewesen war, schien ihr deutlich weniger Flüssigkeit zu enthalten als noch vor einigen Stunden.

»Das ist gut.« Auch Logan sprach mit gesenkter Stimme, um dem verletzten Vogel nicht noch mehr Angst einzujagen, als er ohnehin schon haben musste. Er reichte Sofia die Tüte, die er mitgebracht hatte. »Am besten geben Sie ihm das Futter, Ihre Hände sind viel kleiner als meine und machen ihm sicher weniger Angst.«

Als sie nach dem knisternden Papier griff, berührten ihre Fingerspitzen versehentlich seine. Sofort war das Feuer wieder da und wanderte von ihren Fingern in ihren Arm und von dort weiter in ihren ganzen Körper.

Sie wandte sich ab, damit er nicht sah, dass ihre Hände zitterten, als sie die Tüte öffnete. Das Futter, das er für den Vogel mitgebracht hatte, bestand vor allem aus verschiedenen Getreidekörnern, die ihr golden und braun entgegenleuchteten.

»Ich gebe es ihm nachher. Wenn ich allein mit ihm bin.« Nervös faltete sie den Rand der Tüte wieder um und stellte sie neben den Käfig.

»Ja. Ich bringe sicher zu viel Unruhe mit.« Logan nickte zustimmend, während er den Vogel aufmerksam betrachtete. »Die Schiene sitzt noch gut, das heißt, der Flügel wird heilen.«

»Meinen Sie, er kann eines Tages wieder fliegen?« Zärtlich strich sie über die Gitterstäbe des Käfigs.

»Ja«, sagte er schlicht und lächelte sie an.

Sie ging in seinem Lächeln unter wie in einem grünen See mit unergründlichen Tiefen. Erst nach einer kleinen Ewigkeit wurde ihr bewusst, dass sie beide schon viel zu lange schwiegen und sich einfach nur ansahen.

»Mein Vater kommt wahrscheinlich in ein paar Minuten zum Essen nach Hause. Sie möchten heute sicher die jungen Zitronenbäume für Ihre Mutter mitnehmen? Vater hat in der Anpflanzung schon welche ausgesucht. Wenn sie Ihnen gefallen, muss er sie nur noch ausgraben und in feuchtes Sackleinen packen. Mein Bruder kann sie ins Dorf bringen. Sie wohnen doch im Gasthaus?«

Er nickte. »Ich werde voraussichtlich noch eine Weile bleiben. Es gibt hier in der Gegend viel zu sehen.«

Stirnrunzelnd überlegte sie, was er sich wohl in den umliegenden Dörfern, den Zitronen- und Orangenhainen ansehen wollte, wagte aber nicht zu fragen. Für sie sah alles gleich langweilig aus, was aber vielleicht daran lag, dass sie es schon tausend Mal gesehen hatte.

»Und ich möchte wissen, ob sich unser Schützling erholt.« Er legte seine Fingerspitzen dicht neben ihre auf die Käfigstäbe. So dicht, dass sie meinte, seine Wärme zu spüren, obwohl er sie nicht berührte.

Er würde also noch ein paar Tage bleiben. Obwohl sie wusste, dass es schrecklich unvernünftig war, hüpfte ihr Herz vor Freude.

9. Kapitel

29. Juli 2016
Chaleran, Isle of Skye, Schottland

Nach dem Spaziergang am Strand hatte Finlay ihr einen schmalen Weg gezeigt, auf dem sie innerhalb einer knappen halben Stunde zu Isobels Gehöft gelangen konnte.

»Ich besuche sie gelegentlich wegen ihrer Ziegen«, erklärte er.

»Gibt es irgendjemanden im Umkreis von fünfzig Kilometern, den du nicht kennst?«, erkundigte Felicia sich erstaunt. Sie war beeindruckt, wie sehr Finlay mit dieser Landschaft und ihren Menschen und Tieren verwachsen war. Vielleicht war das einer der Gründe, weshalb er die Ältestenreise nicht antreten wollte. Ein Mensch, der in wunderbarer Harmonie mit sich und seiner Umgebung lebte und in seinem Umfeld eine wichtige Aufgabe zu erfüllen hatte, sehnte sich nicht in die Ferne. Er musste seine vertraute Welt nicht verlassen, um sich selbst zu finden, weil er schon längst bei sich angekommen war.

Während Felicia den Hügel allein hinaufwanderte, musste sie wieder und wieder an die Stunde zurückdenken, die sie eben mit Finlay verbracht hatte. Es war so vertraut gewesen. In Finlays Gesellschaft konnte sie sich so wunderbar entspannen wie noch mit keinem Mann zuvor. Er gab ihr das Gefühl, dass sie nichts falsch machen konnte, wenn sie einfach sie selbst war.

Als hinter einer scharfen Kurve unvermittelt ein kleines Gebäude aus Naturstein auftauchte, blieb sie überrascht stehen. Rings um das Haus waren zahlreiche Beete angelegt, die sich von der kargen Vegetation des Hügels durch die leuchtenden Farben der Blüten und das üppige Grün der Blätter abhoben. Auf einer Seite befand sich hinter einem schmalen Kräuterbeet eine eingezäunte Weide mit fünf Ziegen darauf.

Langsam näherte Felicia sich dem Bretterzaun, der das Grundstück einfasste. Plötzlich fragte sie sich, ob die alte Isobel ihren unangemeldeten Besuch nicht als lästig empfand. Hier in der Abgeschiedenheit der Berge musste jeder Fremde wie ein Eindringling erscheinen.

Sie blieb vor dem niedrigen Holztürchen stehen. Es wurde mit einem dicken Strick geöffnet und geschlossen, der zu einer Schlaufe gebunden war.

»Immer herein.« Die brüchige Stimme kam aus einem Gebüsch direkt hinter dem Zaun, und gleich darauf öffnete ihr die alte Frau die Pforte wie einem lange erwarteten Gast. »Ich wusste, dass du heute kommst, mein Kind.«

Verblüfft trat Felicia in den Garten. »Woher wussten Sie das?« Die Einwohner von Chaleran hatten sie schon häufiger mit ihrem Wissen über ihre Anwesenheit und ihre Pläne verblüfft. Doch den Plan, Isobel zu besuchen, hatte sie erst spät am Vorabend gefasst und nur mit Isla darüber gesprochen.

»Oh. Das hat mir niemand erzählt. Ich wusste es eben.« Die alte Frau kicherte vor sich hin, während sie erstaunlich behände vor Felicia den schmalen Weg zum Haus entlangeilte. »Es ist zwei Tage her, seit wir uns auf dem Markt begegnet sind.«

»Ja«, stimmte Felicia zu und wartete auf weitere Erklärungen, wie man aus dieser Tatsache ihren heutigen Besuch ableiten konnte.

Isobel hüllte sich jedoch in geheimnisvolles Schweigen und hielt ihr stumm die Tür auf. Falls die alte Frau tatsächlich von ihrem Besuch gewusst hatte, war sie sicher auf ganz natürlichem Weg zu diesem Wissen gelangt und tat nur so, als hätte sie übersinnliche Wahrnehmungen, um Felicia zu beeindrucken. Da Neuigkeiten sich in Chaleran wie Lauffeuer zu verbreiten schienen, nutzte die Bevölkerung sicher moderne Kommunikationsmittel wie Telefon und E-Mail.

Die kleine Küche, in die Felicia von Isobel geführt wurde, sah allerdings nicht aus, als würde die alte Frau an dem kleinen Holztisch regelmäßig ihre Mails checken, um mit dem Dorftratsch auf dem Laufenden zu bleiben. Es schien keinen einzigen Einrichtungsgegenstand zu geben, der nicht mindestens fünfzig, in den meisten Fällen wohl eher hundert Jahre alt war.

Auf besagtem Tisch stand kein Laptop, sondern ein handgetöpfertes Stövchen mit einer bauchigen Teekanne darauf. Daneben warteten zwei passende Tassen, eine Zuckerdose, ein Kännchen mit Milch und ein Teller mit selbstgebackenen Plätzchen. Alle Geschirrteile waren in einem wunderbar warmen Blau lasiert.

Felicia musste schlucken, als sie sah, dass alles für zwei Personen vorbereitet war. Sie ließ sich auf dem Holzstuhl nieder, auf den Isobel zeigte, und sah zu, wie die alte Frau Tee eingoss und die gefüllte Tasse über die glatte Tischplatte in ihre Richtung schob. Dann nahm Isobel sich selbst Tee und setzte sich ebenfalls an den Tisch.

Felicia war durstig von ihrem Spaziergang mit Finlay und

dem steilen Weg den Hügel hinauf und nahm einen großen Schluck von dem kräftigen schwarzen Gebräu. Dabei verbrannte sie sich die Zunge, ließ sich aber nichts anmerken, sondern lächelte Isobel anerkennend zu. »Der ist sehr gut. Sie trinken keinen Kräutertee?«

Die alte Frau verzog ihr Gesicht zu einem breiten Lächeln, bei dem sie ihre beneidenswert weißen, geraden Zähne entblößte. »Das würde ich nur tun, wenn ich Husten hätte. Oder Bauchweh.«

»Sie können mit Ihren Kräutern also Krankheiten heilen?« Hastig kramte Felicia in ihrem Lederbeutel nach dem Notizblock. Sie hatte auch ihr elektronisches Diktiergerät dabei, aber die meisten Menschen reagierten nervös, wenn ihre Worte aufgezeichnet wurden, sodass sie es meistens vorzog, sich handschriftliche Notizen zu machen.

»Ja«, erwiderte Isobel in einem Ton, der deutlich machte, wie überflüssig sie diese Frage fand. »Ich verkaufe auf dem Markt verschiedene Teesorten für fast jede Krankheit. Wenn die Leute nur ein kleines bisschen auf ihre Körper hören würden, hätten sie meine Kräuter gar nicht nötig. Aber mir soll es recht sein.« Sie zuckte mit den Schultern und rührte in ihrer Tasse, nachdem sie Zucker und Milch hinzugefügt hatte.

»Nimm dir von der Milch, mein Kind.« Mit einer Kopfbewegung deutete Isobel auf das hübsche blaue Kännchen.

Gehorsam griff Felicia danach. Wenn sie kalte Milch in ihren Tee rührte, konnte sie sofort ihren Durst löschen und musste nicht warten, bis das heiße Getränk abgekühlt war.

»Ziegenmilch, Ziegenkäse – es gibt nichts Gesünderes. Sieh mich an. Ich bin über achtzig Jahre alt und niemals krank.«

Erschrocken stellte Felicia das Kännchen wieder auf den Tisch. Natürlich war das Ziegenmilch! Schließlich hatte sie die Tiere selbst hinter dem Haus weiden sehen, als sie gekommen war. Leider hatte sie schon einen kräftigen Schuss davon in ihren Tee gegossen. Vorsichtig hob sie die Tasse zum Mund und schnupperte unauffällig. Es roch ziemlich neutral, nur ein bisschen süßlich. Vorsichtig nippte sie an der warmen Flüssigkeit. Aus irgendeinem Grund hatte sie geglaubt, Ziegenmilch würde streng und sogar irgendwie bitter schmecken, sodass ein paar Tropfen eine ganze Tasse Tee verderben konnten.

»Du probierst nicht gern Dinge, die du nicht kennst«, stellte Isobel fest.

Felicia fühlte sich ertappt und stellte hastig ihre Tasse zurück auf den Tisch. »Ich habe bis jetzt nie Ziegenmilch gekostet«, murmelte sie und kam sich dumm vor. So ähnlich dumm wie sie sich immer wieder angesichts der Tatsache fühlte, dass sie nicht in der Lage war, Fisch zu essen.

»Auch keinen Ziegenkäse?« Erstaunt legte Isobel den Kopf schief. Alles wusste sie offensichtlich doch nicht.

Verlegen zuckte Felicia mit den Schultern. »Es stimmt schon, dass ich nicht gern etwas esse, das ich nicht von Kindheit an gewohnt bin. Oder das ich schon als Kind nicht mochte.«

Isobel öffnete den Mund, um ihr zu antworten. Doch bevor die alte Frau etwas sagen konnte, wurde die Tür aufgestoßen, und ein breiter goldener Lichtstrahl fiel von draußen in die dämmerige Küche.

Felicia wandte den Kopf und betrachtete die kräftige Silhouette vor dem hellen Sonnenschein. Das Gesicht des Eintretenden konnte sie nicht erkennen.

Da Isobel lächelnd den Kopf hob, handelte es sich offenbar um einen höchst willkommenen Gast. »Wie nett, dass du kommst, Scott! Sieh nur, ich habe gerade Besuch.« Sie stand auf, ging zum Schrank neben dem Herd und holte eine dritte Tasse, die sie neben Felicias auf den Tisch stellte.

»Ich komme doch immer um diese Zeit, Granny.« Die winzige Isobel verschwand für einige Sekunden an der breiten Brust ihres Besuchers. Lächelnd sah Felicia zu, wie seine kräftigen Hände Isobels Rücken streichelten, bevor er sie wieder freigab.

Erst als er sich dem Tisch näherte, begriff sie, wer er war. Erstaunt schnappte sie nach Luft. Offenbar ging es ihm ähnlich, denn er stockte mitten im Raum.

»Sie?«, sagten sie beide gleichzeitig.

»Ach, ihr kennt euch?« Interessiert ließ Isobel ihren klaren Blick zwischen ihnen hin und her tanzen.

»Nur flüchtig«, beteuerte Felicia.

»Das ist die Frau, die mich mindestens zwei Stunden zusätzliche Arbeit gekostet hat, weil sie über mein frisch angelegtes Beet marschiert ist.«

»Das war nun wirklich keine Absicht. Ich habe mich entschuldigt!« Wie konnte ein Mensch nur so nachtragend sein!

»Das ist mein Enkel Scott«, stellte Isobel den Mann vor, der unschlüssig hinter dem freien Stuhl am Tisch stand. »Er legt gerade den Garten um Chaleran Castle herum neu an. Aber ganz gleich welchen Auftrag und wie viel Arbeit er gerade hat: Er sieht jeden Tag in seiner Mittagspause bei mir vorbei, obwohl ich ihm immer sage, er soll lieber in sein eigenes Haus unten im Dorf gehen und sich dort ein bisschen ausruhen. Aber nein, er fährt den Hügel hinauf, um nach seiner Grandma zu sehen. Könnte ja sein, dass mich der Schlag trifft und ich tot in irgendeiner Ecke liege.« Sie lachte, als sei es ein vollkommen absurder Gedanke, dass ihr, so allein hier oben auf dem Hügel, tatsächlich etwas passieren könnte.

»Und das ist Felicia«, fuhr sie mit der Vorstellung fort. »Sie kommt aus Deutschland und will für eine Zeitschrift über meine Kräuter und meine Tongefäße schreiben. Ich glaube nicht, dass sie irgendwelche Pflanzen absichtlich zertreten würde.«

»Habe ich doch auch nie behauptet«, brummte Scott vor sich hin, während er sich auf den Holzstuhl fallen ließ und nach der Teekanne griff, um seine Tasse zu füllen.

»Du darfst es Scott nicht übelnehmen, wenn er manchmal etwas mürrisch wirkt«, sprang Isobel für ihren Enkel in die Bresche. »Er ist ein herzensguter Mann, sehr klug und wirklich tiefsinnig.«

»Herzensgut und tiefsinnig.« Scott schnaubte leise in seine Tasse. »Das sind genau die Eigenschaften, die Frauen an uns Männern lieben.«

Felicia musste grinsen. »Ich fürchte, Sie haben nicht besonders viel Erfahrung damit, was Frauen mögen und was nicht.«

»Genug«, brummte er vor sich hin und schüttete den halben Inhalt seiner Tasse hinunter. Ihn schien es nicht im Geringsten zu stören, dass der Tee sehr heiß war.

Mittlerweile hatte Isobel flink drei blau lasierte Teller aus dem Schrank geholt und einen neben jede Tasse gestellt. Dann verschwand sie in der kleinen Speisekammer und tauchte gleich darauf mit einem Holzbrett voller dicker Brotscheiben wieder auf. In der anderen Hand hielt sie einen Teller mit mehreren kleinen, runden weißen Käsestücken, offensichtlich Ziegenkäse.

»Etwas anderes ist leider nicht im Haus«, teilte sie Felicia freundlich mit. »Aber probier nur. Ich bin sicher, wenn du dich überwindest, wird es dir schmecken.«

»Ich habe wirklich überhaupt keinen Hunger«, erklärte Felicia und fügte etwas von einem üppigen Frühstück auf Chaleran Castle hinzu.

»Hätt ich mir denken können«, murmelte Scott vor sich hin, während er eine der daumendicken Brotscheiben auf seinen Teller legte.

Felicia atmete tief durch. »Aber ich probiere trotzdem gern.« Entschlossen nahm sie sich ebenfalls ein Stück Brot und tat es Scott gleich, indem sie von einem der runden Käsestücke etwas abschnitt. Als sie ihr Messer in die Masse drückte, gab sie weich und elastisch nach. Sie war nicht ganz sicher, ob ihr das gefiel.

»Der ist mit Thymian und Honig«, erklärte Isobel, die ihrem Tun aufmerksam zuschaute, ohne sich selbst zu bedienen. »Ein bisschen säuerlich und ein bisschen süß.«

»Aha«, machte Felicia und verteilte den Käse beherzt auf dem kräftigen Graubrot, von dem Scott mittlerweile schon eine halbe Scheibe vertilgt hatte. Er schien beschlossen zu haben, den Gast am Tisch seiner Großmutter zu ignorieren und sich von ihr nicht den Appetit verderben zu lassen.

Dann lag das dick mit Käse bestrichene Brot vor ihr auf dem Teller, und sie starrte es an wie einen Feind, den es zu besiegen galt. Sie musste daran denken, dass ihre Mutter gern erzählte, sie sei ein Kind gewesen, das nicht einmal Gummibärchen mochte. Die einzige Süßigkeit, die Gnade vor den

Augen der sechsjährigen Felicia gefunden hatte, war Vollmilchschokolade mit Nüssen gewesen.

Lächelnd pflegte sie zu erklären, dass Felicia schon immer sehr wählerisch war. Was eine freundliche Umschreibung für »mäklig« darstellte. Aber im nächsten Atemzug entschuldigte ihre Mutter das immer direkt, weil sie ja nichts über Felicias erste Lebensjahre wussten. Ob sie hungern musste oder irgendwelche Abfälle zu essen bekam oder nur von goldenen Tellern gespeist hat.

Nachdem sie eine Weile gezögert und aus dem Augenwinkel beobachtet hatte, wie Scott mit gutem Appetit aß, biss Felicia eine kleine Ecke von ihrem Brot ab. Dabei hielt sie die Luft an, weil sie wusste, dass sie auf diese Weise kaum etwas schmecken würde. Tatsächlich waren da nur ein Hauch von Honig, das leicht bittere Aroma würziger Kräuter und ein cremiges Gefühl auf ihrer Zunge. Gar nicht so schlecht.

»Es geht also«, stellte Isobel zufrieden fest und begann erst jetzt, sich selbst ein Brot zuzubereiten.

»Hm«, machte Felicia, weil sie vor Scott, der krampfhaft an ihr vorbeisah, nicht ihr Mäkelproblem ausdiskutieren wollte.

»Wer nicht mal diesen guten Käse mag, der sollte besser gar nicht auf unsere Insel kommen«, brummte er in diesem Moment vor sich hin.

»Wer sagt denn, dass ich keinen Ziegenkäse mag«, erwiderte sie munter und schob sich fast ein Viertel der Brotscheibe in den Mund, so wie er es machte. An diesem riesigen Bissen erstickte sie jedoch fast. Das Brot schien in ihrem Mund aufzuquellen und immer mehr und mehr zu werden.

Als es ihr hustend und würgend gelungen war, es runterzuschlucken, schüttete sie den inzwischen kalt gewordenen Tee aus ihrer Tasse hinterher und wischte sich die Tränen aus den Augen. »Verschluckt«, stieß sie hervor. »Der Käse ist wunderbar. Ich habe mich nur verschluckt.«

Kopfschüttelnd stand Scott auf und trug sein benutztes Geschirr zum Spülbecken in der Ecke. »Ich muss dann mal wieder, Grandma.«

Erneut verschwand die zarte, kleine Isobel zwischen den Ärmeln seiner Flanelljacke, dann hob er in Felicias Richtung lässig den Arm und verließ wortlos die Küche.

Lächelnd setzte Isobel sich wieder an den Tisch. »Er ist ein wunderbarer Mann«, behauptete sie in entschiedenem Ton. »Wenn Scott sagt, dass er morgen früh um sieben Uhr kommt, und er bricht sich um sechs Uhr ein Bein, wird er sich trotzdem den Berg heraufschleppen und pünktlich hier sein.«

»Da bin ich mir sicher.« Felicia bemühte sich um ein Lächeln, während sie dachte, dass sie nicht den geringsten Wert darauf legte, Scott morgen früh um sieben oder zu sonst irgendeinem Zeitpunkt wiederzusehen. Wie mürrisch er sein würde, nachdem er sich mit einem gebrochenen Bein kilometerweit durch die Gegend geschleppt hatte, wagte sie sich gar nicht erst vorzustellen.

»Zeigen Sie mir jetzt Ihren Kräutergarten und Ihre Töpferwerkstatt?«, wechselte sie das Thema. »Wenn Sie erlauben, möchte ich gern Fotos machen und alles über Ihre Heilkunde und Ihre Töpferkunst wissen.«

Isobel lachte leise. »Meine *Werkstatt* ist da drüben.« Sie zeigte auf einen zweiten Tisch, der in der hinteren Ecke der geräumigen Küche stand und Felicia bisher nicht aufgefallen war. Auf der rissigen Tischplatte lag ein unförmiger, in ein graues Tuch gewickelter Klumpen, bei dem es sich wahrscheinlich um Ton handelte. »Du kannst das aber gern fotografieren. Der Brennofen steht draußen im Schuppen.«

»Vielen Dank.« Felicia bemühte sich, die Stimmung in Isobels Küche einzufangen, in der gekocht, gegessen, Besuch empfangen und getöpfert wurde. Dabei huschte ihr der Gedanke durch den Kopf, dass es ihr vielleicht leichter gefallen wäre, die ganz besondere Atmosphäre dieses Raumes mit Leinwand und Farbe festzuhalten. Doch sofort erinnerte sie sich daran, dass sie zu der Zeit, als sie noch regelmäßig gemalt hatte, oft unzufrieden mit ihren Arbeiten gewesen war.

»Meine Kräuter trockne ich da über dem Herd.« Isobel deutete auf eine Wäscheleine, an der einige Bündel Grünzeug hingen.

Felicia stieg auf einen der Holzstühle, um von dort oben die Küche zu fotografieren. Zufrieden war sie immer noch nicht mit dem Ergebnis, aber das war sie schließlich fast nie. Anschließend ließ sie sich in die Geheimnisse der Ziegenhaltung und der Käseherstellung einweihen, erfuhr eine Menge über die mehr als zwanzig verschiedenen Heilkräuter, die Isobel in ihrem Garten zog, und sah Isobel beim Töpfern zu. Sie konnte beobachten, wie aus einem unförmigen Tonklumpen zwischen ihren geschickten Fingern langsam ein hübsches Milchkännchen entstand.

»Was soll es kosten?«, erkundigte sie sich.

Die Alte musterte sie mit zusammengekniffenen Augen und nannte dann einen Preis, für den Felicia auch ein edles Stück aus feinstem Porzellan hätte erstehen können.

»Okay.« Sie nickte. »Darf ich mir die Farbe aussuchen?«

Energisch schüttelte Isobel den Kopf. »Dieses Kännchen wird blau. Blau wie Scotts Augen.«

»Das scheint Ihre Lieblingsfarbe zu sein.« Felicias Blick wanderte zu dem benutzten Geschirr im Spülbecken.

Isobel zuckte mit den Schultern. »Während ich das Geschirr forme, sehe ich schon die Farbe vor mir. Und dieses Kännchen ist blau. Es gibt auch rote und manchmal weiße oder braune Geschirrteile, aber dieses Kännchen ist eindeutig blau.«

»Schön.« Sie hätte lieber ein rotes Milchkännchen gehabt, aber blau war ihr auch recht. Welche Farbe Scotts Augen hatten, interessierte sie hingegen gar nicht.

Während sie am Nachmittag wieder hinunter ins Dorf ging, dachte Felicia darüber nach, dass sie gleich nach ihrer Rückkehr auf die Burg an ihren Chefredakteur schreiben und ihm Themen für zwei weitere Artikel vorschlagen wollte. Bis jetzt waren insgesamt drei jeweils zehnseitige Texte mit Fotos geplant, aber Schottland, und ganz besonders die Isle of Skye, gab viel mehr her.

Auf halbem Weg ins Tal blieb sie stehen, atmete tief durch und sah sich um. Die Hügel ringsum, Lochan Chaleran – der kleine See – mit der Insel, auf der Chaleran Castle thronte, die Burg selber und die Menschen, die hier lebten, schienen zahlreiche Geheimnisse zu hüten. Geschichten wie die von dem vor vielen Jahren im See ertrunkenen Mädchen, das in Vollmondnächten angeblich auf dem Geländer der Brücke zwischen der Insel und dem Festland balancierte und dabei sehnsüchtige Lieder sang. Isla hatte ihr grinsend davon erzählt. Ebenso wie von den Elfen und Feen, die nach den alten Mythen ganz Schottland bevölkerten.

Als Felicia eine Viertelstunde später die Brücke nach Chaleran Castle überquerte, beugte sie sich über die Steinmauer und sah hinunter in das tiefe dunkelgrüne Wasser. Es schien, als hätten sich sämtliche Chalerans für ihre Augen die Farbe dieses Sees geborgt. Besonders Finlay, dessen Iris im hellen Licht ebenso goldene Punkte hatte wie der See bei Sonnenschein.

Während sie sich dem offenen Burgtor näherte, sah sie im Garten an der Außenmauer Scott, der gerade damit beschäftigt war, wilden Efeu auszureißen. Dabei pfiff er laut vor sich hin. Erstaunlicherweise schien er gute Laune zu haben. Dennoch legte sie keinen Wert darauf, ihm zu begegnen. Sie beeilte sich, die Tür zur Halle zu erreichen, und hoffte, dass er ihr Kommen nicht bemerkt hatte. Wiederum war sie sich ziemlich sicher, dass auch er ihr ganz bestimmt heute nicht noch einmal begegnen wollte. Zwei Mal an einem Tag war ganz entschieden zu viel.

Als sie in die Eingangshalle trat, hörte sie aus dem Speisezimmer gedämpfte Stimmen. Ob die Chalerans schon beim Essen saßen? Eigentlich war es noch zu früh. Sie hatte sich auf jeden Fall vorgenommen, eine eventuelle Einladung für den heutigen Abend abzulehnen und im *Pheasant Inn* zu essen. Schließlich war sie ein zahlender Gast und keine Freundin der Familie. Nicht nach einer Bekanntschaft von zwei Tagen, auch wenn Isla sich so verhielt, als wären sie seit ihrer Kindheit beste Freundinnen. Außerdem standen heute möglicherweise die Langusten auf dem Speiseplan.

Vorsichtig näherte Felicia sich der offenen Tür zum Speisezimmer. Sie wollte Amelia fragen, ob es in Chaleran oder den umliegenden Dörfern noch mehr kräuterkundige Frauen gab.

Als sie durch die offene Tür schaute, starrte sie überrascht die lange Tafel an, um die sämtliche Familienmitglieder versammelt waren. Das blütenweiße Tischtuch war mit bunten Wildblumen geschmückt, die zwischen den Tellern, Gläsern und Schüsseln verstreut waren. Um ein überzähliges Gedeck herum bildeten die Blumen einen Kranz. Das Geschirr, das auf dem Platz vor dem leeren Stuhl stand, war im Gegensatz zu den übrigen Tellern mit bunten Motiven versehen, die Felicia aus der Ferne nicht genau erkennen konnte. In einem hohen Leuchter brannten drei knallrote Kerzen, die fast dieselbe Farbe hatten wie der Saft in dem Krug daneben.

Offenbar wurde gerade ein Gebet gesprochen, denn alle Anwesenden hatten die Köpfe gesenkt, und Ian Chaleran murmelte leise vor sich hin.

»Amen«, sagten schließlich alle im Chor und blickten auf.

Hastig wollte sie sich zurückziehen, doch Finlay, der der Tür gegenübersaß, entdeckte sie, bevor sie verschwinden konnte. Er wollte aufstehen und zu ihr kommen, doch sie forderte ihn mit einem heftigen Winken auf, am Tisch zu bleiben. Es war schon peinlich genug, dass sie diesen feierlichen Moment gestört hatte.

Eilig machte sie sich auf den Weg in ihr Zimmer. Obwohl sie sich sagte, dass es sie nichts anging, fragte sie sich, was es wohl mit der seltsamen Zusammenkunft der Chalerans und dem leeren, geschmückten Platz an ihrem Tisch auf sich hatte.

10. Kapitel

1920
Farmosca, Spanien

20. September

Ich bin gleichzeitig unendlich glücklich und furchtbar traurig. Gestern hat Logan mir seine Liebe gestanden. Er hat mich geküsst – und ich habe seinen Kuss erwidert. Anschließend sind wir lange spazieren gegangen und haben über viele Dinge geredet. Als ich hinterher nach Hause kam, saßen Vater und Fernando beim Abendessen. Ich behauptete, ich hätte bei Raphaela schon etwas gegessen. Von dieser Lüge wurde mir richtig schlecht, aber ich habe ohnehin das Gefühl, ich werde vor lauter Aufregung, Freude und Kummer nie wieder etwas essen. Das alles schnürt mir nämlich die Kehle zu, und mein Magen fühlt sich an, als würde ein Bienenschwarm darin wohnen.

»Das war aber wieder ein langes Gespräch unter Freundinnen, Hija. Ich bin froh, dass du dich mit Raphaela so gut verstehst, wenn du schon keine Mutter mehr hast, mit der du reden kannst.« Vater begrüßte mich mit einem Lächeln, das mir mitten ins Herz schnitt.

Wenn er lächelt, sieht man, dass ihm oben zwei Zähne fehlen. Vater ist mit seinen bald fünfzig Jahren ein alter Mann. Neulich hat er mir gesagt, Ruhe kann er erst finden, wenn er mich versorgt weiß. Fernando wird schon bald Anna heiraten, dann führt sie hier den Haushalt. Wenn Vater aufs Altenteil geht, wird es gerade eben für die drei und die Kinder reichen, die sicher bald kommen. Mich können sie dann nicht auch noch durchfüttern.

Vater wartet also nur darauf, dass ich heirate. Und ich weiß auch, wen er gern als meinen Mann sehen würde: Pablo, dessen Frau Maria vergangenes Jahr im Kindbett gestorben ist. Er ist der reichste Bauer im Dorf, und er hat wohl mit Vater über mich gesprochen. Weil er meint, dass ich fleißig bin und mich gut eigne, seinen Haushalt zu führen und mich um seine Kinder zu kümmern.

Ich habe Vater gestanden, dass ich Pablo nicht liebe und ihn auch nie lieben werde. Da sagte er mir, wenn ich einen Mann finde, der mir besser gefällt und der mich ernähren kann, so soll es ihm recht sein. Aber es muss schon bald geschehen, weil er oft aus Sorge um meine Zukunft nachts nicht mehr schlafen kann.

Jetzt habe ich einen Mann gefunden, den ich liebe. Und er sagt, er liebt mich, und trotzdem ist alles so furchtbar schwierig!

»Gestern hat er mit den Flügeln geschlagen. Ich glaube, er möchte bald davonfliegen.« Wie immer, wenn sie mit Logan vor dem Käfig des kleinen Vogels stand, strich Sofia zärtlich über die Gitterstäbe, die ihren gemeinsamen Schützling von der Freiheit trennten. Dann war es ein bisschen so, als würde sie Logan berühren, der seine Finger stets nicht weit von ihren entfernt auf den Käfig legte.

»Noch zwei oder drei Tage, dann ist er sicher wieder gesund.« Wie bei jedem seiner täglichen Besuche reichte Logan ihr ein Säckchen mit Futter. Sie hatte keine Ahnung, wo er die Salatblätter, die Körner, die reifen Äpfel und die anderen Leckerbissen besorgte, die er für den Spatz mitbrachte. Es wäre kein Problem für sie gewesen, den Vogel mit dem, was sie in Haus und Garten fand, satt zu bekommen, aber wenn Logan Futter brachte, hatte er einen Grund zu kommen.

Schweren Herzens fragte sie sich, was geschehen würde, wenn sie den Vogel freiließen. Würde Logan dann die Setzlinge für seine Mutter mitnehmen und die Rückreise nach Schottland antreten? Sie wusste, dass seine Familie ihn schon seit einigen Tagen zurückerwartete, er aber seinen Aufenthalt verlängert hatte. Was er seinen Eltern wohl als Begründung genannt hatte? Doch wohl nicht, dass er wegen des gebrochenen Flügels eines kleinen Vogels noch bleiben musste! Aber die Begegnung mit ihr hatte er in seinem Brief ganz sicher ebenso wenig erwähnt, das wusste sie ganz genau.

»Machen wir noch einen Spaziergang im Zitronenhain?«, fragte er wie bei jedem seiner Besuche, nachdem sie eine Weile schweigend zugesehen hatten, wie der Spatz die frischen Körner vom Boden des Käfigs pickte. »Ich glaube, es gibt keinen schöneren und friedlicheren Ort auf der Welt.«

Verwundert schüttelte sie den Kopf, während sie den Schuppen verließen und den Weg zur Rückseite des Hauses einschlugen. »Ich dachte, Sie leben in einer Burg auf einer Insel in einem See. Das klingt für mich ziemlich friedlich. Und einen schönen Garten und ein Gewächshaus mit exotischen Pflanzen gibt es dort auch.«

»Aber dich gibt es dort nicht«, sagte er so leise, dass sie sich fragte, ob sie vielleicht nur das Rascheln der Blätter gehört und sich seine Worte eingebildet hatte.

Minutenlang gingen sie schweigend im Schatten der Zitronenbäume umher, dabei bewegten sie sich im Kreis, denn das Zitrus-Wäldchen war nicht sehr groß. Aber in stillem

Einvernehmen verließen sie es nicht, denn hier waren sie ganz allein, und niemand sah sie. Felicias Vater, ihr Bruder und auch die anderen Dorfbewohner durften von ihren regelmäßigen Treffen nichts wissen. Darüber hatten sie nie gesprochen, doch Logan schien auch ohne ihre Erklärung klar zu sein, dass ihr Vater ihr sofort den Umgang mit dem reichen Fremden verbieten würde, wenn er erfuhr, dass sie jeden Tag mit ihm spazieren ging.

Plötzlich blieb Logan stehen, griff nach ihren beiden Händen, hielt sie fest und sah ihr forschend ins Gesicht. Seine grünen Augen waren im Schatten der Bäume dunkel wie Moos.

»Es ist wunderschön und gleichzeitig so schwierig und schmerzhaft«, sagte er nach einer Weile, und sie musste schlucken, obwohl ihre Kehle ganz trocken war.

Dann nickte sie langsam. Genauso empfand sie es auch. Mit ihm zusammen zu sein war schöner als alles, was sie bisher erlebt hatte. Aber in jeder Sekunde war da auch das schmerzliche Wissen, dass er schon bald in seine ferne Heimat zurückkehren würde. Dass ihr Vater nichts von ihren heimlichen Treffen wissen durfte und seine Eltern sicher auch nicht. Dass es keine Zukunft für sie gab und jede ihrer gemeinsamen Stunden die letzte sein konnte.

Als sie mit ihren Gedanken an diesem Punkt angelangt war, schüttelte sie heftig den Kopf. Obwohl sie genau wusste, dass es längst zu spät war, ihre Gefühle zu leugnen. Dieser Mann würde ihr das Herz brechen. Denn bei Geschichten wie dieser gab es im wahren Leben kein glückliches Ende. Nicht für die Tochter eines armen spanischen Obstbauern. Und genau das würde er ihr jetzt sagen. Dass es keinen gemeinsamen Weg für sie beide gab und er schon bald in seine Heimat zurückkehren musste.

»Ich liebe dich, Sofia.«

Als seine Worte ihr Bewusstsein erreichten, zuckte sie zusammen und sah ihn aus großen Augen bittend an. »Das darfst du nicht sagen«, flehte sie. »Das macht alles nur noch komplizierter.«

»Es ist aber die Wahrheit! Eine Wahrheit, wie sie wunderbarer nicht sein kann. Wie hätte ich ahnen können, dass es Gefühle wie diese überhaupt gibt?« Er ließ ihre linke Hand los und strich ihr mit den Fingerspitzen zart über die Wange. So zart, dass es sich anfühlte, als hätten Schmetterlingsflügel sie berührt.

Plötzlich war sein Gesicht dicht vor ihrem. Sie ertrank in den dunkelgrünen Seen seiner Augen und spürte seinen Atem auf ihren Lippen. Ein Kuss war alles, was sie sich jemals von ihm erhoffen konnte. Süß war er, sehnsüchtig und leidenschaftlich. Ein Versprechen, das keines sein durfte.

Sie wollte ihn von sich schieben, wollte sich aus seiner Umarmung befreien, doch seine Zärtlichkeit nahm ihr die Kraft dazu. Stattdessen schmiegte sie sich an ihn, hielt sich an seinen starken Schultern fest und wünschte sich, dieser Augenblick möge nie vergehen.

Irgendwann löste er dann doch seine Lippen von ihrem Mund. »Wahrscheinlich hätte ich das nicht tun dürfen, Sofia, meine Schöne.«

Immer noch unfähig, auch nur ein Wort hervorzubringen, nickte sie stumm.

»Ich hatte vor, mit dir zu sprechen und dich zu bitten, auf mich zu warten, bis alles geklärt ist. Das solltest du wissen, bevor ich dich um deine Erlaubnis für einen Kuss bitte.«

»Ich gebe dir die Erlaubnis nachträglich«, sagte sie lächelnd.

Er nahm ihre Hand, und sie setzten den Spaziergang unter den Zitronenbäumen ihres Vaters fort.

»Ich bin in Schottland verlobt«, sagte er nach einigen Schritten leise. »Die Hochzeit soll stattfinden, sobald ich von meiner Reise zurückgekehrt bin.«

Obwohl sie sich natürlich keine ernsthaften Hoffnungen gemacht hatte, fühlte es sich an, als hätte er ihr einen Dolchstoß mitten ins Herz versetzt. Und einen Stich in den Magen und einen weiteren in den Rücken. Ihr ganzer Körper schmerzte, als hätte sich jedes Wort und jede Silbe mit tausend Widerhaken unter ihre Haut gebohrt.

»Ich wollte Malvina heiraten, weil ich keine Ahnung hatte, wie wahre Liebe sich anfühlt«, fuhr er fort und blieb stehen, um sie anzuschauen. Doch sie konnte seinen Blick nicht ertragen, senkte den Kopf und starrte die Spitzen ihrer abgetragenen schwarzen Schuhe an.

Vorsichtig legte er die Finger um ihr Kinn, hob es und zwang sie auf diese Weise, ihn doch anzusehen. »Weil ich dich getroffen habe, weiß ich nun, was Liebe ist, Sofia.« Er sprach ihren Namen auf eine Weise aus, wie es noch nie zuvor jemand getan hatte. Als wäre es der Name einer echten Prinzessin.

Der Seufzer, der über ihre Lippen glitt, kam aus den Tiefen ihrer Seele. »Was nützt das schon?«, flüsterte sie mit Tränen in den Augen. »Wir haben uns getroffen, und schon bald werden wir uns wieder verlieren. Ich werde traurig sein bis ans Ende meiner Tage.«

»Nein!«, rief er so laut, dass sie zusammenzuckte. »Nein, Sofia!

Hast du nicht gehört, was ich gesagt habe? Ich bitte dich, so lange auf mich zu warten, bis ich meine Verlobung gelöst habe. Sofort nach meiner Rückkehr werde ich mit Malvina und mit meinen Eltern sprechen. Niemand kann von mir verlangen, dass ich mein Eheversprechen einhalte, wenn ich eine andere Frau liebe.«

Vollkommen bewegungslos stand sie da und lauschte seinen Worten nach. Er wollte seine Verlobung mit einer sicher sehr reichen und sehr schönen Frau lösen? Ihretwegen?

»Und wenn alles geklärt ist, komme ich wieder, bitte deinen Vater um deine Hand, heirate dich und nehme dich mit heim nach Schottland.«

Energisch schüttelte sie den Kopf. »Das klingt wie ein Märchen, und Märchen sind und bleiben Märchen, sie werden niemals wahr. Wenn man an sie glaubt, wird man am Ende nur noch mehr verletzt und enttäuscht.«

»Es ist kein Märchen, Sofia. Es ist Liebe.« Er legte die Hände um ihr Gesicht und wollte sie wieder küssen, doch dieses Mal fand sie die Kraft, sich zu befreien.

»Bitte, Logan! Du vergisst, wer ich bin, und wer du bist. Sieh mich an, und dann denk an die Frau, die du eigentlich heiraten wolltest.« Sie trat einen Schritt zurück und stellte sich in einen Sonnenfleck zwischen zwei jungen Bäumen, sodass er ihr abgetragenes Kleid, ihre alten Schuhe, ihre von der Arbeit rauen Hände sehen konnte.

»Ich sehe dich an, und ich sehe eine wunderschöne Frau, mit der ich mein Leben teilen möchte.«

»Fahr nach Hause und heirate die Frau, der du die Ehe versprochen hast, Logan. Wir dürfen uns nicht wiedersehen.« Die Worte fühlten sich in ihrem Mund so sperrig an, dass sie fast an ihnen erstickte. Aber es gelang ihr dennoch, sie auszusprechen. Dann drehte sie sich um und lief zum Haus, ohne sich noch einmal nach ihm umzusehen. Erst als sie die Haustür hinter sich zugeworfen hatte, begriff sie, dass sie Logan wahrscheinlich nie wiedersehen würde. Sie selbst hatte ihn zurück zu seiner Verlobten geschickt. Das war richtig und vernünftig so, auch wenn sie sicher war, dass sie ihn bis an ihr Lebensende nicht vergessen würde.

Sie wischte sich mit den Handrücken über ihre feuchten Augen und strich sich mit den Fingerspitzen über die Lippen, auf denen sie seinen Kuss noch zu spüren meinte. Minutenlang stand sie im dämmerigen Flur und rang um Fassung. Schließlich atmete sie tief durch und trat in die Küche, aus der sie die Stimmen ihres Vaters und ihres Bruders hörte.

»Das war aber wieder ein langes Gespräch unter Freundinnen, Hija«, begrüßte ihr Vater sie lächelnd.

11. Kapitel

30. Juli 2016
Chaleran, Isle of Skye, Schottland

Am folgenden Morgen stand Felicia früh auf, um auf einer Tagestour die Insel zu erkunden und so viele Fotos wie möglich zu machen. Sie hatte eine Liste mit einigen Sehenswürdigkeiten zusammengestellt, die sie besuchen wollte. Vor allem aber hoffte sie, auf Stellen von bizarrer Schönheit zu treffen, wie sie auf Skye so häufig waren.

In einem überraschend kurzen Telefongespräch hatte sie ihren Chefredakteur davon überzeugt, dass es sich lohnen würde, einen weiteren Artikel über Skye zu schreiben: über die landschaftlichen Reize, die Übernachtungsmöglichkeiten und die Einwohner der Insel. Sie wollte hier noch nicht weg, und sie war überzeugt, dass sich jeder Tourist ebenso in die Insel verlieben würde wie sie.

»Es ist, als käme man nach Hause«, schwärmte sie Albrecht Kranz vor. »Man will nicht wieder weg, jedenfalls nicht, bevor man jeden Winkel der Insel erkundet hat.«

Am anderen Ende der Leitung lachte Kranz leise in sich hinein. »Okay«, stimmte er ihren Vorschlägen für weitere Berichte über Skye erstaunlich schnell zu. »Das klingt wirklich begeistert. Und da ich Sie schon eine Weile kenne, weiß ich, dass Sie nicht ohne Grund derart in Verzückung geraten. Also begeistern Sie unsere Leser! Ich freue mich auf Ihre Texte!«

Das Erstaunliche an Skye war, dass sie sich schlichtweg nicht sattsehen konnte. Als sie an diesem Tag, an dem sie mehr als zwölf Stunden auf der Insel unterwegs gewesen war, ihren Wagen in den Hof von Chaleran Castle fuhr, hätte sie am liebsten sofort wieder kehrtgemacht. Nur um sich noch mehr Täler und Hügel, Buchten, wilde Wolken über dem Meer, Strände und historische Stätten mit Erinnerungen an mächtige schottische Clans anzusehen.

Aber auch auf Chaleran Castle war es wunderschön. Sie liebte den stillen See, in dem sich das hohe Gemäuer spiegelte, die Hügel am Horizont und ihr Zimmer, in dem sie sich inzwischen ebenso heimisch fühlte wie in ihrer Wohnung in Deutschland.

Lächelnd stieg sie aus ihrem Wagen und warf einen flüchtigen Blick zur Ecke des Hauptgebäudes, hinter der Scott normalerweise werkelte, sah ihn aber nicht. Sie musste daran denken, wie Isobels Augen gestrahlt hatte, als Scott durch die Tür getreten war. Die alte Frau liebte ihren Enkel abgöttisch, und neulich hatte Scott bei der Arbeit sogar laut gepfiffen. Vielleicht war er gar nicht so mürrisch, wie sie angenommen hatte. Wahrscheinlich hätte sie sich auch geärgert, wenn jemand aus lauter Tollpatschigkeit ihre Arbeit von mehreren Stunden zunichtegemacht hätte.

In der Eingangshalle traf sie auf Luise Herbert und Professor Haggat, die in eine angeregte Unterhaltung vertieft waren, in der es um Himmelsrichtungen zu gehen schien.

»Im Westen geht die Sonne unter«, dozierte der Professor gerade mit wichtiger Miene, als täte er eine bedeutende wissenschaftliche Erkenntnis kund.

»Ja und?« Die ältere Dame mit der unvermeidlichen Botanisiertrommel über der Schulter verschränkte die Arme vor der Brust.

»Wenn Sie also nach Westen wollen, sollten Sie sich in die Richtung bewegen, in der die Sonne untergeht, dann verlaufen Sie sich auch nicht.« Der Professor begleitete seine Worte mit einem nachdrücklichen Kopfnicken und wandte sich an Felicia, die einige Schritte entfernt stehen geblieben war. »Das können Sie doch bestätigen, nicht wahr?«

»Ich muss gestehen, ich weiß nicht recht, worum es geht.« Felicia wollte sich nicht in die Auseinandersetzung zwischen den beiden älteren Herrschaften hineinziehen lassen.

»Es geht darum, dass ich unsere gute Frau Herbert in der Wildnis retten musste, weil sie den Weg nach Hause nicht gefunden hat. Dabei ist es ganz einfach. Wenn man nach Westen will, bewegt man sich dorthin, wo man die untergehende Sonne sieht.« Der Professor nickte nachdrücklich.

»Wenn man allerdings nicht weiß, dass man nach Westen will, weil man einfach nur vorhat, nach Chaleran Castle zurückzukehren, sieht die Sache schon ein bisschen anders aus.« Was nachdrückliche Kopfbewegungen anging, konnte Luise Herbert es problemlos mit dem Professor aufnehmen.

»Aber Chaleran Castle lag von der Stelle aus, an der ich Sie wehklagend gefunden habe, im Westen.« Mit einer verzweifelten Geste fuhr Professor Haggat sich durch seine weiße Mähne.

»Das wusste ich aber nicht.« Angesichts der Verwüstung, die der Professor in seinen Haaren angerichtet hatte, strich Luise sich die ohnehin schon tadellos sitzende Frisur glatt.

»Vielleicht ein Kompass …«, schlug Felicia schüchtern vor.

»Der hilft nicht, wenn sie nicht weiß, dass ihr Ziel im Westen liegt.« Wie aus dem Nichts stand plötzlich Finlay neben ihr und lächelte sie auf eine Art an, die sie unruhig machte. Sie bemühte sich, langsam, tief und gleichmäßig zu atmen.

»Wie kann man denn nur nicht wissen, in welcher Himmelsrichtung man sich von Chaleran Castle wegbewegt hat! Wenn man das nämlich weiß, muss man ja nur in die entgegengesetzte Richtung ...«

Laut diskutierend stiegen der Professor und Luise die Treppe hinauf. Felicia und Finlay sahen sich stumm an. Sie hielten so lange durch, bis die beiden Gäste, immer noch lamentierend, im oberen Stockwerk angekommen waren. Dann prusteten sie gleichzeitig los.

»Wie ein altes Ehepaar«, stellte Felicia fest. »Schade, dass die beiden ganz sicher niemals merken werden, wie gut sie eigentlich zueinander passen.«

»Wer weiß. Auf Skye sind schon ganz andere Liebesgeschichten Wirklichkeit geworden.« Finlay zwinkerte ihr zu, und schon wieder musste sie ihre Atmung kontrollieren. Dennoch ließ ihr Herzrasen nur unwesentlich nach.

»Das kann ich mir nicht vorstellen. Mrs Herbert steht auf Highlander. Unsterblich, im Kilt, mit allem Drum und Dran.« Sie holte ein sauberes Papiertaschentuch aus ihrer Jackentasche und tupfte sich die Augen trocken, in denen Lachtränen standen.

»Ich wollte mir gerade im Wintergarten einen Cocktail mixen. Hast du Lust, mir Gesellschaft zu leisten? Poppy hat sich zwar bereit erklärt, geduldig zu meinen Füßen zu liegen, aber Unterhaltungen mit ihr gestalten sich doch meistens etwas einseitig.« Er deutete auf die Hündin, die wie ein Schatten an seiner Seite ausharrte und ihm aufmerksam ins Gesicht sah.

Felicia schrie vor Begeisterung auf, was Herrn und Hund gleichzeitig zusammenzucken ließ. »Es gibt den Wintergarten noch?«

Finlay nickte amüsiert, während Poppy sich entschied, jetzt lieber Felicia anzustarren.

»Es gibt einen Wintergarten«, bestätigte Finlay. »Wie lange er schon existiert, weiß ich nicht. Auf jeden Fall solange ich denken kann.«

»Er muss schon sehr alt sein. Logan hat auf seiner Ältestenreise für seine Mutter Setzlinge von Zitronenbäumen besorgt, die sie in den Wintergarten pflanzen wollte.« Vor Aufregung fuchtelte Felicia wild mit den Händen durch die Luft. »Meine Mutter liebt übrigens auch alles was grünt und blüht. Sie hat ein eigenes Geschäft, in dem sie Blumen, Gartenpflanzen und Gartenbedarf verkauft. Gestern habe ich ihr am Telefon erzählt, dass die Burgherrin vor fast hundert Jahren eine Orangerie hatte. Sie war fasziniert. Darf ich Fotos für sie machen? Vielleicht auch für einen meiner Artikel?« Aufgeregt sah sie Finlay an.

Er nickte. »Natürlich. Meine Eltern haben bestimmt nichts dagegen. Es ist einer meiner Lieblingsorte auf Chaleran Castle. Als Kind habe ich mich oft zwischen den Pflanzkübeln versteckt, wenn ich etwas ausgefressen hatte. Natürlich sind meine Eltern bald darauf gekommen, wo sie mich im Falle eines Falles suchen mussten. Aber ich habe trotzdem dort Zuflucht gesucht und mir eingebildet, das viele Grün würde sie beruhigen, sodass sie nicht mehr so wütend auf mich sind.« Er lachte fröhlich, während sie als kleine Gruppe durch die Halle gingen: erst Finlay, dann Felicia und als Nachhut die Hündin.

Die Tür, die Finlay schließlich öffnete, führte in einen kleinen Raum, in dem sich ein Regal mit Gläsern, Tassen und Flaschen befand. Daneben standen ein Kühlschrank und ein Tisch mit einem Wasserkocher darauf.

»Ich bin nicht der Einzige, der gern im Wintergarten einen Drink nimmt. Dieses Zimmer hat meine Mutter eingerichtet, es ist gleichzeitig Hausbar und Teeküche. Zu Logans Zeiten setzte man sich in den Wintergarten, läutete ein Glöckchen und ließ sich einen Tee oder was auch immer bringen. Bis auf eine Frau aus dem Dorf, die zwei Mal in der Woche zum Saubermachen kommt, kann sich meine Familie schon lange kein Personal mehr leisten. Also machen wir uns unsere Getränke selbst und nehmen sie mit in den Wintergarten.«

»Gute Idee«, murmelte Felicia.

»Wie wäre es mit einem Iron Monkey? Die Sonne ist inzwischen sicher fast untergegangen, also dürfen wir schon härtere Sachen zu uns nehmen.«

»Ist das etwas mit Alkohol?« Sie trank durchaus ab und zu ein Glas Wein oder einen Cocktail, aber in Finlays Gegenwart erschien es ihr angebracht, einen klaren Kopf zu bewahren. Er war ein sehr sympathischer und äußerst attraktiver Mann, aber sie hatte nicht vor, sich in ihn zu verlieben. Schließlich würde sie sehr bald nach Deutschland zurückkehren. Und sie war keine Frau für eine kurze Romanze, die sie nach zwei Wochen mit leiser Wehmut und einem Achselzucken abhakte und als schöne Erinnerung in ihrem Herzen bewahrte.

Sie war der Typ für Berge von klatschnassen Taschentüchern nach durchweinten Nächten, für Verzweiflung und das bohrende Gefühl, nie wieder lieben zu wollen und zu können.

Selbst wenn sie diejenige war, die die Beziehung beendet hatte, litt sie anschließend wie ein Hund. Aus genau diesem Grund hatte sie beschlossen, Männern vorerst aus dem Weg zu gehen. Seit der Trennung von Phillip war ihr Verbrauch an Papiertaschentüchern, abgesehen von der hartnäckigen Erkältung, die sie sich im Frühjahr eingefangen hatte, stark zurückgegangen. Und so sollte es auch bleiben.

»Iron Monkey ist ein Cocktail aus *Irn-Bru* und Scotch auf Eis«, beantwortete Finlay ihre Frage, während er zwei Gläser aus dem Regal nahm.

»*Irn-Bru?*« Sie sah ihn fragend an und tätschelte dabei Poppys Kopf. Es sollte ja angeblich beruhigend sein, Tiere zu streicheln.

»Irn-Bru ist sozusagen das schottische Nationalgetränk. Angeblich kennt niemand das Rezept, bis auf jeweils zwei Vorstandsmitglieder der Herstellerfirma.« Finlay holte eine kleine Flasche aus dem Kühlschrank und schwenkte sie triumphierend durch die Luft, als hätte er höchstpersönlich das fabelhafte Getränk erfunden.

»Weiß man denn wenigstens in etwa, was da drin ist? Alkohol, nehme ich an?« Misstrauisch sah Felicia zu, wie er die Flasche öffnete und den leuchtend orangefarbenen Inhalt auf die beiden Gläser verteilte, nachdem er mit der Lässigkeit eines Barkeepers in jedes Glas einige Eiswürfel geworfen hatte.

»Kein Alkohol, aber Koffein. Und lauter geheime Zutaten. Schmeckt süß, aber auch ein bisschen nach Zitrone. Du musst es eben einfach probieren. Ich mag es am liebsten mit Scotch.«

Bevor sie protestieren konnte, hatte er eine Whiskyflasche

aus dem Regal genommen und jeweils einen kräftigen Schuss in die grell leuchtende Limonade geschüttet. Anschließend drückte er ihr das beschlagene Glas in die Hand und sagte grinsend: »Und jetzt zeige ich dir den sagenumwobenen Wintergarten.«

Man gelangte durch eine schmale Holztür in den Anbau an der Rückseite der Burg. Als Felicia unter das gläserne Dach trat, war es, als würde sie kopfüber in das rotglühende Licht des Sonnenuntergangs tauchen. Es war so hell, dass sie die Augen zusammenkneifen musste. Erst nach einer Weile konnte sie die hohen Kübelpflanzen und die vielen Blumentöpfe, die überall im Raum auf niedrigen Bänken und Tischen verteilt waren, genauer erkennen.

Das Gewächshaus war in Form einer Pagode gebaut, mit einem in der Mitte spitz zulaufenden, etwa fünf Meter hohen Dach, von dem aus die weiß lackierten Metallverstrebungen sternenförmig zu den Rändern verliefen. Der Raum selber war achteckig, und zwischen den meterhohen Palmen und anderen Kübelpflanzen verborgen befanden sich die verschiedensten Sitzgelegenheiten: Korbstühle mit kleinen, runden Tischen, kleine Sofas und Liegen.

»Komm, ich zeig dir meinen Lieblingsplatz.« Finlay schlängelte sich zwischen den Pflanzen hindurch zur hinteren Glaswand. Poppy war ihrem Herrn direkt auf den Fersen, Felicia folgte langsamer.

Als sie hinter einer zwei Meter hohen Yuccapalme hervortrat, blieb sie überwältigt stehen. Von hier blickte sie durch die riesige Glasscheibe direkt hinaus auf den See, hinter dem sich die malerischen Hügel erhoben. Sie waren von den letzten Strahlen der in rotgoldener Pracht untergehenden Sonne rosig erleuchtet. Ebenso grandios funkelte das Wasser des Sees.

»Habe ich zu viel versprochen?« Lächelnd deutete Finlay auf einen der beiden Liegesessel.

»Das ist ...« Leider fiel Felicia das passende Wort nicht ein, mit dem sie diesen überwältigenden Anblick hätte beschreiben können. Sie stellte ihr Glas auf das niedrige Tischchen und ließ sich vorsichtig auf dem weichen Polster der Liege nieder.

»Wenn ich die Augen zusammenkneife und aufs Wasser gucke, ist es, als würde ich in flüssigem Gold liegen«, stellte sie nach einer Weile fest.

»Und wenn du nach oben siehst, hast du das Gefühl, im Himmel zu schweben«, erklärte Finlay in selbstverständlichem Ton, als sei es die normalste Sache der Welt. Ebenso selbstverständlich griff er über die kleine Lücke zwischen ihren Liegesesseln hinweg nach ihrer Hand.

»Sieh nach oben«, forderte er sie auf. »Spürst du es? Fühlt es sich nicht an, als würden wir zusammen durchs Blau fliegen?«

Sie nickte, weil ihre Kehle plötzlich so eng war, dass sie keinen Ton herausbekam. Tatsächlich war es, als würden sie gemeinsam durch die Unendlichkeit gleiten.

»Cheers.« Erst als Finlay ihre Hand losließ und nach seinem Glas griff, löste sie ihren Blick wieder vom Blau des Himmels, das von Minute zu Minute dunkler wurde, je weiter die Sonne hinter den Hügeln verschwand.

Mit einem leisen Klingen stießen die Gläser gegeneinander, dann nippte Felicia vorsichtig an dem knalligen Getränk.

»Und?« Finlay musterte sie neugierig.

»Ziemlich stark.« Sie verzog den Mund. »Aber nicht unangenehm.«

Er lachte leise und schwenkte die Eiswürfel in seinem Glas, bevor er einen weiteren Schluck nahm. »Das ist relativ. Wenn du Scotch pur trinkst, ist er stärker.«

»Ach, tatsächlich?« Felicia grinste. »Wie heißt das noch mal? Iron Monkey?«

Finlay zuckte mit den Schultern. »Jedenfalls haben wir es früher in der Uni so genannt. Keine Ahnung, ob das der offizielle Name ist.«

Beim zweiten Schluck schmeckte ihr der Drink schon besser, und im dritten Anlauf vermischten sich süß, säuerlich und herb auf ihrer Zunge zu einem erstaunlichen Miteinander.

»Daran könnte ich mich gewöhnen«, nuschelte sie.

»Nicht wahr?« Wieder lachte Finlay.

Eine Weile schwiegen sie in stillem Einvernehmen.

»Das Wasser im Lochan Chaleran sieht so wunderbar aus«, stellte Felicia dann verträumt fest. »Warum schwimmt niemand darin? Ist das wegen der jungen Frau, die mal darin ertrunken sein soll?«

»Möglich. Aber das ist nur eine Geschichte, die vielleicht nicht mal stimmt. Ich glaube, es liegt eher daran, dass das Wasser selbst im Hochsommer eiskalt ist.«

»Dann ist das auch nichts für mich. Ich mag es eher warm.«

Wieder sahen sie lange stumm über den See.

»Wie lange planst du denn noch zu bleiben?«, erkundigte er sich dann. »Ich habe manchmal Angst, ich könnte eines Tages herkommen und von meiner Mutter hören, dass du abgereist bist.«

»Ich würde mich vorher von dir verabschieden«, sagte sie ernst. »Außerdem habe ich gerade von meinem Chefredakteur das Okay bekommen, noch eine Weile zu bleiben. Am liebsten bliebe ich für immer.« Erst als die Worte heraus waren, wurde ihr klar, wie seltsam sich das für ihn anhören musste. »Ich meine, natürlich bin ich in Deutschland zu Hause und so weiter«, fügte sie hastig hinzu. »Aber hier gefällt es mir auch sehr. Es gibt so viel zu sehen, die Landschaft ist wunderschön, die Menschen sind …«

»Und du passt hierher, Felicia«, sagte er leise, als sie den Rest des Satzes in der Luft hängen ließ. »Du bist nicht wie all diese Touristen, die Ah und Oh rufen und alles kurz und klein fotografieren.«

»Ich weiß nicht. Immerhin habe ich schon ungefähr fünfhundert Fotos für meine Artikel gemacht«, gestand sie ihm lachend.

»Trotzdem. Du bist anders als die anderen Touristen.«

»Das könnte daran liegen, dass ich keine Touristin, sondern Reisejournalistin bin.« Sie nahm einen weiteren Schluck aus ihrem Glas.

»Übermorgen fahre ich zu einer Fortbildungsveranstaltung nach Inverness und werde dort zwei Mal übernachten müssen«, erzählte er unvermittelt.

Sie biss sich auf die Unterlippe und hielt die Luft an. Wollte er sie etwa fragen, ob sie Lust hatte, ihn zu begleiten?

»Es geht um Poppy. Ich kann sie nicht mitnehmen, und dir scheint sie zu vertrauen.«

Die Enttäuschung versetzte ihr nur einen winzigen Stich. Immerhin kannten sie sich erst seit ein paar Tagen. Und da es sich um eine Fortbildung handelte, würde er gar keine Zeit für sie haben. Lächelnd betrachtete sie die Hündin, die sich neben Finlays Liege zum Schlafen zusammengerollt hatte.

»Kannst du dich um sie kümmern, solange ich weg bin? Isla würde es sicher machen, aber sie ist während meines Seminars auch weg. Einstufungstests für die Sommerkurse an der Uni.«

»Ich kümmere mich gern um Poppy. Immerhin bin ich ja auch ein bisschen schuld, dass du jetzt einen Hund hast.«

»Vielen Dank.« Er hob sein leeres Glas. »Noch einen Drink?«

»Nein danke. Ich habe noch. Außerdem würde ich es nach zwei so starken Drinks wahrscheinlich nicht mehr allein in mein Zimmer schaffen.« Erst als sie den Satz ausgesprochen hatte, bemerkte sie, dass sie ihm damit so etwas wie eine Steilvorlage geliefert hatte. Aber er lächelte nur.

»Wahrscheinlich muss man ein bisschen üben, um zwei Iron Monkeys zu verkraften. Bin gleich wieder da.«

Während Finlay sich in dem kleinen Vorraum einen weiteren Cocktail mixte, sah sie verträumt hinaus auf den See. Die Sonne war inzwischen vollständig verschwunden, aber die flachen Gipfel der Berge am Horizont leuchteten in ihrem Widerschein immer noch. Der See und der Himmel darüber waren nun von einem dunklen Blau, das an schweren Samt erinnerte. Von der Seite schob sich der zunehmende Mond ins Bild.

»Ich könnte ewig hier liegen«, sagte Felicia verträumt, als Finlay mit seinem orangefarbenen Drink und laut klirrenden Eiswürfeln zurückkehrte und sich wieder in der Liege neben ihrer niederließ.

»Ja.« Mehr sagte er nicht, sondern lag einfach nur eine

Armlänge von ihr entfernt da und betrachtete ebenso wie sie den See, den Himmel und die ersten Sterne.

»Es geht mich natürlich nichts an, und wenn du es mir nicht sagen möchtest, ist es vollkommen okay ...«, fing sie nach einer Weile an, weil sie den ganzen Tag über immer wieder an die Szene im Esszimmer hatte denken müssen. »Als ich neulich abends ins Speisezimmer schaute ... Alles wirkte so feierlich und gleichzeitig traurig.«

»Es war der Geburtstag unserer Schwester Maiga. Wir feiern ihn jedes Jahr, obwohl sie seit mehr als fünfundzwanzig Jahren tot ist«, unterbrach er sie ruhig. Dabei sah er starr hinaus auf den See.

»Das tut mir leid«, stieß sie erschrocken hervor. »Woran ist sie denn gestorben?«

»Sie wurde ermordet.«

Die Worte durchschnitten die Luft wie ein Schwert, und Felicia zuckte zusammen. Sie presste die Lippen aufeinander, weil es nichts gab, was sie darauf hätte erwidern können.

»Maiga war knapp drei Jahre alt, als es passierte.«

Fragend sah sie ihn von der Seite an, konnte aber immer noch kein Wort hervorbringen.

»Sie lachte fast immer. Sie liebte die Sonne und hasste Kälte. Sie mochte unheimlich gern Himbeeren, aber es gab viele Dinge, die sie nicht essen wollte, da konnte sie unglaublich stur sein. Äpfel, Kartoffeln, Porridge ... Ich glaube, unsere Mutter ließ ihr vieles durchgehen, weil sie eben war, wie sie war. So stur und dabei so fröhlich. Vielleicht war es auch so etwas wie eine Ahnung, dass Maiga nicht viel Zeit haben würde, glücklich zu sein.« Finlays Stimme erstarb in der Dämmerung, die ihre dunkelblauen Schatten zwischen den Pflanzen des Wintergartens ausbreitete wie eine dunkle Decke.

»Von uns Geschwistern bin ich der Einzige, der sich ein bisschen an sie erinnern kann, weil ich schon sechs war, als sie starb. Obwohl ich noch zwei weitere kleine Geschwister hatte, habe ich sie lange Zeit schrecklich vermisst. Selbst Isla und Colin scheint sie noch zu fehlen. Sie hinterließ eine Lücke in unserer Familie.«

Felicia hatte das Gefühl, irgendetwas sagen zu müssen, aber ihr fielen keine angemessenen Worte ein. Also streckte sie die Hand aus und strich mit den Fingerspitzen tröstend über Finlays Hand, die auf der Armlehne seines Sessels ruhte.

Da er offenbar nicht die Absicht hatte, ihr zu erzählen, unter welchen Umständen seine Schwester Maiga ermordet worden war, fragte sie nicht nach. Wahrscheinlich war es trotz der vielen Jahre, die seitdem vergangen waren, immer noch äußerst schmerzlich für ihn, darüber zu reden. Da die Familie sich jedes Jahr um Maigas verwaisten Kinderteller versammelte, um ihren Geburtstag zu feiern, schien sie auf Chaleran Castle immer noch sehr gegenwärtig zu sein.

Nach einer Weile drehte Finlay seine Hand um, fing ihre Finger ein und hielt sie fest. Sie saßen immer noch Hand in Hand da und sahen schweigend hinaus auf den nächtlichen See, als es im Wintergarten schon vollkommen dunkel war und am Himmel über dem Glasdach unzählige Sterne funkelten.

12. Kapitel

1920
Farmosca, Spanien

22. September

Heute ist der Tag, an dem Logan und ich den kleinen Spatz gemeinsam wieder in die Freiheit fliegen lassen wollten. Nun werde ich es allein tun müssen, denn ich werde Logan nie wiedersehen. Ich habe ihn weggeschickt, habe ihm gesagt, dass wir uns nicht wiedersehen dürfen. Und tatsächlich ist er seitdem nicht mehr zu mir gekommen. Er hat jemanden aus dem Dorf geschickt, um die jungen Zitronenbäume abzuholen. Inzwischen ist er wohl längst auf dem Weg nach Schottland.

Ich wusste von Anfang an, dass es so enden würde, aber warum kann ich dann nicht aufhören zu weinen? Nur wenn mein Vater und Fernando in der Nähe sind, nehme ich mich zusammen.

Sofia trug den Käfig aus dem Schuppen hinaus in den Zitronenhain hinter dem Haus. Dort hatten Logan und sie den Spatz gefunden, und dort würde sie ihm nun seine Freiheit zurückgeben.

Der kleine, braungefleckte Vogel hatte sich inzwischen so sehr an sie gewöhnt, dass er ohne jede Angst auf einer der Stangen saß. Mit schief gelegtem Köpfchen sah er durch die Gitterstäbe nach draußen, während sie seinen Käfig beim

Gehen an ihre Brust presste. Als sie im Schatten der Bäume ankamen, schaute der Spatz nach oben, als hielte er zwischen den Zweigen Ausschau nach dem Himmel.

Sie stellte den Käfig auf einen flachen Stein und setzte sich neben ihm ins Gras. Eine Weile sah sie dem Vogel zu, wie er munter im Käfig umherflatterte. Offenbar war sein Flügel tatsächlich wieder heil. Dennoch fiel es ihr schwer, ihm die kleine Gittertür in die Freiheit zu öffnen. Es war, als würde sie auf diese Weise endgültig Abschied von Logan nehmen, der wahrscheinlich längst das Land verlassen hatte.

Zögernd löste sie den kleinen Haken aus Draht und klappte das Türchen herunter. Der Vogel saß bewegungslos auf seiner Stange und schien erstaunt den Weg in die Freiheit zu betrachten, der sich ihm plötzlich bot.

Das weiche Gras verschluckte das Geräusch von Schritten, sodass sie ihn nicht kommen hörte. Erst als er neben ihr in die Hocke ging, um in den Käfig hineinzuschauen, wandte sie den Kopf. Tränen liefen ihr über die Wangen, doch als sie ihn sah, versiegten sie sofort. Nicht weil sie glaubte, das hier könnte ein glückliches Ende nehmen, sondern weil sie ihn ein allerletztes Mal sehen durfte.

»Logan!« Mehr brachte sie nicht heraus, obwohl die Gedanken in ihrem Kopf einen wilden Tanz aufführten.

»Ich werde dich nicht aufgeben, Sofia«, sagte er leise, aber entschlossen. »Ich kann es nicht.« Sein Blick hing an dem Spatz, der in diesem Moment auf die Stange in der Käfigöffnung hüpfte und neugierig ins Freie sah.

»Du musst es aber! Das mit uns kann nicht funktionieren. Deine Eltern, deine Verlobte, mein Vater … Du bist ein reicher Mann und lebst in einem fernen Land, dessen Sprache ich nicht einmal spreche.«

»Ich spreche aber deine, und ich werde dir meine beibringen.« Lächelnd nahm er ihre Hand und hielt sie fest.

In diesem Augenblick hüpfte der Spatz ins Gras und schlug dabei mit den Flügeln, ohne sich jedoch in die Luft zu erheben.

»Es hat nicht funktioniert«, flüsterte Sofia und umklammerte Logans Finger. »Er kann nicht fliegen.«

»Warte.« Mehr sagte er nicht, während er ihre Hand festhielt.

Der Spatz machte noch zwei oder drei Hüpfer im weichen Gras und drehte den kleinen Kopf, als wollte er sie ein letztes Mal ansehen. Dann breitete er die Flügel aus, flatterte ein wenig ungeschickt und erhob sich schließlich in die Luft, stieg zwischen den Zweigen der Zitronenbäume auf und verschwand über den Wipfeln.

»Siehst du. Er kann es«, stellte Logan fest, als der kleine Vogel nicht mehr zu sehen war. »Wir haben zusammen dafür gesorgt, dass er wieder fliegen kann.«

Sie schüttelte den Kopf und wischte sich mit der freien Hand über die nassen Wangen. Ihre rechte hielt er noch immer zwischen seinen Fingern gefangen. »Selbst wenn du deine Eltern überzeugen könntest – es wäre ein schreckliches Gefühl, dass du meinetwegen deine Verlobung gelöst hast.«

»Es stimmt. Das hat Malvina nicht verdient. Aber noch viel weniger hat sie einen Ehemann verdient, der eine andere Frau liebt. Unsere Ehe wurde von unseren Eltern arrangiert. Wir kennen uns seit unserer Kindheit, und wir mögen uns, aber zwischen uns wird es niemals solche Gefühle geben wie zwischen dir und mir. Das werde ich ihr erklären, und sie wird es verstehen. Für sie bedeutet es die Chance, ebenfalls einen Mann zu finden, den sie aus tiefstem Herzen liebt.«

»Die Menschen in deinem Land werden mich verachten. Sie werden in mir nur die arme Bauerntochter sehen, die keine Ahnung vom vornehmen Leben hat.« Es gab so viele Gründe, die ihrer Verbindung entgegenstanden, sah er das denn nicht?

»Niemand wird wagen, meine Frau zu verachten. Die Chalerans sind ein mächtiger Clan. Vertrau mir.« Er beugte den Kopf vor und sah ihr im Schatten der Zitronenbäume tief in die Augen.

»Ich kann das nicht, Logan. Ich kann nicht mit dir in ein fernes Land gehen und daran glauben, dass wir uns ein gemeinsames Leben aufbauen können.« Wieder und wieder schüttelte sie den Kopf, während nun wieder Tränen über ihre Wangen liefen und zu ihren Füßen ins Gras tropften.

»Ich werde dir beweisen, dass es funktioniert. Versprich mir nur eins. Versprich mir, auf mich zu warten.«

»Wie lange?« Es fiel ihr schwer, ihm diese Frage zu stellen, denn am liebsten hätte sie ihm gesagt, dass sie ohnehin ihr ganzes Leben auf ihn warten würde, weil sie keinen anderen Mann mehr lieben wollte und lieben konnte. Das hieß jedoch nicht, dass sie nicht gezwungen sein würde, schon sehr bald einen anderen Mann zu heiraten.

Logan wusste so wenig über ihr Leben als Tochter eines armen Obstbauern. Darüber, dass sie ihrem Vater nicht mehr lange auf der Tasche liegen durfte.

»Nur zwei oder drei Monate«, sagte er. »Nur bis ich mit meinen Eltern und Malvina gesprochen und alles Nötige geklärt habe.«

Langsam nickte sie. »Das ginge vielleicht.« In ihrer Rocktasche suchte sie nach einem Taschentuch und putzte sich energisch die Nase.

Sie wusste, dass sie schon jetzt anfangen musste, ihn aus ihrem Herzen zu reißen, auch wenn sie wenig Hoffnung hatte, dass es ihr gelingen könnte. Sobald er wieder in Schottland war, würde er sie vergessen. Er würde die reiche und schöne Malvina heiraten, wunderschöne Kinder mit ihr haben und ein glückliches Leben in der vornehmen Burg seines Clans führen.

»Morgen reise ich ab. Je eher ich nach Schottland zurückkehre, umso eher kann ich wieder bei dir sein.« Er zog sie aus dem Gras hoch. »Darf ich dich noch um eines bitten?«

Sie nickte stumm. Es war unendlich schwer, vollkommen unmöglich, ihm ihr Herz zu verschließen, wenn er sie mit diesen dunkelgrünen Augen ansah.

»Kommst du morgen in das kleine Wäldchen hinter dem Gasthaus? Ich werde einen Wagen bestellen, der mich zum Bahnhof fährt, und ich möchte dich noch einmal sehen, bevor ich diesen Ort verlasse.«

Sanft strich er ihr mit der Hand übers Haar, zeichnete mit der Spitze seines Zeigefingers die Linie ihrer Unterlippe nach und hauchte ihr einen zarten Kuss auf die Wange.

»Ich werde kommen«, wisperte sie. Felicia wusste jetzt schon, dass es ihr das Herz zerreißen würde, ihn noch einmal zu sehen, bevor er in den Wagen stieg und davonfuhr, um niemals zurückzukehren.

Auch wenn er selbst daran glaubte, sie wusste, er würde nicht kommen, um sie zu holen.

13. Kapitel

1. August 2016
Chaleran, Isle of Skye, Schottland

»Poppy, hierher!« Erst als Finlay schon in Richtung Inverness aufgebrochen war und Felicia in den Hügeln hinter dem Dorf ihren ersten Spaziergang mit der Hündin machte, fiel ihr auf, dass sie keine Ahnung hatte, auf welche Befehle Poppy hörte. Falls sie überhaupt gehorchte.

Bei Finlay hatte es immer so selbstverständlich gewirkt. Ging er nach rechts, folgte Poppy ihm ganz automatisch in diese Richtung; ging er nach links, tat sie dasselbe. Wenn er sich setzte, legte sie sich neben ihn, ohne dass er es ihr befehlen musste. Einfach weil sie es wollte.

Nachdem sie eine Weile nachdenklich Finlays Auto hinterhergesehen hatte, schien Poppy dennoch gewillt, Felicia als ihre Herrin auf Zeit anzuerkennen. Jedenfalls sprang sie munter vor ihr die Straße entlang. Nun jedoch musste ein grauer Pick-up hupend abbremsen, weil die Hündin, die Nase am Boden, in Schlangenlinien vor ihm herlief.

Felicia versuchte es auf Englisch und auf Deutsch, böse und freundlich – Poppy schien plötzlich taub geworden zu sein. Sie folgte irgendeiner Spur und dachte nicht daran, sich von Felicia an den Straßenrand rufen zu lassen, damit der Wagen vorbeifahren konnte.

Schließlich spurtete Felicia hinter der Hündin her und versuchte sie einzufangen, was nicht sonderlich erfolgversprechend war, weil der Vierbeiner sie mühelos abhängen konnte. Mehrmals spürte Felicia schon das Fell an ihren ausgestreckten Fingerspitzen. Dann machte Poppy einen kleinen Satz und war wieder außer Reichweite.

Als der Pick-up neben ihr hielt und die Scheibe heruntergekurbelt wurde, unterdrückte Felicia einen Seufzer und verzog die Lippen zu einem bemühten Lächeln.

»Hören Sie – ich habe es eilig. Außerdem ist es gefährlich für den Hund, wenn Sie ihn nicht unter Kontrolle haben. Der nächste Fahrer ist vielleicht rücksichtsloser als ich.«

»Ach, Sie sind das!«, entfuhr es ihr anstelle der Entschuldigung, die sie auf der Zunge gehabt hatte.

»Allerdings.« Zu ihrem Erstaunen funkelten Scotts Augen amüsiert. Fand er es etwa mittlerweile komisch, dass sie in seiner Gegenwart ständig durch irgendwelche Ungeschicklichkeiten auffiel?

»Das ist nicht mein Hund. Ich passe nur auf ihn auf«, erklärte sie eilig. »Er gehört Finlay Chaleran, dem Tierarzt.«

»Ich weiß.«

Natürlich! Sie vergaß immer wieder, dass auf der Insel jeder alles über jeden wusste.

Scott hupte einmal lang und laut, sodass Poppy, die gerade interessiert seine Stoßstange beschnupperte, entsetzt zur Seite sprang und sich an Felicias Seite rettete. Endlich konnte sie die Hündin an die Leine nehmen.

Mit einem lässigen Winken gab Scott Gas und fuhr weiter. Felicia stand mit der angeleinten Poppy da und sah dem Pick-up nach, auf dessen offener Ladefläche die Holzstiele von Hacken, Spaten und Schaufeln in wildem Durcheinander herumlagen.

Eine Weile führte sie Poppy an der Leine, doch es tat ihr leid, die lebhafte Hündin zu zwingen, langsam zu gehen. Wenn Poppy frei herumlief, hatte sie so viel Freude und legte mindestens die doppelte Strecke des eigentlichen Spazierwegs zurück.

Auf der Brücke nach Chaleran Castle machte Felicia daher die Leine wieder ab. Außer dem alten Kombi der Chalerans und dem noch älteren Ford, mit dem Ian zur Arbeit aufs Festland fuhr, sah man hier fast nie Autos. Und Scott war inzwischen längst bei der Arbeit im Garten der Burg.

Poppy lief zum Burgtor voraus, kam wieder zurück und machte diesen Weg noch drei oder vier Mal, bis Felicia ebenfalls das Tor erreicht hatte. Als sie in den Innenhof trat, sah sie sich suchend nach der Hündin um – die jedoch war nirgends zu sehen.

»Poppy? Poppy, hierher!« Sie wartete, rief noch einmal und wollte es nicht wahrhaben. Dennoch gab es keine andere Möglichkeit: Da die Hündin auf dem recht übersichtlichen Hof nicht zu sehen war, musste sie um die Ecke des Hauptgebäudes gelaufen sein. Und dieser Weg führte geradewegs dorthin, wo Scott mit der Neuanlage des historischen Gartens beschäftigt war.

Zögernd näherte Felicia sich dem offenen, aus Natursteinen gemauerten Torbogen, hinter dem die Gartenanlage begann. Als sie den Kopf vorreckte, stieß sie erstaunt den Atem aus. Seit sie zuletzt hier gewesen war, hatte sich eine Menge getan. Rechts und links von dem schmalen Fußweg wuchs jetzt wunderschöne Heide, deren Knospen schon so dick waren, dass die Pflanzen einen violetten Schleier trugen. Dazwischen gab es niedrige Büsche mit Rosenblüten in Weiß und Rosa und Inseln aus Ziergras, das sich sanft im Wind wiegte.

Während sie noch das kleine Wunder betrachtete, das Scott innerhalb weniger Tage vollbracht hatte, hörte sie einen wütenden Aufschrei und zuckte zusammen.

»Verdammt noch mal! Ist die Frau denn nicht in der Lage, auf einen einzigen Hund aufzupassen?«

»Poppy!«, rief sie erneut und eilte den Weg entlang. »Komm sofort hierher!«

Zu ihrem Erstaunen tauchte Poppy tatsächlich innerhalb weniger Sekunden schwanzwedelnd vor ihr auf. Im schwarzen Fell der Hündin hingen zahllose Dreckklümpchen, und auch ihre Schnauze war lehmverschmiert.

»Was hast du bloß gemacht?«, flüsterte Felicia hektisch. Sie nahm Poppy wieder an die Leine und wollte zurück zum Burghof und von dort ins Gebäude fliehen.

Aber bereits nach den ersten Schritten wurde ihr klar, dass sie sich nicht wie ein unreifes Kind benehmen durfte, nur weil ihr Begegnungen mit Scott unangenehm waren. Sie hatte die Verantwortung für Poppy übernommen, also musste sie zumindest überprüfen, was der Hund angestellt hatte.

Seufzend wandte sie sich um, folgte mit der angeleinten Hündin dem schmalen Weg um die Burgmauer und wappnete sich für das, was jetzt kommen würde. In wenigen Metern Entfernung hörte sie es laut scheppern.

Entschlossen trat sie hinter einem hohen Gebüsch hervor, das Scott so geschickt zurechtgestutzt hatte, dass sein Wuchs auf reizvolle Weise bizarr wirkte. Nun sah sie ihn. Mit heftigen Bewegungen warf er seine Gartengeräte in eine Schubkarre. Als eine Hacke mit einem langen Stiel wieder herausfiel, stieß er einen herzhaften Fluch aus, bevor er sie wütend erneut hineinbeförderte.

Sie blieb stehen und betrachtete entsetzt das große Beet, auf dem ein großer Teil der offenbar frisch gesetzten Pflanzen mit den Wurzeln nach oben neben den Pflanzlöchern lag. Dazwischen prangten einige große Kuhlen.

»Was habe ich Ihnen eigentlich getan? Offenbar hat es Ihnen noch nicht gereicht, dass Sie neulich mitten durch ein frisch umgegrabenes Beet gelaufen sind – jetzt haben Sie auch noch den Hund auf mich gehetzt.« Scott sprach mit ihr, ohne sich auch nur zu ihr umzudrehen. Woher wusste er überhaupt, dass sie hinter ihm stand? Bei dem Lärm, den er mit seinen Gartengeräten vollführte, konnte er ihre Schritte unmöglich gehört haben.

»Es tut mir leid«, sagte sie mit lauter, klarer Stimme, die aber ein kleines bisschen zitterte. »Ich hätte besser aufpassen müssen. Poppy ist eigentlich ein braver Hund, sie ist nur ein bisschen ungestüm.«

Er drehte sich um und sah sie an, ohne eine Miene zu verziehen. Durch das tiefe Blau seiner Augen zuckten Blitze, als wäre an einem strahlenden Sommertag ein Gewitter ausgebrochen.

»Der Hund kann nichts dafür«, verkündete er nach langem Schweigen. Wer die alleinige Schuld an dem Unglück trug, war klar, das erwähnte er gar nicht erst – und leider hatte er recht.

»Natürlich komme ich für den Schaden auf«, erklärte sie hilflos und wickelte sich die Lederleine mehrmals um die Hand.

»Das werden Sie allerdings tun. Und zwar morgen früh. Nachher sorge ich noch dafür, dass die Pflanzen nicht vertrocknen, dann mache ich Feierabend. Muss noch bei Lady McClamond nach dem Rechten sehen.«

Mit seinen erdigen Händen packte er die Griffe seiner Schubkarre und schob sie den Weg entlang in Richtung Burghof. Felicia drängte sich gemeinsam mit der Hündin zwischen die Zweige eines Busches, damit er an ihnen vorbeikam.

Ohne sie eines Blickes zu würdigen, stapfte er in Richtung Hof davon.

»Was meinen Sie mit morgen?«, rief sie ihm hinterher.

»Acht Uhr!«

»Wieso acht Uhr? Schreiben Sie mir eine Rechnung? Soll ich um acht zum Bezahlen kommen?« Sie kam sich ziemlich blöd vor, während sie ihm hinterherlief und sich mit seinem Rücken unterhielt.

Als er unvermittelt stehen blieb und sich zu ihr umdrehte, prallte sie gegen seine Brust und hatte Mühe, ihr Gesicht wieder aus seiner Flanelljacke zu heben.

Erst als er sie bei den Schultern packte und nach hinten schob, fand sie ihr Gleichgewicht wieder. Vorher hatte sie jedoch noch Gelegenheit festzustellen, dass Scott nach Wind und Meer, herben Kräutern und Seife roch.

»Entschuldigung«, murmelte sie schon wieder, obwohl sie auf keinen Fall allein an dem Zusammenstoß schuld gewesen war.

»Ich werde Ihnen keine Rechnung schreiben«, teilte Scott ihr im Ton eines gestrengen Lehrers mit, der eine unartige Schülerin abkanzelte. »Man kann nicht alles mit ein bisschen Geld regeln, auch wenn ihr wohlhabenden Stadtmenschen das glaubt. Die meisten Pflanzen sind noch in Ordnung. Sie müssen nur wieder eingesetzt werden.«

»Ich soll ... Ich fürchte, mit so etwas kenne ich mich nicht aus«, beteuerte sie verzweifelt. »In unserer Familie war meine Mutter die Gärtnerin aus Leidenschaft. Wir Kinder haben uns aus der Gartenarbeit herausgehalten. Falls es so was wie einen grünen Daumen tatsächlich gibt, habe ich ihn jedenfalls nicht. Meine Topfpflanzen gehen fast immer nach ein paar Wochen ein. Außerdem muss ich auf den Hund aufpassen.« Nach ihrer langen Rede schnappte sie nach Luft.

Scott schien jedoch von ihren Argumenten nicht sonderlich beeindruckt zu sein. »Ich zeige Ihnen, wie es geht. Auch wie man dafür sorgt, dass der Hund kein Unheil anrichtet. Acht Uhr morgen früh.«

Mit diesen Worten wandte er sich ab und marschierte mit seiner Schubkarre zum Burghof, ohne sich noch einmal umzudrehen.

»Er zeigt mir, wie es geht. Na toll!«, sagte Felicia zu Poppy, die dem unfreundlichen Mann schweifwedelnd nachsah.

»Eigentlich bist du schuld«, teilte Felicia der Hündin mit.

Auch darauf reagierte Poppy mit einem begeisterten Schwanzwedeln.

14. Kapitel

1920
Farmosca, Spanien

23. September

Ich konnte es nicht! Hätte ich noch einmal, zum allerletzten Mal, mit Logan gesprochen, hätte ihn umarmt und ihn vielleicht sogar geküsst – mein Herz wäre in tausend Scherben zersprungen.

Sofia huschte in den Schatten der großen Pinie am Rande des Wäldchens und schmiegte sich eng an den Stamm, sodass Logan sie in der beginnenden Dämmerung wahrscheinlich selbst aus einigen Schritten Entfernung nicht erkennen konnte.

Er lief schon seit über einer Viertelstunde suchend zwischen den Bäumen herum und rief ab und zu leise ihren Namen.

»Sofia? Bist du hier, Sofia?« Der traurige Klang seiner Stimme bohrte sich wie ein Dolch in ihre Brust. Sie wollte zu ihm laufen, wollte die Arme um seinen Hals schlingen und die Lippen auf seinen Mund pressen, doch ihre Füße waren wie Bleiklumpen. Die Angst vor dem Schmerz der letzten Berührung, der letzten Worte, hielt sie fest. Sie konnte sich nicht von der Stelle rühren.

»Mr Chaleran?« Das war die Stimme des Wirts. »Ihr Fahrer

sagt, wenn Sie jetzt nicht losfahren, versäumen Sie den Nachtzug.«

»Fünf Minuten noch. Sagen Sie ihm, es dauert noch fünf Minuten.«

Sofia konnte in etwa zwanzig Metern Entfernung Logans Rücken sehen. »Leb wohl«, flüsterte sie so leise, dass sie selbst ihre Worte nicht hören konnte. »Leb wohl, Logan.«

Dann löste sie sich aus dem Schatten der Pinie und lief über den weichen Boden davon. Sie wollte nicht hören, wie das Motorengeräusch des Wagens, der ihn mit sich nahm, in der Ferne verklang. Sie wollte ihn so in Erinnerung behalten, wie sie ihn eben gesehen hatte: unter den Bäumen ihrer Heimat, wie er nach ihr rief und nach ihr suchte, nicht wie er schließlich fortging, um niemals zurückzukehren.

Ohne nachzudenken, schlug sie den Weg zum See ein – ihr Lieblingsplatz schon seit ihrer Kindheit. Es gab nichts Schöneres für sie, als in das kühle, hellgrüne Nass zu tauchen. Wenn sie Kummer hatte, linderte das Wasser wenigstens ein kleines bisschen den Schmerz.

Als sie atemlos den See im Olivenhain erreichte, fielen aus den dichten, grauen Wolken die ersten Regentropfen, und in der Ferne grollte der Donner. Doch das kümmerte sie nicht. Sie schlüpfte aus ihren Schuhen, knöpfte ihr Kleid auf, streifte es ab und hängte es über den niedrigen Ast eines Baumes. Dann zog sie ihr Unterkleid und die Strümpfe aus. Hierher kam fast nie jemand aus dem Dorf, erst recht nicht nach Einbruch der Dunkelheit und bei Regen. Die meisten Bauern konnten nicht schwimmen. Sie konnte es, weil ihre Mutter den See geliebt hatte und ihr heimlich beigebracht hatte, wie man sich über Wasser hielt. Ihr Vater hatte keine Ahnung, dass sie sich oft hierherschlich. Er hätte es ihr verboten.

Sie besaß keine Badekleidung, und vollkommen nackt wagte sie sich nur in Neumondnächten ins Wasser. Auch heute ließ sie ihr Leibchen und den Schlüpfer an und ging langsam über den weichen Boden zum Ufer. Die Tränen liefen in Strömen über ihr Gesicht, doch sie wischte sie nicht fort. Das Wasser würde sie wegspülen, wenn sie ihren Kopf unter die Oberfläche tauchte. Dort unten war es still und kalt und dunkel, als gäbe es keinen Schmerz und keine Liebe auf Erden. Dort unten existierte nur diese stumme, dunkelgrüne Welt.

Sie ließ das Ufer hinter sich. Das kühle Wasser reichte ihr schon bis an die Hüften. Unter ihren Füßen spürte sie den schlammigen Grund des Sees, doch sie wollte sich nicht wie sonst nach vorn fallen lassen und schwimmen. Sie wollte spüren, wie das Wasser langsam höher und höher stieg. Bis an ihre Brust, ihren Hals, ihren Mund, bis sie endlich wenigstens für kurze Zeit aus dieser Welt des Schmerzes verschwand.

Sie würde darum kämpfen, so lange wie möglich dort unten zu bleiben, und wenn ihr schließlich nichts anderes mehr übrigblieb, als wieder aufzutauchen, würde für eine kurze Zeit nur der Kampf um Atemluft zählen. Erst wenn ihre Lunge wieder mit Sauerstoff gefüllt war, würde wieder Raum für den Schmerz sein. So war es damals nach dem Tod ihrer Mutter gewesen, und so würde es auch heute sein.

Als das kalte Wasser gegen ihre Brust schwappte, öffnete der Himmel seine Schleusen. Jetzt waren es keine Tropfen mehr, die auf die Wasseroberfläche rieselten, sondern dicke Fäden. Sie klatschten ihr ins Gesicht wie die Ohrfeigen von kleinen Händen.

Sofia kniff die Lider zusammen und ging weiter, presste die Lippen aufeinander, damit das Wasser nicht in ihren Mund strömte, hielt die Luft an, als es in ihre Nasenlöcher drang. Dann war die Welt endlich stumm, es gab nur noch das Rauschen in ihren Ohren. Genau in diesem Moment meinte sie Logans Stimme zu hören.

»Sofia! Sofia!!!« Natürlich bildete sie sich diese Rufe nur ein, hier unten, in dieser anderen Welt, in der Träume für kurze Zeit ganz nah sein konnten.

Ihre Füße lösten sich vom Grund, und sie ließ sich unter der Wasseroberfläche treiben. Plötzlich packten starke Hände sie bei den Schultern und rissen sie nach oben. Ihr Kopf tauchte so unvermittelt aus dem Wasser auf, dass sie vor Schreck keuchend nach Luft schnappte, obwohl sie es noch ziemlich lange unten ausgehalten hätte.

Sie wollte um sich schlagen, wollte sich von dem Arm befreien, der sie umklammert hielt und in Richtung Ufer zerrte. Aber aus irgendeinem Grund war es gut so. Sie hatte Kraft und Vergessen im Wasser gesucht, doch jetzt kam die Kraft von den Armen, die sie hielten.

Sanft wurde sie aus dem Wasser gehoben und ans Ufer getragen, bis unter einen Baum, dessen dichte Zweige sie vor dem Regen schützten. Hier lag sie nun auf dem Rücken und sah die Umrisse seiner Schultern und seines Kopfes, wie er sich über sie beugte und sein Gesicht dem ihren näherte, als wollte er lauschen, ob sie noch atmete.

»Was machst du denn, Sofia? Sofia, meine Liebe! Ich habe

dir doch gesagt, dass ich wiederkomme. Ich habe es dir geschworen, und du hast mir versprochen zu warten.«

Sie spürte, dass seine kalten Finger zitterten, während er wieder und wieder über ihre Wange strich.

»Logan. Wo kommst du her? Der Wagen ... Du bist doch abgeholt worden.« Sie richtete sich auf und stieß mit der Stirn gegen seine Schulter. Sofort legte er stützend den Arm um sie, sodass sie sich halb sitzend gegen ihn lehnen konnte.

»Ich konnte nicht fahren, ohne dich noch einmal zu sehen. Dann erinnerte ich mich an deinen Lieblingsort, von dem du mir erzählt hattest. Ich darf gar nicht daran denken, was geschehen wäre, wenn ich nicht ... Sofia, meine Liebste, warum nur? Warum wolltest du das tun?«

»Ich wollte es nicht tun. Nicht das, was du denkst.«

»Wirklich nicht?« Sein prüfender Blick glitt wie eine zärtliche Berührung über ihr Gesicht.

Sie schüttelte so heftig den Kopf, dass ihre nassen Haarspitzen wie kleine Peitschen gegen seine Schultern schlugen. »Es tut mir leid, dass ich mich nicht von dir verabschieden konnte. Aber ich dachte, das bricht mir endgültig das Herz. Also bin ich hierhergekommen. Als meine Mutter starb und ich so schrecklich traurig war, hat es mir auch immer ein kleines bisschen geholfen, im See zu baden.«

Da lachte er leise und zog sie fest in seine Arme, streichelte ihre nassen Haare, suchte mit seinen Lippen ihren Mund. »Und ich bin kopfüber mit all meinen Kleidern hinterhergesprungen, um dich zu retten«, sagte er nach einem langen, zärtlichen Kuss. »Das war offensichtlich ziemlich dumm.«

»Nein«, flüsterte sie. »Ich bin so glücklich, dass du mich gesucht hast.« Wieder fanden sich ihre Lippen, sie küssten sich hungrig, und Sofia fand heraus, dass seine Zärtlichkeit ihren Schmerz sehr viel besser lindern konnte als das kalte Wasser des Sees.

Seine Hände, die ihre kühlen Arme und Schultern streichelten, bis ihre Haut unter seinen Fingern brannte, seine Lippen, die überall auf ihrem Körper zu sein schienen, schenkten ihr Zuversicht und Liebe, die sich wie eine warme Welle in ihrem Körper ausbreitete. Mit jeder seiner Berührungen erwachte ihr erstarrtes Herz ein wenig mehr zum Leben, wuchsen die Hoffnung und das Vertrauen in eine Zukunft, die nicht öde und dunkel sein würde, sondern voller Licht und Liebe.

Ganz von selbst schlangen sich ihre Arme um seinen Nacken und zogen ihn dichter an ihren hungrigen Körper, legten sich ihre Beine um seine Hüften, weil sie ihn ganz spüren wollte. Denn es gab für sie nur diesen einen Augenblick, in dem alles wahr werden konnte, in dem Logan und sie zusammengehörten. Für jetzt und für immer.

Sie legte den Kopf in den Nacken und hörte auf zu denken, konnte nur noch fühlen. Ihn und sich und diese Minuten voller Zärtlichkeit und Leidenschaft. Zwischen den Zweigen, die ein schützendes Dach über ihnen spannten, sah sie plötzlich den Mond. Der Regen hatte sich verzogen, und bis auf ein paar dunkle Wolkenfetzen war der Himmel klar.

»Ich liebe dich, Sofia. Bitte glaube mir, dass ich alles tun werde, damit ich dich heiraten und zu mir nach Schottland holen kann.« Seine Lippen wanderten über ihre Kehle, liebkosten die Kuhle über ihrem Schlüsselbein und glitten dann über ihr eng sitzendes Leibchen. Sein heißer Atem drang durch den kalten, nassen Stoff und brachte sie zum Erschaudern.

»Ich liebe dich auch, Logan.« Ihre eigene Stimme klang, als würde sie von weit her kommen. »Ich will nie wieder zweifeln, dass es für uns eine Zukunft gibt.«

Und dann bewies sie ihm und sich selbst, dass sie ihm gehörte, in dieser einen wunderbaren Nacht und bis in alle Ewigkeit. Sie schenkte sich ihm mit allem, was sie zu geben hatte. Und zweifelte in dieser verzauberten Nacht nicht eine Sekunde, dass es richtig war, was sie tat.

15. Kapitel

2. August 2016
Chaleran, Isle of Skye, Schottland

Felicia hatte ihren Wecker auf sechs Uhr gestellt, ausgiebig geduscht und einen halbstündigen Spaziergang mit Poppy unternommen. Um sieben Uhr war sie die Erste im Frühstücksraum, wo Amelia sie fröhlich begrüßte und nach ihren Plänen für den heutigen Tag fragte.

Sie zuckte mit den Schultern. »Ich werde Scott bei der Gartenarbeit helfen.«

Amelia starrte sie verblüfft an. »Aber das musst du nicht. Er wird von uns bezahlt und kommt wunderbar voran. Es ist ein großes Glück, dass wir einen studierten Landschaftsarchitekten in unserem Dorf haben. Meistens arbeitet er als Gärtner, weil es hier in der Gegend nicht so viele wirklich gute Aufträge für ihn gibt. Deshalb war er begeistert, als wir ihn beauftragten, die Gartenanlage von Chaleran Castle nach historischen Plänen neu anzulegen. Und wir sind froh, dass wir uns durch die Einnahmen, die wir mit den Gästezimmern erzielen, endlich solche Extrakosten leisten können.«

»Scott hat Landschaftsarchitektur studiert?« Felicia konnte sich den brummigen Gärtner beim besten Willen nicht an einer Universität vorstellen.

Amelia schenkte ihr Tee nach und stieß einen unterdrückten Seufzer aus. »Scott war ein fröhlicher junger Mann, bevor er zum Studium nach England ging. Alle dachten, er würde sich anschließend irgendwo einen tollen Job und eine nette Frau suchen und nur im Urlaub gelegentlich nach Chaleran zurückkehren. Schließlich war von vornherein klar, dass es hier für jemanden mit seiner Ausbildung keine richtige Arbeit gibt. Doch er kam zurück und blieb hier. Ganz verändert war er, viel stiller und ganz verschlossen. Seitdem arbeitet er mal hier und mal da als Gärtner und scheint damit zufrieden zu sein.«

»Vielleicht ist er zurückgekommen, weil er sich um seine Großmutter kümmern will.« Felicia, die beim knusprigen Bacon, dem Rührei und den duftenden kleinen Bratwürstchen beherzt zugegriffen hatte, um sich für den Vormittag im Garten zu stärken, schob ihren leeren Teller beiseite.

Amelia schüttelte verneinend den Kopf. »Das würde Isobel niemals zulassen. Sie kommt immer noch gut allein klar, und es gibt im Dorf genug Leute, die ihr im Notfall helfen würden. Sie weiß wahrscheinlich, warum Scott zurück nach Skye gekommen ist, aber sie behält es für sich.«

Nachdem sie noch einen Schluck Tee aus ihrer Tasse genommen hatte, stand Felicia auf. »Dann werde ich mal Poppy aus meinem Zimmer holen. Ich bin für acht Uhr mit Scott verabredet und will pünktlich sein.«

»Möchtest du in einem deiner Artikel über die historische Gartenanlage schreiben?« Offenbar konnte Amelia sich nicht vorstellen, dass Felicia zu ihrem Vergnügen im Garten arbeitete.

»Möglicherweise.« Da sie Amelia den wahren Grund für ihre morgendliche Verabredung mit Scott nicht verraten wollte, flüchtete Felicia sich in vage Bemerkungen. Es wäre ihr peinlich gewesen, wenn Finlay nach ihrer Rückkehr erfahren hätte, dass sie als Hundesitter eine echte Versagerin war.

Nun wollte sie wenigstens Scott beweisen, dass sie Poppy unter Kontrolle hatte. Die einfachste Lösung wäre gewesen, die Hündin den Vormittag über in ihrem Zimmer einzusperren, aber das wäre feige und zudem nicht sonderlich tierfreundlich gewesen.

In der Eingangshalle kamen ihr Luise Herbert und Professor Haggat entgegen. Er sagte gerade etwas zu ihr, und sie hielt sich mit einer mädchenhaften Geste die Hand vor den Mund und kicherte leise.

Als sie beide gleichzeitig Felicia bemerkten, zuckten sie wie ertappt zusammen.

»Guten Morgen, guten Morgen!«, rief ihr Luise entgegen. »Der Professor und ich sind uns gerade auf dem Gang begegnet, ist das nicht ein lustiger Zufall?«

Haggat brummte etwas vor sich hin, das wohl ein Morgengruß sein sollte.

Felicia wünschte ebenfalls einen guten Morgen und sah dem Paar, das nun in gebührendem Abstand von mindestens einem Meter seinen Weg zum Frühstücksraum fortsetzte, erstaunt hinterher. Hätte die ältere Frau nicht diese seltsame Bemerkung gemacht, wäre Felicia nichts aufgefallen. So aber war sie doch etwas verwundert. Andererseits konnte sie sich beim besten Willen nicht vorstellen, dass zwischen der Frau, die auf den Spuren des Highlanders wandelte, und dem Wissenschaftler mit dem Hang zu endlosen Monologen irgendwelche romantischen Verwicklungen entstanden waren.

Sie beeilte sich, mit Poppy in den Garten zu kommen. Draußen band sie die Hündin mit ihrer langen Leine so an einem der Büsche fest, dass sie kein Unheil anrichten konnte. Zufrieden rollte Poppy sich im Gras zusammen und setzte ihren Vormittagsschlaf fort.

Nachdem sie die brave Hündin eine Weile stolz beobachtet hatte, warf Felicia einen Blick auf ihre Armbanduhr. Erst zehn vor acht. Sie betrachtete die Pflanzen, die Poppy aus dem Boden gewühlt hatte und deren Wurzeln Scott nur notdürftig mit Erde bedeckt hatte, damit sie nicht über Nacht vertrockneten. Sie bückte sich entschlossen, nahm ein Pflänzchen, das dicht am Rand des Beetes lag, und stellte es in eines der noch erkennbaren Pflanzlöcher. Dann schob sie um die Wurzeln herum die Erde zusammen und drückte sie so fest, dass die Heidepflanze aufrecht und gerade aus dem Boden ragte.

»Geht doch!«, murmelte sie, nachdem sie ihr Werk begutachtet hatte. Zwei Minuten später hatte sie auch die nächste Pflanze wieder eingesetzt.

»Gar nicht so schlecht.« Als sie direkt neben sich die tiefe Männerstimme hörte, fuhr sie erschrocken herum. »Ich habe Sie gar nicht kommen hören. Warum schleichen Sie sich so an?«

»Ich bin nicht geschlichen.« Scotts Augen funkelten amüsiert. »Könnte es sein, dass du so in deine Arbeit versunken warst, dass du nichts um dich herum wahrgenommen hast, Felicia?«

Sie schüttelte energisch den Kopf. Es war seltsam, dass er plötzlich die vertrauliche Anrede wählte, aber angesichts der Tatsache, dass sie vorhatten, ein paar Stunden gemeinsam auf den Knien im Dreck zu liegen, fand sie den Gedanken naheliegend. »Um eine Pflanze in ein Loch zu stellen, brauche ich ja wohl schwerlich meine ganze Konzentration.«

»Wenn du die Pflanzen jetzt noch ein wenig gießt, könnte es sogar sein, dass sie anwachsen.« Scott streckte den Arm aus und hielt ihr eine der beiden grünen Metallkannen hin, die er mitgebracht hatte. Aus den Tüllen tropfte es in der Morgensonne silbrig.

Felicia goss die beiden Pflänzchen, die sie schon in den Boden gesetzt hatte. Als sie damit fertig war, packte Scott sie beim Handgelenk und zog sie in die Mitte des verwüsteten Beetes.

»Hier fangen wir an und arbeiten von innen nach außen. Erst etwas Wasser ins Pflanzloch, dann Heide rein, Erde andrücken, fertig. Wie ich bereits gesehen habe, kannst du das ja.«

Ohne sich weiter um Felicia zu kümmern, stellte er seine Gießkanne ab, hockte sich hin und begann mit der Arbeit. Sie zögerte nur kurz, wählte dann eine Stelle etwa zwei Meter von ihm entfernt und tat es ihm gleich.

Obwohl nach einer Weile ihr Rücken anfing zu schmerzen, richtete Felicia sich nicht ein einziges Mal auf. Natürlich war sie nicht ganz so schnell wie Scott, aber sie wollte ihm zeigen, dass sie etwas schaffen konnte, wenn sie nur wollte.

»Wie ich sehe, hast du den Hund heute im Griff«, stellte er fest, nachdem sie eine halbe Stunde stumm gearbeitet hatten.

»Na ja, wenn du anbinden als im Griff haben bezeichnest, kann man das so sehen.« Sie warf ihm einen Seitenblick zu, konnte jedoch seinen Gesichtsausdruck nicht erkennen, weil er soeben mit gesenktem Kopf eine Pflanze in ihrem Loch zurechtrückte.

»Ist im Grunde egal. Hauptsache, dem Hund geht es gut und er richtet keinen Schaden an«, erklärte er, ohne sie anzusehen.

Fast eine Stunde arbeiteten sie weiter schweigend Seite an Seite, dann hielt Felicia es nicht mehr aus. »Mrs Chaleran hat mir erzählt, dass du Landschaftsarchitekt bist.«

Anstatt ihr zu antworten, griff er nach der nächsten Pflanze.

»Sie meinte, normalerweise gibt es hier in der Gegend keine Jobs, die deiner Qualifikation entsprechen. Bist du wegen deiner Großmutter nach dem Studium hierher zurückgekehrt?«

Es blieb so lange still, dass sie schon dachte, er würde ihre Frage absichtlich überhören, doch dann sagte er langsam: »Meine Großmutter würde nicht zulassen, dass ich ihretwegen etwas in meinem Leben versäume, das ich gern täte. Es ist auch nicht so, dass es hier in Chaleran sonst niemanden gibt, der dort oben ab und zu nach ihr sehen könnte.« Er ließ einen kräftigen Wasserstrahl in eines der Löcher plätschern.

»Dann wolltest du es also so.« Sie verkniff sich die Frage, warum er die Mühe eines Studiums auf sich genommen hatte, wenn er es nach seinem Abschluss vorzog, als einfacher Gärtner zu arbeiten.

»Sieht so aus.« Er zuckte mit den Schultern, und ihr war klar, dass er nicht vorhatte, zu dieser Frage noch etwas zu sagen.

Etwa hundert Heidepflanzen später — ihr taten außer dem Rücken inzwischen auch die Knie höllisch weh — hob er ruckartig den Kopf. Da sie die rasche Bewegung in ihrer Nähe wahrgenommen hatte, sah sie ebenfalls auf. »Hätte übrigens nicht gedacht, dass du das hier so gut machst.«

»Ist das ein Lob?« Sie lachte verlegen. »So schrecklich viel gehört ja nun auch wieder nicht dazu, ein paar Pflanzen in die Erde zu buddeln, nicht wahr?« Erst als die Worte heraus waren, begriff sie, dass sie damit verächtlich über seine Arbeit sprach.

»Nein.« Er lachte lauthals, vielleicht weil er ihre erschrockene Miene bemerkt hatte, vielleicht auch aus irgendeinem anderen Grund. »Nur Ausdauer. Außerdem tut jemandem, der diese Arbeit nicht gewohnt ist, nach kurzer Zeit alles weh. Du hast dich bisher aber mit keinem Wort beklagt.«

Sie richtete sich auf und massierte sich instinktiv den Nacken. Erst als sie ihre schmutzige Hand wieder senkte, wurde ihr klar, dass sie ihren Hals und ihre Jacke mit Erde beschmiert hatte. Aber darauf kam es jetzt auch nicht mehr an.

»Immerhin bin ich schuld daran, dass du diese Arbeit noch mal machen musst. Da sollte ich wenigstens helfen.« Unauffällig schaute sie sich um und stellte fest, dass noch mehrere Dutzend Pflänzchen darauf warteten, wieder in den Boden gesetzt zu werden. Du liebe Güte, wie sollte sie das durchhalten? Schon jetzt hatte sie das Gefühl, sich nie wieder zu ihrer vollen Größe aufrichten zu können.

»Den Rest schaffe ich allein. Du solltest lieber in dein Zimmer gehen und ein langes, heißes Bad nehmen. Ohnehin wirst du erst morgen merken, was dir alles wehtut.« Sein breites Lächeln wirkte kein bisschen schadenfroh.

Der Gedanke an ein Bad war äußerst verführerisch, doch sie schüttelte den Kopf. »Kommt nicht infrage! Eigentlich müsste ich ganz allein den Schaden wieder in Ordnung bringen, den Poppy angerichtet hat. Schließlich bin ich zurzeit für sie verantwortlich. Es ist sehr nett, dass du mir hilfst.«

Er legte den Kopf in den Nacken, und aus seiner Kehle kam ein tiefes, volltönendes Lachen. »Okay. Dann helfe ich dir bis zum bitteren Ende. Und du mir. Und Poppy schläft sich derweil von ihren Schandtaten aus.«

Tatsächlich lag die Hündin immer noch in der Sonne neben dem Busch. Hin und wieder zuckte sie im Traum mit den Pfoten, als würde sie einen Hasen über alle Hügel und durch alle Täler der Insel verfolgen.

Sie brauchten noch eine weitere Stunde, dann war es geschafft. Nachdem sie die Erde um die letzte Pflanze herum festgedrückt hatte, richtete Felicia sich vorsichtig auf und stemmte sich die Hand in das schmerzende Kreuz. Ob sie sich dabei schmutzig machte, war ihr mittlerweile vollkommen egal. Schließlich war niemand anders als Scott in der Nähe, und der wirkte in seiner erdverkrusteten Latzhose mit den Gummistiefeln und dem grün-weiß gestreiften, ebenfalls schmutzigen Hemd auch nicht gerade wie aus dem Ei gepellt.

Als hätte sie nur darauf gewartet, dass Felicia endlich mit ihrer Arbeit fertig wurde, sprang Poppy auf, rannte auf sie zu, so weit es die Leine zuließ, und wackelte vor Freude mit dem ganzen Hinterteil.

»Das ist ja eine Liebe!«, stellte Scott amüsiert fest, während er sich die Hände an einem Tuch abwischte, das er aus seiner Jackentasche gezogen hatte. »Hast du Lust, heute Abend mit an den Strand zu kommen? Ich treffe mich mit einigen Leuten aus dem Dorf. Wir machen ein Lagerfeuer, braten ein paar Fische und sitzen einfach so zusammen.«

Felicia konnte sich ein Grinsen nicht verkneifen. Offenbar war sie durch die Tatsache, dass sie ohne zu klagen stundenlang neben ihm gearbeitet hatte, in seiner Achtung gestiegen. Gleichzeitig ertappte sie sich dabei, dass sie verwundert über Scotts Pläne für den Abend war. Darüber, dass dieser so verschlossen wirkende Mann Freunde hatte, mit denen er sich abends traf.

»Hört sich gut an. Ich komme gern.« Sie würde einfach vorher etwas essen, denn selbst wenn sie romantisch am Lagerfeuer zubereitet wurden, würde sie Fische nicht herunterbekommen.

In diesem Moment riss Poppy vor Freude fast den Busch um, an dem sie festgebunden war. Glücklicherweise nur fast, sonst hätte es wieder etwas zum Einpflanzen gegeben. Erstaunt drehte Felicia sich um und sah Finlay hinter den Büschen hervortreten. Wollte er nicht erst morgen zurückkommen?

»Hallo, Felicia! Hallo, Scott!«. Mit einem strahlenden Lächeln winkte er zu ihnen herüber, bevor er sich über seine Hündin beugte und ihr liebevoll den Kopf tätschelte. »Ich bin einen Tag früher abgereist. Die restlichen Vorträge sind nicht sonderlich interessant.«

Obwohl sie Finlay nur etwas länger als vierundzwanzig Stunden nicht gesehen hatte, durchzuckte es sie bei seinem Anblick wie bei einem leichten Stromschlag. Sie hatte in der kurzen Zeit fast vergessen, wie unfassbar attraktiv dieser Mann war.

Noch immer lächelnd löste Finlay die Hundeleine von der Astgabelung, an der Felicia sie befestigt hatte. »Und wie lief es mit Poppy? War sie brav?«

Unruhig ließ Felicia ihren Blick zwischen der Hündin und dem frisch bepflanzten Beet hin und her wandern, aber

Poppy saß wie der reinste Unschuldsengel neben Finlay und himmelte ihn an.

Dann sah sie Scott an, der nickte und ihr zuzwinkerte. Es war merkwürdig, mit ihm ein Geheimnis vor Finlay zu haben. Wieso half er ihr, vor Finlay zu verbergen, wie dumm sie sich bei der Beaufsichtigung der Hündin angestellt hatte? Aus welchem Grund auch immer er es tat, ihr war es nur recht.

»Danke«, flüsterte sie ihm zu.

»Ich danke dir für deine Hilfe, Felicia«, erwiderte er so laut, dass auch Finlay es hören musste. »Wahrscheinlich hat dich dieser Vormittag von deiner Vorstellung kuriert, dass Gartenarbeit entspannend ist.« Mit einem Seitenblick in Finlays Richtung grinste er sie an.

Sie rieb sich den Rücken und erwiderte sein Lächeln, bevor sie sich Finlay zuwandte. Der lächelte ebenfalls.

»Darf ich dich dafür, dass du so gut auf Poppy aufgepasst hast, heute Abend zum Essen einladen? Ich kenne ein gutes Restaurant in der Nähe von Uig. Wenn wir rechtzeitig losfahren, können wir uns vor dem Essen noch das Fairy Glen ansehen. Du hast mir neulich erzählt, dass du dort noch nicht warst.«

Ihr Herz klopfte plötzlich doppelt so schnell, und sie wusste nicht, ob das an seinem Lächeln lag oder an der Aussicht, mit ihm gemeinsam das Tal der Feen anzusehen. Sie öffnete bereits den Mund, um die Einladung anzunehmen, als sie Scotts Blick bemerkte.

»Tut mir leid«, fing sie an, und ihr flatterndes Herz beruhigte sich. »Ich habe heute Abend leider ...«

Mit einer schroffen Handbewegung unterbrach Scott sie. »Das Fairy Glen solltest du dir auf keinen Fall entgehen lassen.

Und ein Essen in einem schicken Restaurant erst recht nicht. Du hast es dir verdient.«

Mit diesen Worten wandte er sich ab und verschwand um die Ecke des Gebäudes, bevor sie etwas erwidern konnte. Felicia sah ihm verblüfft nach.

»Ich sollte mich dann mal waschen.« Sie wedelte mit ihren schmutzigen Händen herum. »Wann treffen wir uns?«

Nachdem sie verabredet hatten, dass er sie in zwei Stunden abholen würde, ging sie durch den Haupteingang ins Gebäude. In der Eingangshalle sah sie sich zu ihrem Erstaunen etwa zwanzig Menschen gegenüber, die einträchtig die Köpfe in den Nacken gelegt hatten, um den Leuchter unter der hohen Decke zu bewundern.

Als Felicia hinter sich die laut knarrende Tür ins Schloss zog, wandten sich ihr sämtliche Köpfe zu. Amelia, die auf der Treppe stand, damit alle sie während ihrer Erläuterungen zur Einrichtung und Bauweise von Chaleran Castle gut sehen konnten, winkte ihr fröhlich zu.

»Diese junge Frau ist einer unserer Hausgäste«, erklärte sie lächelnd. »Seit einiger Zeit vermieten wir Zimmer. Wenn Sie Interesse haben, wenden Sie sich im Anschluss an die Führung gern an mich.«

Felicia schob sich zwischen den Besuchern hindurch, die ihr fast ehrfürchtig Platz machten und sie neugierig betrachteten. Sie lächelte freundlich nach rechts und links und beeilte sich, die Halle wieder zu verlassen.

Auf dem Weg zu ihrem Zimmer stieg ein warmes Glücksgefühl in ihr auf. Sie freute sich, dass Finlay zurück war und dass er ihr das Tal der Feen zeigen und anschließend mit ihr essen gehen wollte. Sie war auch froh, dass die Stunden mit

Scott so friedlich und angenehm verlaufen waren. Wenn man von ihren schmerzenden Gliedern und dem verkrampften Rücken absah. Jetzt wollte sie erst mal nichts sehnlicher, als ein heißes Bad zu nehmen.

Erst als sie vor dem Spiegel stand, wurde ihr klar, warum die Besuchergruppe ihr so ehrerbietig Platz gemacht hatte. Nicht nur ihre Hände und ihre Kleidung waren dreckverschmiert, sie hatte auch einen breiten Schmutzstreifen quer durchs Gesicht, und sogar in ihren Haaren hingen kleine Erdklümpchen.

Wenige Minuten später ließ sie sich wohlig aufstöhnend in ihr heißes Bad gleiten. Sie atmete tief durch und tauchte den Kopf unter die Wasseroberfläche. Hier unten war es wunderbar warm und bis auf das leise Rauschen in ihren Ohren ganz still. Sie blieb so lange unter Wasser, wie sie es aushielt. Dann richtete sie sich wieder auf, schnappte nach Luft und griff nach dem Shampoo, um sich die Haare zu waschen.

***

Bereits auf dem Weg durch den Machair bemerkte Felicia in der hereinbrechenden Dämmerung das flackernde Licht in der Luft. Offenbar hatten Scott und seine Freunde am Strand schon das Feuer entzündet. Sie umklammerte den Hals der Rotweinflasche, die sie als Gastgeschenk mitgebracht hatte. Was sollte sie sagen, wenn sie plötzlich doch dort auftauchte? Schließlich war Scott Zeuge gewesen, als sie sich ungeachtet seiner Einladung mit Finlay verabredet hatte.

Die Wahrheit konnte sie ihm wohl kaum sagen. *Hör zu, Scott, mir ist eingefallen, dass es viel zu gefährlich ist, einen ro-*

mantischen Abend mit Finlay zu verbringen. Ich bin jetzt schon in ihn verliebt, und das wird mit jeder Stunde, die ich mit ihm verbringe, schlimmer. Was letztlich nur Kummer bedeuten wird, wenn ich Schottland schon bald verlassen muss. Also habe ich beschlossen, dass es ohnehin angebracht ist, die Verabredung einzuhalten, die ich vor der mit Finlay getroffen hatte. Zumal ein Abend mit dir und ein paar deiner Freunde meinem Seelenfrieden auf keinen Fall gefährlich werden kann.

Als sie den Hügelkamm erreicht hatte, blieb sie stehen. Von hier aus konnte sie den Strand überblicken. Die Flammen zuckten wie rote Zungen hinauf zum nachtblauen Himmel, in dem die ersten Sterne funkelten. Im unruhigen Licht bewegten sich drei oder vier Gestalten um das Feuer. Sie war froh, dass es sich nicht um eine große Party handelte, sondern tatsächlich nur um einige wenige Freunde, die den Abend gemeinsam verbrachten.

Kurz zögerte sie noch. Da Scott sie nicht erwartete, konnte sie genauso gut zurück zur Burg gehen, den Abend in ihrem Zimmer verbringen und den angefangenen Artikel über Kräuterheilkunde und Kunsthandwerk auf Skye weiterschreiben.

Dann schüttelte sie jedoch energisch den Kopf und machte sich auf den Weg hinunter zum Strand. Sie hatte Finlay immerhin mit der Begründung abgesagt, sie fühle sich schlecht dabei, seine Einladung der Verabredung mit Scott vorzuziehen. Schließlich hatte sie Scott ja schon vorher zugesagt. Wie erwartet hatte Finlay am Telefon zwar enttäuscht geklungen, aber Verständnis geäußert. Sie würden ihren Ausflug zu den Feen eben verschieben.

Ob er ahnte, dass der Gedanke, mit ihm romantische Spaziergänge zu machen und womöglich bei Kerzenlicht zu essen, Felicia eine Heidenangst bereitete? Immerhin musste auch ihm klar sein, wie gefährlich es war, sich in jemanden zu verlieben, der nur für kurze Zeit auf Skye war. Es sei denn, es ging ihm nur um eine kurze Affäre ohne tiefere Gefühle.

Als sie den Strand erreichte, schlüpfte Felicia aus ihren Stoffschuhen, nahm sie in die Hand und ging über den kühlen, feinen Sand auf das Feuer zu.

Sie hatte erst wenige Meter zurückgelegt, als sich eine Gestalt aus dem zuckenden Lichtkreis des Feuers löste und auf sie zueilte.

»Du bist doch gekommen, Felicia?« Scott klang eher überrascht als erfreut. »Ich dachte, du machst einen Ausflug mit Finlay?«

Sie wedelte unsicher mit der Hand durch die Dunkelheit. »Ich hatte dir schon vorher zugesagt. Also sollte ich diese Verabredung auch einhalten, nicht wahr?«

»Aber wir waren uns doch einig, dass es okay ist, wenn du mit Finlay ... Ich hätte das verstanden. Immerhin hat er dich in ein Restaurant eingeladen und nicht zu einem Lagerfeuer.« Er musterte sie, als könnte er kaum glauben, dass sie da war.

Energisch drückte sie ihm die Weinflasche in die Hand. »Finlay und ich haben unseren Ausflug verschoben. Stellst du mich deinen Freunden vor?«

Wortlos drehte er sich um und ging zurück zu der kleinen Gruppe am Strand. Sie hatte Mühe, im tiefen Sand mit ihm Schritt zu halten. Als sie in den Lichtkreis des Feuers trat, stellte sie fest, dass sie mindestens eine der Personen kannte, die sich hier versammelt hatten.

»Lady McClamond!« Überrascht reichte sie der älteren

Dame, die in einem Campingstuhl saß, die Hand. Das geschiente Bein der Lady ruhte auf einem Sandhaufen, daneben lag ihr Jagdhund und döste. »Ich freue mich, Sie wiederzusehen. Vielleicht finden wir heute Gelegenheit, uns ein wenig über schottische Clans und Ihr Leben auf Skye zu unterhalten.«

Lady McClamond drückte beherzt ihre Finger zusammen und lachte heiser. »Der gute Scott sorgt dafür, dass ich gelegentlich unter Menschen komme. Schleppt mich im Schweiße seines Angesichts an den Strand und versorgt mich mit gegrilltem Fisch und meinem Lieblingswhisky. Ein wirklich guter Mann, da sollten Sie zugreifen, mein Kind.«

»Oh, ich …« Schon wieder fiel Felicia nichts anderes ein, als mit den Händen herumzufuchteln.

»Hör nicht auf sie. Sie hat schon zwei, drei Whisky intus«, flüsterte Scott ihr ins Ohr und zog sie weiter. »Das ist Sean«, stellte er ihr einen hageren Zweimetermann von etwa dreißig Jahren vor. »Wir sind seit unserer Schulzeit beste Freunde. Sean ist Schreiner. Er macht alles, was die Leute hier in der Gegend so brauchen, von Schränken bis hin zu Särgen.«

»Hallo, Sean.« Ein weiterer kräftiger Händedruck, ein verlegenes Lächeln und eine ansonsten wortlose Begrüßung.

»Das da drüben ist Poppy«, stellte Scott mit gesenkter Stimme die vierte Anwesende vor. »Sie liegt schon seit einer halben Stunde bewegungslos da und betrachtet die Sterne. Vielleicht schläft sie auch. Eigentlich habe ich sie nur eingeladen, weil Sean schon seit Jahren für sie schwärmt. Aber er wird sowieso wieder nicht den Mund aufbekommen.«

»Ich kenne sie. Aber ich kannte ihren Vornamen nicht. Die Wirtin vom *Pheasant Inn* heißt mit Vornamen Poppy?«, vergewisserte sich Felicia mit gerunzelter Stirn. Selbst im zuckenden Licht des Feuers war die goldblonde Mähne der jungen Frau unverwechselbar.

»Ja?!« Angesichts ihrer Überraschung zuckte Scott mit den Schultern. »Poppy McAdams. Ist kein so außergewöhnlicher Name.«

»Finlay hat seine Hündin Poppy genannt. Aber dann ist das wohl ein Zufall ...«, murmelte Felicia vor sich hin und sah hinüber zu der schönen Wirtin, die bewegungslos auf dem Rücken im Sand lag.

»Vielleicht ist es ein Zufall, vielleicht nicht«, bemerkte Scott in gleichgültigem Ton.

»Was meinst du damit?«, erkundigte sich Felicia neugierig.

»Poppy ist froh, wenn sie mal ihre Ruhe hat«, mischte Sean sich in die Unterhaltung ein, bevor Scott antworten konnte – falls er das vorgehabt hatte. »Schließlich muss sie im Gasthaus dauernd reden und zu allen freundlich sein.«

»Vielleicht kannst du Sean einen Tipp geben, worüber er sich mit Poppy unterhalten könnte, damit die beiden endlich mal ins Gespräch kommen. Mir fällt da auch nichts ein.« Scott drehte die Rotweinflasche in den Händen, die Felicia ihm gegeben hatte.

»Ich bin nicht gerade eine Expertin im Flirten«, gestand Felicia und fixierte einen hell funkelnden Stern über Scotts Kopf.

»Frauen müssen das ja auch nicht können«, brummte er in seinen Bart. »Es geht eher darum, was Frauen gefällt. Was ein Mann sagen kann, um eine Frau zu beeindrucken.«

Felicia zuckte mit den Schultern. »Ich kann da nicht für alle Frauen sprechen, das kommt halt ganz drauf an. Ich zum

Beispiel mag es nicht, wenn jemand versucht, charmant zu sein. Diese Süßholzraspelei.« Sie legte die Stirn in Falten. »Ich bitte dich, was soll das schon sein – Charme? Komplimente, die man nur macht, um sein Ziel zu erreichen? Mich beeindruckt es am meisten, wenn jemand sich mir gegenüber natürlich verhält und ehrlich ist.«

»Tatsächlich?« Scott sah sie ungläubig an.

»Ja!«, bekräftigte sie und nickte nachdrücklich.

»Du hast es gehört: Sei ehrlich und natürlich«, teilte Scott seinem Freund Sean energisch mit.

»Bin ich doch.« Sehnsüchtig starrte Sean zu Poppy hinüber.

»Ich halte es für möglich, dass ein paar ehrliche Worte dann doch beeindruckender wären als ein ehrliches Schweigen.« Scott ruckte mit dem Kopf in Richtung der im Sand liegenden Frau.

»Doch nicht jetzt! Ich glaube, sie schläft.« Sean schüttelte entsetzt den Kopf. »Worüber soll ich denn ganz ehrlich mit ihr reden? Über meine Arbeit? Über ihr Gasthaus? Über die Sterne? Mit Sternen kenn ich mich überhaupt nicht aus.«

»Dann üb doch erst ein bisschen mit Lady McClamond«, schlug Scott vor. »Sie mag es direkt. Und von ihr erfährst du garantiert, wenn du sie langweilst.«

»Okay«, stieß Sean mit einem Seufzer hervor, näherte sich zögernd der älteren Dame und ließ sich zwei Meter von ihr entfernt im Sand nieder.

»Hätten Sie gern noch einen Whisky?«, hörte Felicia ihn fragen. Nachdem er den Pappbecher der Lady aufgefüllt hatte, herrschte eine Weile Schweigen.

»Wussten Sie, dass ich Möbel und Särge herstelle?«, stürzte

Sean sich dann kopfüber in die Konversation. »Särge produziere ich auch nach Maß. Wenn ein Verstorbener besonders dick oder sehr dünn ist, kann ich den Sarg breiter oder schmaler machen. Manche Leute lassen ihren Sarg auch schon anfertigen, wenn sie noch leben. Dann wissen sie, dass sie bequem liegen.«

Das herzhafte Lachen der Lady unterbrach Seans Redefluss. »Versuchst du gerade, mir einen Sarg zu verkaufen? Ich bin vergangenen Monat sechzig geworden, und in meiner Familie beißt niemand ins Gras, der nicht mindestens seinen neunzigsten Geburtstag gefeiert hat. Allerdings gefällt mir der Gedanke, mir meinen eigenen Sarg in den Keller zu stellen und ihn meinem raffgierigen Neffen vorzuführen. Er kann es nicht erwarten, mich zu beerben, und wird sich sicher große Hoffnungen machen, wenn ich mir einen Sarg kaufe. Was für ein Spaß das wäre, mir das dann dreißig Jahre lang anzusehen!« Wieder lachte Lady McClamond herzhaft.

»Ich könnte Ihnen einen Luxussarg zimmern. Aus dunkler Eiche, mit Seide ausgeschlagen.« Sean schien in seinem Element zu sein.

»Erzähl mir mehr darüber!« Die Lady nahm einen großen Schluck aus ihrem Becher und ruckelte sich auf ihrem Campingstuhl zurecht.

»Zumindest scheint Sean keine Schwierigkeiten zu haben, sich mit Lady McClamond zu unterhalten«, stellte Felicia amüsiert fest. »Allerdings bin ich mir nicht sicher, ob eine Unterhaltung über den eigenen Sarg im Keller Poppy derart bezaubern wird, dass sie sich unsterblich in Sean verliebt.«

»Wenn es zwischen den beiden nicht funktioniert, ist Poppy einfach nicht die Richtige für Sean. Das wird er dann wohl oder übel eines Tages einsehen müssen. Spätestens wenn er einer Frau begegnet, bei der es ihm nicht so schwerfällt, eine Unterhaltung zu beginnen.« Scott ließ seinen Blick nachdenklich zwischen seinem besten Freund und der schlafenden Schönheit im Sand hin und her wandern.

»Ich muss nach den Fischen sehen.« Er deutete auf die Metallhalterungen, in denen neben dem Feuer mehrere ganze Fische garten. »Einmal umdrehen noch, dann sind sie in etwa einer halben Stunde fertig.«

»Ich mag leider keinen Fisch« gestand Felicia. »Aber ich bin sowieso nicht sonderlich hungrig.«

Scott grinste. »Seit mir vor ein paar Jahren eine Gräte im Hals stecken geblieben ist, die Finlay rausziehen musste, halte ich mich bei Fisch auch eher zurück. Sean schafft die aber notfalls alle allein. Und Lady McClamond und Poppy helfen sicher gern. Wir haben außerdem auch Stockbrot und Kartoffeln.« Er machte sich eine Weile am Feuer zu schaffen, während Felicia in respektvoller Entfernung stehen blieb.

»Hast du Lust, ein Stückchen am Strand spazieren zu gehen?«, erkundigte sich Scott, nachdem erledigt war, was auch immer es mit den Fischen zu tun gegeben hatte.

Sie nickte, während ihr der Gedanke durch den Kopf huschte, wie entspannt sie diesem Vorschlag zustimmen konnte, weil er nicht von Finlay kam.

Erst als sie losgingen, wurde ihr das beruhigende Rauschen der Wellen bewusst. Sie spürte den Sand unter ihren nackten Füßen und den Wind in ihren Haaren. Mit jedem Meter, den sie sich vom Licht der Flammen entfernten, wurden die Sterne über ihnen heller und zahlreicher. Fast sah der Himmel aus wie an jenem Abend im Wintergarten von Chaleran

Castle. Nur wirkte er hier am Strand noch dunkler und geheimnisvoller.

»Hoffentlich gehen die Heidepflanzen wieder an«, sagte sie nach einer Weile. »Ich habe nicht gerade einen grünen Daumen, also weiß ich nicht ...«

»Hör bitte auf damit!« Scott blieb stehen und wandte sich ihr zu, obwohl er bei der Dunkelheit wahrscheinlich nicht viel von ihr erkennen konnte. Sie sah jedenfalls nur das Funkeln seiner Augen und die vagen Umrisse seines Gesichts.

»Womit soll ich aufhören?« Er hatte fast ärgerlich geklungen.

»Dauernd erzählst du, was du alles nicht gut kannst.«

»Stimmt doch gar nicht! Es gibt eine Menge Dinge, die ich wirklich gut kann.«

»Da bin ich sicher. Zum Beispiel Pflanzen einsetzen.«

»Möglicherweise.« Sie zögerte, weil ihr plötzlich bewusst wurde, dass er recht hatte. »Das ist so eine Angewohnheit von mir. Nenn es Perfektionismus oder Bescheidenheit oder wie auch immer. Ich denke immer, dass ich die Dinge, die ich tue, noch besser machen müsste. Weil es eben nicht perfekt ist, wie ich es tue.«

»Dann verrate mir jetzt, was du deiner Meinung nach gut kannst. Sag es mir direkt ins Gesicht.« Sie konnte sehen, dass er lächelte, denn zwischen seinem dunklen Barthaar leuchteten die Zähne weiß in der Dunkelheit.

Abrupt wandte sie sich ab und ging weiter den Strand entlang. Er blieb an ihrer Seite. »Oder eben nicht ins Gesicht«, murmelte er vor sich hin.

»Ich muss das nicht, aber ich tue es trotzdem.« Sie legte die Stirn in Falten und begann aufzuzählen: »Schreiben. Ich kann gut Artikel schreiben, sonst würde man mich nicht dafür bezahlen. Obwohl ich natürlich auch darin nicht perfekt bin, aber das ist wahrscheinlich niemand.«

»Okay. Du machst also deinen Job ganz gut und wirst dafür bezahlt.« Seine Stimme klang, als würde er breit grinsen.

»Ich kann ...« Sie zögerte. »... ganz gut kochen. Jedenfalls ein paar Gerichte wie Aufläufe oder Gemüsepfannen.«

»Aha. Ganz gut«, spottete er. »Du kochst also nicht mit Freude und Leidenschaft, sondern *ganz gut*. Nenne mir etwas, das du gut kannst und liebst. Und sag jetzt nicht, Artikel schreiben.«

Sie presste die Lippen aufeinander und marschierte mit großen Schritten durch den Sand. Sie musste das hier nicht tun. Niemand zwang sie, diesem Mann Rede und Antwort zu stehen. Trotzdem wollte sie ihn davon überzeugen, dass er sich in ihr täuschte.

»Malen«, platzte sie heraus. »Früher habe ich oft gemalt. Landschaften, aber auch Menschen. Seit ich wegen meines Jobs ein paar Foto-Kurse gemacht habe, male ich nicht mehr. Es geht so viel schneller, die Kamera hochzuhalten und einen bestimmten Anblick festzuhalten. Zum Malen braucht man Zeit und Ruhe, etwas von mir fließt mit in das Bild. Das geht nicht im Vorbeigehen oder vom Auto aus wie das Fotografieren.« Sie holte tief Luft und wunderte sich, woher all die Worte auf einmal gekommen waren. Bisher hatte sie nicht darüber nachgedacht, warum sie seit fünf Jahren keinen Pinsel mehr angefasst hatte.

»Allerdings fürchte ich ...« Sie lachte verlegen. »Ich glaube, es hat mich frustriert, dass meine Bilder im Vergleich zu Fotos irgendwie unzulänglich erschienen.«

»Du hast etwas aufgegeben, das du liebst, weil du darin nicht perfekt bist«, stellte er fest.

»Kann sein.«

Minutenlang schlenderten sie stumm am Saum des Wassers entlang. Einmal schwappte eine Welle über Felicias nackte Zehen. Sie lächelte, sagte aber nichts. Das Meer war kühl und erfrischend.

»Und wann hast du vor, wieder einmal ein Bild zu malen?« Seine Worte standen zwischen ihnen, als hätte er ein riesiges, leuchtendes Fragezeichen an den Sternenhimmel gemalt.

»Ein Bild von Chaleran Castle wäre toll.« Verträumt schaute sie hinauf zu den Dünen, als zeichneten sich dort die Mauern und Türme und die Brücke ab, die zum Burgtor führte. »So wie ich es sehe.«

Aus dem Augenwinkel sah sie Scott stumm nicken.

»Jetzt habe ich dir so viel über mich verraten«, fuhr sie nach einer Pause fort. »Sagst du mir nun, warum du dich als Landschaftsarchitekt mit der Arbeit als Gärtner zufriedengibst?«

»Es ist kein Zufriedengeben!« Er klang fast wütend. »Es gefällt mir, den Pflanzen beim Wachsen zuzusehen und in den Gärten für eine Ordnung zu sorgen, die aussieht, als hätte die Natur selbst sie geschaffen.«

Sie wusste, das war nicht die ganze Wahrheit, aber offensichtlich musste sie sich damit zufriedengeben. Alle Menschen, mit denen sie über Scott gesprochen hatte, berichteten, dass er nach seinem Studium vollkommen verändert nach Chaleran zurückgekehrt war. Etwas musste ihm damals widerfahren sein. Etwas, das er tief in seinem Herzen vergraben hatte und worüber er nicht sprechen wollte. Jedenfalls nicht mit ihr.

»Ich verstehe.« Sie ging noch näher ans Wasser, um das Meer an ihren nackten Füßen zu spüren.

»Wir sollten umkehren, sonst verbrennen die Fische.« Scott wandte sich in Richtung des in der Ferne flackernden Feuers.

Als sie zurückkehrten, hatte Sean die Fische bereits aus ihren Metallgittern befreit und auf Pappteller gelegt. Poppy saß aufrecht im Sand und roch interessiert an dem knusprigen Fisch auf ihrem Teller. Lady McClamond war ebenfalls mit Essen versorgt, kümmerte sich aber nicht darum, sondern nippte vergnügt an ihrem Whisky, während Sean eifrig herumlief und Getränke und Stockbrot anbot.

Nachdem Felicia sich neben der Lady im Sand niedergelassen hatte, sorgte Scott dafür, dass sie einen Becher mit Rotwein, ein fertig gebackenes Stockbrot und eine in der Asche am Rand des Feuers gegarte Kartoffel erhielt. Das Brot schmeckte köstlich, aber die Kartoffel war so heiß, dass sie eine kleine Ewigkeit warten musste, bis sie sie essen konnte.

Sie saßen im Halbkreis ums Feuer und redeten leise. Es wurden keine bedeutenden Dinge gesagt, aber Sean wechselte sogar das ein oder andere Wort mit Poppy, wagte jedoch nicht, sie dabei direkt anzusehen. Einmal meinte Felicia, das Wort »Sarg« aufzuschnappen. Aber das hatte sie sich sicher nur eingebildet. Denn Poppy lachte und sah Sean freundlich von der Seite an, was sie wahrscheinlich nicht getan hätte, wenn er ihr angeboten hätte, ihr schon zu Lebzeiten einen passenden Sarg zu bauen. Oder vielleicht doch?

16. Kapitel

3. August 2016
Chaleran, Isle of Skye. Schottland

Seufzend knipste Felicia das Licht neben ihrem Bett an und schlug die Decke zurück. Dann stand sie auf und ging barfuß hinüber zu dem kleinen Schreibtisch in der Ecke ihres Zimmers, auf dem die Kassette mit Sofias Tagebuch und den Briefen stand.

Sie war vor über einer Stunde vom Strand zurückgekehrt, konnte aber nicht schlafen, obwohl es schon lange nach Mitternacht war. In ihrem Kopf wirbelten die Gedanken wild durcheinander, und in ihrer Brust tanzten Gefühle herum, die sie so unruhig machten, dass sie es im Bett nicht mehr aushielt. Wenn sie doch nur Pinsel und Farben gehabt hätte! Früher hatte ihr das Malen immer geholfen, Ordnung in ihre Gedanken zu bringen und ihre Empfindungen auszudrücken, auch wenn sie sie mit Worten nicht benennen konnte.

In dieser Nacht sehnte sie sich plötzlich so sehr nach einer Leinwand und vielen Farben, dass sie nicht begriff, wie sie jemals das Malen hatte aufgeben können. Lag es wirklich daran, dass sie nicht mehr mit ihren Gemälden zufrieden gewesen war? Oder waren ihre Empfindungen ihr irgendwann so kompliziert vorgekommen, dass es keinen Weg zu geben schien, sie mit dem Pinsel auszudrücken? Hatte sie einfach aufgegeben, als es ein bisschen schwierig geworden war?

Sie sah durchs Fenster hinunter in den dunklen Garten,

den Scott angelegt hatte. Er malte mit Blättern, Blüten und Formen, und seltsamerweise wusste sie genau, dass er niemals aufgeben würde, bis er genau das Bild erschaffen hatte, das er vor seinem geistigen Auge sah.

Wenn jemand über seine frisch angepflanzten Beete trampelte, brummte er ein bisschen vor sich hin und brachte anschließend alles wieder in Ordnung. Egal ob ein Hund oder ein Sturm seinen Garten verwüstete oder ob alle Pflanzen eingingen – er würde einfach wieder von vorn anfangen. Bis sein Garten genau so grünte und blühte, wie er es sich vorgestellt hatte.

Mit einem Seufzer zog sie die Gardine zu und griff in die Holzkassette, die mit offenem Deckel auf dem Schreibtisch stand. Im gelben Licht der kleinen Lampe betrachtete sie das Briefbündel in ihren Händen, bevor sie die ausgeblichene, ehemals wohl hellblaue Schleife löste, mit der die Umschläge zusammengebunden waren. Dann zog sie den obersten Brief aus seinem Kuvert.

Die beiden Bögen waren eng mit einer schwungvollen Männerschrift bedeckt. Mit dem Brief in der Hand kehrte Felicia zum Bett zurück, klopfte die Kissen so zurecht, dass sie aufrecht sitzen konnte, zog sich die Decke über die Beine und begann zu lesen.

Chaleran Castle, den 10. Oktober 1920

Meine liebste Sofia,

so gern wollte ich Dir mit meinem ersten Brief aus Schottland gute Nachrichten senden. Wollte Dir schreiben, dass ich schon bald komme, um Dich als meine Frau heimzuführen. Doch alles ist viel schwieriger, als ich es vorausahnen konnte.

Ich werde Dich zu mir holen, meine Liebste, aber ich muss Dich bitten, noch ein bisschen Geduld zu haben.

Wie ich es Dir bei unserem Abschied versprach, habe ich am Tag nach meiner Rückkehr vollkommen ehrlich mit meinen Eltern und Malvina geredet. Ich erklärte ihnen, ich könne nicht zu meinem Eheversprechen stehen, weil ich erst jetzt weiß, wie sich wahre Liebe anfühlt.

Malvina weinte bei meinen Worten. Das tat mir in der Seele weh, denn es gab nichts, was ich ihr zum Trost hätte sagen können. Doch sie ist stolz und stark, und nachdem sie ein paar Tränen vergossen hatte, erklärte sie, wenn ich es so wolle, gäbe sie mich frei.

Sie ist eine wunderbare Frau und hat einen Mann verdient, der sie von ganzem Herzen liebt. Ich hoffe, sie findet ihn schon bald. Man sagt, die Zeit heilt auch gebrochene Herzen, und ich bete für Malvina, dass sie schon bald den Schmerz überwindet, den ich ihr bereitet habe. Ob sie mir jemals verzeihen wird, weiß ich nicht. Doch wäre es nicht auch unverzeihlich gewesen, wenn ich sie geheiratet hätte, obwohl nur Du, liebste Sofia, in meinem Herzen wohnst?

Meine Eltern sind nicht so verständnisvoll wie Malvina. Sie wollen nicht zulassen, dass ihr Sohn seine Verlobung löst. Obwohl ich sie daran erinnerte, dass die Zeit der Verlobung auch eine Zeit der Prüfung und des Nachdenkens sein soll.

Inzwischen weiß ich, es geht ihnen auch um etwas anderes. Während der langen Zeit, die ich im Ausland verbrachte, hat sich die finanzielle Lage meiner Familie, die vorher schon ein wenig prekär war, enorm verschlechtert. Durch Schädlingsbefall wurde dieses Jahr fast die gesamte Ernte unserer Pächter vernichtet. Das bedeutet, dass sie uns keine Pacht bezahlen können. Weitere zwölf Monate muss der gesamte Clan der Chalerans vom Familienvermögen leben, das ohnehin während der vergangenen Jahre stark angegriffen wurde.

Wenn ich nun Malvina, die eine gewaltige Mitgift mitbringt, nicht heirate, kann das den Ruin der Chalerans bedeuten. Wir könnten Chaleran Castle verlieren, unsere Ländereien und unser Ansehen.

Es ist also an mir, dem Ältesten der nächsten Generation, dafür zu sorgen, dass unser Clan nicht schmachvoll untergeht.

Das würde mir leicht gelingen, indem ich wie geplant Malvina heiratete.

Das aber kann und werde ich nicht tun! Nicht nur wegen des Schwurs, den ich Dir geleistet habe, meine wunderschöne Sofia, sondern auch weil es mich innerlich zerreißen würde. Mit Malvina verheiratet zu sein, aber Dich zu lieben, würde mich für alle Zeiten unglücklich machen. Und Malvina auch. Ich kann ihr nicht zumuten, an der Seite eines Mannes zu leben, der in jeder wachen Stunde an eine andere Frau denkt.

Deshalb muss ich eine Lösung finden, wie ich den Ruin von unserem Clan abwenden kann, ohne Malvina zu heiraten. Und das wird mir auch gelingen!

Bitte glaube an mich, Sofia! Bitte warte auf mich! Vielleicht dauert es zwei oder drei Monate, vielleicht auch noch länger, bis ich wissen werde, was zu tun ist. Jede Stunde, jede Minute, die ich von Dir getrennt bin, schneidet mir wie ein scharfes Messer tief ins Herz. Doch ich werde es ertragen, in der Hoffnung auf eine wunderbare gemeinsame Zukunft mit Dir.

Ich liebe Dich, Sofia! Jeden Abend bist Du mein letzter Ge-

danke, im Traum sehe ich Dein Lächeln vor mir, und morgens schlage ich mit dem festen Vorsatz die Augen auf, jedes Hindernis zu überwinden, damit wir zusammen sein können.

Bitte schreibe mir wie vereinbart zu Händen meines Freundes Duncan, so wie ich diesen Brief an Deine Freundin Raphaela senden werde, deren Adresse du mir aufgeschrieben hast. Ich warte sehnsüchtig auf Deine Worte. Nur so kann ich die endlosen Tage der Trennung ertragen.

Für immer, in Liebe,
Dein Logan

17. Kapitel

3. August 2016
Chaleran, Isle of Skye, Schottland

Die junge Frau mit den langen schwarzen Haaren, den großen dunklen Augen und den zarten Zügen war wunderschön. Aber sie weinte so bitterlich, dass es Felicia fast das Herz brach. Die Tränen strömten über ihr Gesicht, und sie hatte den Mund zu einem lautlosen Schrei geöffnet, während sie die Hände ausstreckte, als wollte sie jemanden festhalten, den sie nicht erreichen konnte.

Felicia schreckte aus ihrem Traum hoch und sah, dass die Sonne bereits hoch am Himmel stand. Es war halb zehn am Morgen.

Logans Brief lag neben ihr auf dem Kopfkissen. Sie hatte begonnen, ihn ein zweites Mal zu lesen, und war darüber eingeschlafen. Nun setzte sie sich auf die Bettkante, strich die beiden Bögen glatt und faltete sie sorgfältig wieder zusammen.

Nachdem sie den Brief wieder in seinen Umschlag geschoben hatte, ging sie zum Schreibtisch und legte ihn zurück zu den anderen in der Schatulle. Während sie unter der Dusche stand, versuchte Felicia sich vorzustellen, was Sofia empfunden haben musste, als sie diesen Brief las. Von Anfang an hatte sie nicht zu glauben gewagt, dass der reiche Mann aus Schottland sie, das arme spanische Bauernmädchen, als seine Frau heimholen würde. Dieser Brief hatte all ihre Befürchtungen bestätigt.

Auch wenn Logan beteuerte, er werde alle Widerstände aus dem Weg räumen. Konnte er tatsächlich den Ruin seiner Familie, seines ganzen Clans riskieren, um eine Frau zu heiraten, mit der er nur wenige Tage verbracht hatte?

Gedankenverloren verteilte Felicia Shampoo in ihren nassen Haaren und wusch anschließend den Schaum gründlich wieder aus. Als sie sich umdrehte, um nach dem Duschgel zu greifen, sah sie gerade noch, wie die Tür zu dem kleinen Bad sich langsam öffnete. Instinktiv umschlang sie ihren Oberkörper mit beiden Armen und wandte sich mit dem Rücken zur Tür und sah über ihre Schulter.

»Wer ...?«, rief sie und atmete erleichtert auf, als Amelia den Kopf durch den Türspalt steckte.

»Entschuldigung. Ich habe mehrmals geklopft, aber du hast mich wohl nicht gehört. Ich wollte nur fragen ...« Sie stockte und starrte Felicia wie einen Geist an.

»Ich hatte wohl Schaum in den Ohren, und das Wasser ...« Unbehaglich trat Felicia im Duschbecken von einem Fuß auf den anderen. Es war ein seltsames Gefühl, nackt dazustehen und von einer anderen Frau seltsam angestarrt zu werden. Sie stand noch immer abgewandt von der Tür, presste ihre überkreuzten Arme fest gegen die Brust und verrenkte sich den Hals, um Amelia sehen zu können.

»Ich wollte nur fragen, ob ich das Frühstück noch stehen lassen soll.« Endlich schien der Burgherrin bewusst zu werden, wie merkwürdig sie sich verhielt. Sie wandte hastig den Blick ab und betrachtete den Fliesenboden zu ihren Füßen. »Außerdem habe ich mir etwas Sorgen gemacht, weil du sonst viel früher aufstehst. Ich dachte, vielleicht geht es dir nicht gut.«

»Es ist alles in Ordnung. Ich habe verschlafen, weil es gestern spät geworden ist. In zehn Minuten bin ich unten. Ich würde gern noch etwas frühstücken.«

»Natürlich. Gern.« Amelia wirkte seltsam verwirrt. Sie öffnete den Mund, als wollte sie noch etwas sagen, schloss ihn aber sofort wieder.

»Ist alles in Ordnung?«, erkundigte Felicia sich irritiert und schielte nach ihrem Duschgel. Sie wollte sich endlich waschen, allerdings nicht unbedingt vor Amelias Augen.

Als hätten Felicias Worte sie von weit her geholt, hob Amelia mit einem Ruck den Kopf und schüttelte ihn heftig. »Alles bestens.«

Sie verschwand, und Felicia beeilte sich, ihre Dusche zu beenden.

Als sie eine knappe Viertelstunde später das Frühstückszimmer betrat, saß Amelia am Tisch und starrte in eine volle Tasse Tee.

»Vielen Dank, dass ich so spät noch ein Frühstück bekomme.« Felicia nahm sich eine Scheibe Toast, etwas lauwarmes Rührei und einen Becher Joghurt. Dann ließ sie sich neben der schweigenden Amelia nieder und goss sich ebenfalls Tee ein.

»Kein Problem«, murmelte Amelia vor sich hin. Sie griff nach einem Löffel und rührte in ihrer Tasse, während Felicia sich über ihr Rührei hermachte.

»Darf ich dich etwas fragen?« Amelia erstarrte mitten in der Bewegung und hielt ihren Teelöffel wie einen Mast senkrecht in die Tasse.

»Natürlich.« Felicia schluckte den letzten Happen Ei hinunter und begann, ihr Brot mit Butter und Konfitüre zu bestreichen.

»Neulich sagtest du, deine Eltern hätten dich adoptiert. Kennst du die näheren Umstände dieser Adoption?« Während sie ihre Frage so bedächtig formulierte, als müsste sie über jedes Wort nachdenken, sah die ältere Frau haarscharf an ihrem Kopf vorbei zur Tür.

»Warum fragst du das?«, rutschte es Felicia heraus.

Die Art, wie Amelia die Schultern hob und wieder fallen ließ, wirkte fast hilflos. »Ich habe darüber nachgedacht. Es ist eine besondere Sache, ein Kind aufzunehmen, das man nicht selbst zur Welt gebracht hat. Ich bin sicher, deine Eltern lieben dich ebenso wie ihre eigenen Kinder. Aber sie mussten dich erst kennenlernen, während man das eigene Kind von dem Moment an liebt, in dem man es zum ersten Mal im Arm hält. Eigentlich schon lange vorher.« Sie lächelte Felicia wie um Verzeihung bittend an.

»Meine Eltern versuchten sehr lange, ein eigenes Kind zu bekommen. Anschließend haben sie sich jahrelang in Deutschland um eine Adoption bemüht, doch es klappte nicht. Je älter sie wurden, umso mehr sanken die Chancen, noch ein Kind vermittelt zu bekommen. Schließlich setzten sie sich mit einer Agentur in Verbindung, die Adoptionen von Kindern aus dem Ausland vermittelte. Das war nicht wirklich legal, aber auch nicht grundsätzlich verboten. Man schlug ihnen vor, nach Argentinien zu fliegen und dort in einem Waisenhaus mehrere Kinder kennenzulernen. Eines dieser Kinder war ich.« Felicia nahm einen großen Schluck von ihrem Tee.

»Argentinien? Du kommst aus Argentinien?«

Felicia nickte. »Buenos Aires.«

Als hätte diese Mitteilung sie bitter enttäuscht, schob

Amelia mit versteinerter Miene ihre Tasse weg. Was war hier eigentlich los?

»Meine Eltern wollten mir gern die Möglichkeit geben, später Kontakt mit meinen leiblichen Eltern aufzunehmen, falls ich das möchte. Aber man konnte oder wollte ihnen bei der Adoption keine Informationen über meine Herkunftsfamilie geben. In den Unterlagen, die man ihnen zeigte, war nichts Diesbezügliches zu finden.« Während sie weitersprach, ließ Felicia die Schottin nicht aus den Augen. Nachdem Amelia vorher wie gebannt zugehört hatte, schienen weitere Informationen sie nicht sonderlich zu interessieren. Sie starrte gedankenverloren vor sich hin.

»Wahrscheinlich waren meine leiblichen Eltern so arm, dass sie sich von einem oder mehreren ihrer Kinder trennen mussten, weil sie sie nicht ernähren konnten. Möglicherweise haben sie sogar Geld für mich bekommen, das ihnen dann geholfen hat, meine Brüder und Schwestern aufzuziehen. Das soll häufig vorkommen, und in diesen Fällen verwischen die Adoptionsagenturen alle Spuren sorgfältig.« Auch Felicia starrte nun gedankenverloren in die Luft.

»Wie gehst du mit dem Gedanken um, möglicherweise von deinen leiblichen Eltern verkauft worden zu sein?« Amelias Stimme war leise.

»Ich weiß ja nicht, ob es tatsächlich so gewesen ist. Vielleicht sind meine Eltern tot. Oder sie haben mich nicht gegen Bezahlung weggegeben, sondern weil sie wollten, dass ich genug zu essen haben, ärztliche Versorgung, eine gute Ausbildung. Ich versuche, vor allem daran zu denken, dass ich wahnsinniges Glück hatte, dass ausgerechnet die Kaufmanns mich adoptiert haben. Ganz egal, wie ich ins Waisenhaus gekommen bin, sie wollten mich mehr als alles auf der Welt. Auch als sie nach der Adoption noch drei eigene Kinder bekamen, haben sie mir immer das Gefühl gegeben, mich ebenso sehr zu lieben wie ihre leiblichen Kinder. Also ist alles gut, so wie es ist.«

Nach ihrer langen Rede presste Felicia die Lippen aufeinander. Sie hatte Amelia genau das erzählt, was sie stets zu sich selbst sagte, wenn sie sich in manchen Momenten fragte, woher sie kam und ob ihre leiblichen Eltern sie aus freien Stücken hergegeben hatten.

Sie war als glückliches Kind in einer großen, fröhlichen Familie aufgewachsen. Als gewolltes und ersehntes Kind, auch wenn Dagmar Kaufmann sie nicht selbst zur Welt gebracht hatte.

»Ich frage mich jeden Tag, wo meine Maiga jetzt ist. Ob sie wirklich tot ist, wie die Entführer damals behauptet haben. Ich kann nicht glauben, dass sie nicht mehr lebt. Das müsste ich doch fühlen!« Amelia presste die Hand auf ihr Herz.

»Deine kleine Tochter wurde entführt? Wie entsetzlich!« Die Vorstellung, was diese Mutter, was die ganze Familie Chaleran mitgemacht haben musste, schnürte Felicia die Kehle zu. »Und ihr wisst nicht genau, was mit ihr passiert ist?« Finlay hatte gesagt, Maiga sei ermordet worden, als gäbe es keinen Zweifel daran. Wahrscheinlich klammerte Amelia sich an die Vorstellung, dass ihre Tochter lebte, weil sie den Gedanken an ihren Tod nicht ertragen konnte.

Über Amelias Wangen liefen nun Tränen. »Ihre Leiche wurde jedenfalls nie gefunden.«

»Was ist damals passiert?«, flüsterte Felicia. Sie hatte längst aufgehört zu essen und schob nun den Teller mit ihrem angebissenen Marmeladenbrot zur Seite. »Haben die Kidnapper Lösegeld verlangt?«

»Das haben sie. Eine Menge Geld, aber wir hätten alles gegeben, um Maiga zurückzubekommen. Sie verboten uns, die Polizei zu benachrichtigen, und wir haben uns daran gehalten, was wir vielleicht nicht hätten tun sollen. Aber wir hofften so sehr, alles würde gutgehen. Wir würden ihnen das Geld geben, und dann käme Maiga zu uns zurück.« Amelia biss sich auf die Unterlippe und starrte durch das große Fenster nach draußen, als könnte sie dort die Schatten der Vergangenheit sehen.

»Und dann ging alles schief«, fuhr sie nach einer Pause fort. »Bei der Übergabe des Lösegelds fuhr ein Polizeiwagen vorbei. Es war reiner Zufall. Die Polizisten im Wagen hatten keine Ahnung von der Entführung, aber die Kidnapper ergriffen ohne das Geld die Flucht.«

»Gab es keinen zweiten Versuch?« In den Augen von Maigas Mutter konnte Felicia die Qualen sehen, die sie damals erfahren hatte und immer noch durchlitt, wenn sie von ihrer Tochter sprach.

»Die Entführer glaubten, wir hätten die Polizei auf ihre Spur gehetzt. Sie riefen uns noch einmal an und sagten uns, Maiga sei tot, wir würden sie niemals wiedersehen, weil wir uns nicht an ihre Anweisungen gehalten hatten.« Die letzten Worte stieß Amelia mit zitternder Stimme hervor.

»Mein Gott!« Felicia war sicher, dass sie sich das Grauen, das damals bei den Chalerans geherrscht hatte, niemals würde vorstellen können.

»Wir haben nie wieder etwas von den Entführern oder von

Maiga gehört.« Amelias tiefer Atemzug klang wie ein Seufzer. Sie wischte sich mit einem Taschentuch über die Wangen und schien langsam aus der Vergangenheit in die Gegenwart zurückzukehren.

»Natürlich haben wir im Nachhinein die Polizei benachrichtigt, die uns selbstverständlich sagte, wir hätten sie sofort hinzuziehen sollen. Aber weiß man, ob dann alles gutgegangen wäre? Wir glauben es eher nicht. Aber vielleicht reden wir uns das auch nur ein, weil die Schuld sonst noch schwerer auf uns lasten würde.«

Felicia schüttelte heftig den Kopf, als könnte sie damit verhindern, dass Amelia sich irgendwelche Vorwürfe machte.

»In den folgenden Jahren haben wir eine Menge Geld für Detektive und private Ermittler ausgegeben, aber keiner von ihnen fand eine Spur. Es klingt vielleicht seltsam, aber manchmal habe ich mir gewünscht, sie würden wenigstens ihre Leiche finden. Dann hätten wir ein Grab, wohin wir gehen könnten, um zu trauern. Dann wieder rede ich mir ein, sie lebt irgendwo gesund und glücklich und hat vor vielen Jahren vergessen, wer sie in Wirklichkeit ist. Sie war ja noch so klein.« Bei ihren letzten Worten verzog Amelia den Mund zu einem schmerzlichen Lächeln.

»Dann stelle ich mir vor, ich werde sie eines Tages wiedersehen. Es klopft an die Tür, und sie kommt herein. Oder ich erkenne sie in einer Menschenmenge. Aber das sind natürlich Hirngespinste. Vorhin zum Beispiel glaubte ich plötzlich ...« Sie stockte und presste die Hand vor den Mund.

»Was dachtest du?« Felicia beugte sich vor und berührte

vorsichtig Amelias Arm. »Dachtest du, ich sei Maiga? Ich kann es nicht sein.«

»Natürlich nicht.« Das Lächeln, mit dem die Schottin sie ansah, schnitt Felicia tief ins Herz.

»Es wäre schön, wenn ich es wäre. Dann wüsste ich endlich, woher ich komme.« Felicia stieß einen Ton hervor, über den sie selbst erschrak, weil er irgendwo zwischen Lachen und Schluchzen lag. »Aber ich fürchte, selbst wenn meine Eltern mich in Schottland und nicht in Argentinien adoptiert hätten, wäre die Wahrscheinlichkeit, dass ich eines Tages zufällig nach Chaleran komme und sich herausstellt, dass ich Maiga bin, sehr gering.«

»Das Leben ist leider meistens nicht so, wie man es sich wünschen würde.« Mit einem traurigen Lächeln stand Amelia auf und begann, den Tisch abzuräumen.

»Übrigens kommt Isla heute aus Inverness zurück«, sagte sie dabei. »Allerdings nur für zwei oder drei Tage, dann gehen die Sommerkurse an der Uni los.«

»Wie schade, dass sie nicht länger bleibt! Ich hätte gern noch ein paar Ausflüge mit ihr gemacht.« Felicia war froh über den Themenwechsel.

Unvermittelt starrte Amelia wieder in die Ferne. »Ist das nicht merkwürdig? Isla hat von Anfang an gesagt, du seist wie eine Schwester für sie.«

Felicia wurde ein wenig unheimlich bei dem Gedanken, die Chalerans könnten sich darauf versteifen, sie sei die verschwundene Maiga. Verständlicherweise war das Trauma von Maigas Entführung in dieser Familie immer noch gegenwärtig. Schließlich feierten die Chalerans jedes Jahr Maigas Geburtstag.

»Isla und ich können Freundinnen sein«, sagte Felicia schnell. »Das ist fast so gut wie Schwestern.«

Dann stand sie hastig auf und erklärte, sie müsse unbedingt an ihrem Artikel weiterschreiben, sonst würde sie endgültig Ärger mit ihrer Redaktion in Deutschland bekommen.

18. Kapitel

1920
Farmosca, Spanien

20. Oktober

Es ist gekommen, wie es kommen musste. Logan hat mir aus Schottland von all den Schwierigkeiten geschrieben, die sich unserer Verbindung in den Weg stellen. Er beteuert zwar, er werde einen Weg finden, mich zu sich zu holen, doch wie soll das gehen? Seine Eltern sind natürlich vollkommen gegen unsere Verbindung, und die Familie braucht dringend die Mitgift seiner reichen Verlobten.

Weil ich von Anfang an wusste, dass Logan und ich niemals zusammen sein würden, weine ich nur ganz selten heimlich ein paar Tränen. Wir hatten ein paar wunderschöne Stunden voller Liebe und Nähe. Die Erinnerung daran werde ich mein Leben lang bewahren. Das ist viel mehr, als die meisten Menschen hier in unserem Dorf von sich sagen können. Ich hatte mein Märchen, wenn es auch kein glückliches Ende genommen hat.

Ich habe Logan versprochen, auf ihn zu warten. Der erste Monat ist schon vorüber. Es wird Zeit, mich innerlich von meiner Liebe zu verabschieden, bevor Vater mich mit einem Bauern aus dem Dorf verheiratet.

Vaters Andeutungen häufen sich, und er wird sicher bald deutlicher werden. Ich mache ein harmloses Gesicht und lächle, wenn er davon spricht, dass ich schon bald mein eigenes Leben in einem schönen großen Haus mit einem netten Mann führen werde. Ich stelle mich dumm, aber natürlich weiß ich, welchen Mann Vater für mich ausgesucht hat. Pablo ist mehr als zehn Jahre älter als ich und hat schon drei Kinder von Maria. Aber er ist der reichste Bauer in unserem Dorf, und Vater sagte vor einiger Zeit, ich solle stolz sein, dass er sich für mich interessiert.

Es spielt sowieso keine Rolle. Wenn es nicht Logan ist, der mich zum Traualtar führt – was niemals geschehen wird –, ist es mir egal, wie der Mann heißt, solange er freundlich ist, mich nicht schlägt und nicht zu oft in mein Bett kommt.

Nach der Nacht draußen am See ist der Gedanke, auf diese Weise mit einem anderen Mann als Logan zusammen zu sein, sehr schwierig für mich. Ich weiß nun, wie wunderbar es sein kann, wenn zwei Körper sich in Liebe finden. Wie soll ich diese Vereinigung ohne Liebe, nur mit ein bisschen Freundlichkeit, ertragen?

Doch auch das wird mir gelingen. Ich werde die Augen schließen und an Logan denken. Immer nur an ihn denken …

19. Kapitel

3. August 2016
Chaleran, Isle of Skye, Schottland

Felicia nutzte die letzten Stunden des sonnigen Nachmittags, um Isobel oben auf ihrem Hügel einen Besuch abzustatten und das bestellte Milchkännchen abzuholen.

Sie traf die alte Frau in ihrem Kräutergarten beim Unkrautjäten an. Obwohl ihre Schritte auf dem Gras nicht zu hören waren, richtete Isobel sich auf, lange bevor Felicia sie erreicht hatte, und sah ihr entgegen.

»Die Kanne ist fertig«, erklärte die alte Frau, bevor Felicia auch nur eine Begrüßung herausgebracht hatte, und ging zum Haus. Felicia folgte ihr.

»Erst trinken wir eine Tasse Tee zusammen«, bestimmte Isobel, als sie in der großen Küche standen. Das war weniger eine Einladung als ein Befehl. Doch nach dem langen Weg den Hügel hinauf war Felicia froh, sich für einen Moment hinsetzen und etwas trinken zu können. Außerdem hatte sie eine Liste mit Fragen mitgebracht, die sie Isobel stellen wollte, bevor sie ihren Artikel über Kunsthandwerk und Kräuterkunde in Schottland abschickte. Sie hatte noch zwei weitere weise Frauen auf Skye gefunden, aber die Gespräche mit Isobel erschienen ihr am ergiebigsten.

Der Tee stand wieder auf dem Stövchen, als hätte Isobel sie erwartet. Felicia kam zu der Ansicht, dass die alte Frau stets Tee für sich selbst und etwaige Gäste bereithielt.

Zunächst verschwand Isobel kurz und kehrte mit dem bestellten Milchkännchen zurück.

»Das ist wirklich wunderschön. Vielen Dank!« Begeistert drehte Felicia die kleine, tiefblau lasierte Kanne in ihren Händen. Dann kramte sie das Portemonnaie aus ihrer Tasche und legte den vereinbarten Betrag auf den Tisch. »Ehrlich gesagt fand ich den Preis zunächst ziemlich hoch. Aber das Kännchen ist mindestens so viel wert.«

Mit einer geradezu königlichen Neigung ihres Kopfes nahm Isobel Felicias Begeisterung zur Kenntnis.

»Darf ich Ihnen noch ein paar Fragen zur Töpferei und zur Kräuterzucht stellen?« Nachdem sie das Kännchen in ein paar saubere Papiertaschentücher gewickelt und in ihrem Lederbeutel verstaut hatte, legte Felicia ihren Notizblock bereit.

»Sei vorsichtig, mein Kind.« Isobel sprach mit ernster, tiefer Stimme und schaute sie mit starrem Blick an, als würde sie durch Felicia hindurch in die Ferne sehen.

Irritiert ließ Felicia die Hand sinken, mit der sie gerade nach ihrem Stift greifen wollte.

»Der, an den du dein Herz hängst, ist nicht der Richtige für dich.«

»Ich verstehe nicht. Was meinen Sie?«

Isobel erwiderte ihren Blick mit ausdrucksloser Miene.

»Ich habe nicht vor, mein Herz an jemanden zu hängen«, erklärte Felicia nach einer langen Pause. »Ich muss schon sehr bald nach Deutschland zurück. Außerdem drängt meine Redaktion darauf, dass ich die Isle of Skye verlasse und mir noch andere Teile von Schottland ansehe. Wohin sollte es also führen, wenn ich … mein Herz an jemanden hänge?« Sie sah Isobel herausfordernd an.

»Bevor eine Reise zu Ende ist, weiß man nie, wohin sie führt und wie lange sie dauert.«

»Nun ja, in diesem Fall bestimmt die Redaktion, wie lange die Reise dauert und wohin sie führt.« Während sie diese Worte aussprach, fragte Felicia sich, worum es hier eigentlich ging. Sie holte tief Luft und lachte leise. »Allerdings muss ich zugeben, dass ich immer wieder neue Gründe finde, hierzubleiben. Es gibt so viel zu sehen und so vieles, worüber ich noch schreiben kann. Wenn ich meinen Chefredakteur nicht überzeugt hätte, dass diese Insel noch genug Material für einen weiteren Artikel bietet, wäre ich jetzt schon nicht mehr hier.«

»Und es sind wirklich nur die Sehenswürdigkeiten unserer Insel, die dich hier halten, mein Kind?«

Sie nickte energisch. »Wegen eines Mannes würde ich nicht länger bleiben. Das könnte ich gar nicht, denn ich bin einzig und allein wegen meiner Arbeit hier.«

Wie konnte Isobel wissen, dass sie sich immerhin sehr in Acht nehmen musste, was Finlay und ihre Gefühle für ihn betraf? Ob die alte Frau Finlay und sie zusammen gesehen hatte? Oder hatte Scott seiner Großmutter erzählt, dass sie auf Finlays Hündin aufgepasst hatte? Das sah ihm gar nicht ähnlich, so wortkarg, wie er normalerweise war.

Isobel zog die Brauen hoch. »Er ist nicht der Richtige«, wiederholte sie und rührte in ihrer Teetasse.

Mit einem unterdrückten Seufzer griff Felicia erneut nach ihrem Notizblock. »Ich weiß nicht, wen Sie meinen.«

»Hat Scott dir eigentlich erzählt, dass er am Wochenende nach Edinburgh zum Military Tattoo fährt?« Isobel nahm sich noch etwas Zucker für ihren Tee.

»Das Royal Edinburgh Military Tattoo?" Natürlich hatte Felicia schon von diesem berühmten Musikfestival gehört. Bei der Planung ihrer Reise hatte sie kurz in Erwägung gezogen, die Veranstaltung zu besuchen, aber der Aufwand war ihr dann zu groß erschienen. Jetzt richtete sie sich wie elektrisiert auf und sah Isobel erstaunt an.

Die nickte mit ernster Miene. »Ist vielleicht ein bisschen interessanter als meine langweiligen Kräuter. Soll ich Scott mal fragen, ob er dich mitnimmt? Er ist ein guter Piper. Während er in Edinburgh studiert hat, war er in einer Gruppe. Die treten jetzt beim Tattoo auf, und weil einer der Spieler an einem Abend ausfällt, haben sie Scott gefragt, ob er ihn vertreten kann.«

»Scott spielt Dudelsack? In Edinburgh, beim Military Tattoo? Das ist ein weltberühmtes Festival, und da macht er mit?« Felicia war fassungslos.

»Hättest du ihm wohl nicht zugetraut?« Isobel sah sie triumphierend an.

»Nun ja, er ist Gärtner. Und kein Profimusiker. Ich dachte, bei so einer großen Sache machen nur Berufsmusiker mit.«

»Scott hat viele Talente.«

»Natürlich«, stimmte Felicia ihr hastig zu. »Ich werde ihn fragen, ob er mich mitnehmen kann. Allerdings gibt es sicher keine Eintrittskarten mehr, und um als Journalistin hineinzukommen, hätte ich mich früher bemühen müssen. Außerdem müsste ich in Edinburgh übernachten, und die Stadt ist wahrscheinlich längst ausgebucht.«

»Keine Sorge. Scott sorgt dafür, dass du reinkommst. Er darf jemanden mitbringen, und mir ist das doch ein bisschen zu anstrengend. Das mit der Übernachtung klärt er auch.«

Mit einer wegwerfenden Handbewegung machte Isobel deutlich, dass Fragen wie diese für ihren Enkel nicht das geringste Problem darstellten.

»Falls er noch im Burggarten ist, wenn ich zurückkomme, frage ich ihn«, beschloss Felicia.

»*Ich* frage ihn, ob er dich mitnimmt. *Hinterher* kannst du ihn alles fragen, was du wissen willst.« Isobels Tonfall duldete keinen Widerspruch.

»Ich verstehe nicht ...«, fing Felicia dennoch an.

»Scott ist ein guter Mann, aber er kann etwas schwierig sein. Man muss wissen, wie man am besten mit ihm umgeht, sonst tut er manchmal Dinge, die er später bereut. Oder er tut sie nicht.« Nachdem sie diese wenig erhellenden Worte gesprochen hatte, sorgte Isobel mit einem strengen Blick dafür, dass Felicia nun aber wirklich nicht mehr nachfragte.

»Gut. Dann frage ich Scott erst morgen nach den Einzelheiten. Obwohl ich dann ja gar nicht weiß, ob er mich nun mitnimmt oder nicht«, sagte Felicia mit einem Seufzer. »Oder soll ich Sie vorher anrufen? Haben Sie überhaupt ein Telefon?« Suchend sah sie sich in der Küche um.

»Ich habe natürlich ein Smartphone«, erklärte die alte Frau energisch. »Glaubst du, ich sitze ohne jede Verbindung zur Welt da draußen hier auf meinem Berg? Wenn ich etwas brauche, was ich im Dorf nicht bekomme, bestelle ich bei Amazon.«

Nachdem Felicia ihre Überraschung angesichts dieser Mitteilung überwunden hatte, fragte sie erneut, ob sie denn nun anrufen sollte, um Scotts Entscheidung zu erfahren.

»Nicht nötig. Er wird dich mitnehmen. Schließlich bin ich

seine Großmutter.« Isobels nachdrückliches Nicken überzeugte Felicia zwar nicht vollständig, aber ihr blieb wohl nichts anderes übrig, als sich einfach bis zum nächsten Tag zu gedulden, bevor sie mit Scott sprach.

20. Kapitel

1920
Farmosca, Spanien

3. Dezember

Die Angst und die Sorge rauben mir den Schlaf. Wann wird man es sehen? Wie bald muss ich heiraten, damit alle glauben, das Kind sei eine Frühgeburt? Oder wird mich Pablo auch zur Frau nehmen, wenn ihm klar ist, dass ich das Kind eines anderen Mannes unter dem Herzen trage?

Logan hat mir wieder geschrieben und mich noch einmal gebeten, auf ihn zu warten. Er deutet an, dass er vielleicht eine Möglichkeit gefunden hat, seiner Familie zu Geld zu verhelfen, ohne eine reiche Frau zu heiraten. Ich habe keine Ahnung, ob er selbst an seine Worte glaubt. Ich weiß nur, dass ich nicht länger warten kann. Selbst wenn ich sicher sein könnte, dass Logan in einem Jahr käme, um mich nach Schottland zu holen, wäre es mir nicht möglich, so lange zu warten.

Mein Vater würde die Schande nicht überleben. Und mein Bruder würde mir nicht verzeihen, dass ich unsere Familie, zu der schon bald auch Anna gehören wird, im Dorf dem Gerede preisgegeben habe.

Es ist entschieden! Heute noch werde ich Logan einen letzten Brief schreiben. Dann beginnt mein Leben ohne ihn. Was mir bleibt, ist sein Kind. Auch wenn es mich vielleicht in große Schwierigkeiten bringen wird, bin ich überglücklich, dass ich es habe. Als wunderbare Erinnerung an meine große Liebe.

21. Kapitel

5. August 2016
Fairy Glen, Isle of Skye, Schottland

»Man sagt, die Feen, die diesen Garten bestellen, sind eigentlich Engel. Da sie aber nicht gut genug für den Himmel und nicht schlecht genug für die Hölle sind, haben sie sich hier ihr eigenes Paradies geschaffen.« Finlay wirkte ein wenig verlegen, während er ihr von dieser Legende erzählte. Wahrscheinlich kam er sich wie die meisten Männer albern vor, wenn er romantische Geschichten erzählte.

»Es ist wunderschön hier.« Sie senkte automatisch die Stimme, als gäbe es hier tatsächlich unsichtbare Feen, die sie mit einem zu lauten Wort vertreiben könnte.

»Eigentlich ist das Fairy Glen aber wohl die Arbeit von Gletschern.« Jetzt grinste Finlay sie breit an.

Mit Poppy im Gefolge war er unverhofft auf Chaleran Castle aufgetaucht, während sie beim Frühstück saß, und hatte gefragt, ob sie den verschobenen Ausflug nachholen wollten. Es war ein milder, sonniger Tag, und als sie Finlay ansah, konnte sie der Vorstellung nicht widerstehen, mit ihm gemeinsam einen weiteren Teil der wunderschönen Isle of Skye zu erkunden.

Isla und Colin waren früh am Morgen zu ihren Sommerkursen an der Universität abgereist, sodass ihr nur übrigblieb, allein herumzufahren. Das war sie von ihren anderen Reisen gewohnt, aber hier auf Skye gab es reizvolle Alternativen.

Dass sie vor Kurzem den Ausflug zum Feengarten abgesagt hatte, weil sie vermeiden wollte, Zeit mit Finlay zu verbringen, war in diesem Moment vergessen. Und hier waren sie nun, ganz allein in einem romantischen Tal, in dem sie meinte, das geheimnisvolle Flüstern zarter Stimmchen zu hören.

»Komm mit, ich zeig dir was.« Ganz selbstverständlich griff Finlay nach ihrer Hand und zog sie einen schmalen Pfad entlang, der sich zwischen bizarren Felsen über den zartgrünen Boden schlängelte. Vorbei an einem kreisrunden Tümpel und an sturmzerzausten Bäumchen, die ihre Äste wie Halt suchende Finger gen Himmel reckten.

Poppy war lammfromm, wie immer in Gegenwart ihres Herrn. Sie trabte ohne Leine vor ihnen her und achtete darauf, sich nicht zu weit von ihren Menschen zu entfernen. Im Garten der Feen verhielt sie sich, als wäre sie selbst ein Märchenwesen, das zwischen den Bäumen und Gräsern dahinschwebte, ohne eine Spur zu hinterlassen.

Als sie hinter einer Baumgruppe hervortraten, breitete sich unter ihnen die Wasserfläche eines Loch aus. Auf der anderen Seite des Gewässers lagen terrassenförmig ansteigende Hügel, und auf einem von ihnen überragte eine Burg das Tal.

»Castle Ewen.« Finlay streckte den Arm vor, als würde er den Star einer Show präsentieren.

Erst jetzt erkannte Felicia, dass es sich nicht um ein von Menschenhand geschaffenes Gebäude handelte, sondern um einen Felsen, der auf täuschende Weise einer Burg glich.

»Unglaublich«, hauchte sie. »Ist das der Wohnsitz der Feen?«

»Das weißt du sicher besser als ich.« Sein Lächeln brachte sie dazu, verlegen ihre Schuhspitzen zu betrachten, weil sie fürchtete, rot zu werden, wenn er sie auf diese Weise ansah.

»Ich habe keine Ahnung, was Feen so tun und wie sie leben«, murmelte sie vor sich hin. »Aber wenn ich dieses Tal sehe, wünsche ich mir fast, eine Fee zu sein.«

»Dann komm, meine Fee, wir sehen uns noch ein wenig um.«

Schweigend schlenderten sie durch das verzauberte Tal. Es wunderte Felicia, dass sie hier ganz allein waren. Eigentlich mussten doch sämtliche Touristen hierherströmen, um sich diesen wunderschönen Ort anzusehen. Offenbar war das hier jedoch so eine Art Geheimtipp. Vielleicht gab es sogar Menschen, die die Magie dieses Ortes nicht spürten.

Ganz kurz dachte Felicia darüber nach, Fairy Glen in ihrem Artikel unerwähnt zu lassen. Wenn zu viele Menschen sich durch ihre Zeilen angeregt fühlten, die Isle of Skye zu besuchen und dann auch hierherzukommen, brach das möglicherweise den Zauber. Dann meinte man vielleicht nicht mehr, das zarte Wispern der Feen zu hören, wenn der Wind durch das Seegras strich, weil dann von den Felsen die lauten Stimmen der Touristen widerhallen würden.

Andererseits wurde sie dafür bezahlt, Wunder wie dieses aufzuspüren und zu beschreiben. Die meisten Menschen lasen Reisezeitschriften, um ihr Fernweh zu stillen, ohne jemals selber die beschriebenen Reisen zu machen.

Sie blieb stehen, atmete tief durch und sah sich um. »Vielen Dank, dass du mich an diesen Ort gebracht hast, Finlay.«

Nun nahm er auch ihre zweite Hand und stellte sich so hin, dass sie nicht anders konnte, als ihn anzusehen. »Danke, dass du mit mir hierhergefahren bist, Felicia. Ich fand das Tal der Feen schon immer schön, aber heute hat es einen ganz besonderen Zauber bekommen.« In seinen Augen schien sich das sanfte Grün des Feengartens zu spiegeln, in dem wie kleine Sonnen goldene Pünktchen aufblitzten.

»Es ist magisch hier«, flüsterte sie, um das leise Plätschern des Loch nicht zu übertönen. Es hörte sich an, als würden die Feen darin baden.

»*Du* bist magisch.« Er beugte sich vor, und plötzlich war sein Mund nur noch Zentimeter von ihrem entfernt. Als sein Atem ihre Wange streifte, hielt sie die Luft an. Dann zog sie hastig die Finger ihrer linken Hand zwischen seinen hervor und legte sie ihm auf die Lippen.

»Nicht, Finlay!«

Als sie die heiß-zarte Berührung seines Mundes an ihren Fingerspitzen spürte, durchlief sie ein Schauer, und alle Härchen an ihrem Körper stellten sich auf. Es war, als würde sie den Kuss, den sie verhindern wollte, auf andere Art bekommen.

»Du hast recht. Lassen wir uns Zeit.« Mit einem Lächeln ließ er auch ihre andere Hand los und trat zurück.

Während sie Seite an Seite weitergingen, dachte Felicia daran, dass Zeit genau das war, was sie nicht hatten. Sie würde nicht mehr lange auf der Insel sein. Für sie und Finlay gab es keine gemeinsame Zukunft, wenn nicht einer von ihnen sein bisheriges Leben aufgab. Und das konnten sie nach den wenigen Tagen, die sie einander nun kannten, nicht tun.

Als sie Finlays Auto erreichten, das er am Rand des Tals abgestellt hatte, wandte Felicia sich noch einmal um und warf einen letzten Blick auf das Fairy Glen. Dabei schwor sie sich, auf jeden Fall wiederzukommen. Und sie fragte sich, ob bei ihrem nächsten Besuch bei den Feen wieder Finlay an ihrer Seite sein würde.

22. Kapitel

Farmosca, den 4. Dezember 1920

Lieber Logan,

mein Herz blutet, während ich Dir diesen Brief schreibe. Als Du von hier fortgingst, um nach Schottland zurückzukehren, hast Du mich gebeten, auf Dich zu warten, bis Du zurückkommst, um mich als Deine Frau heimzuführen.

In dem kostbaren Moment, in dem ich Dir dieses Versprechen gab, hatte ich sogar ein bisschen Hoffnung, unser Märchen könnte wahr werden. Seitdem sind mehr als zwei Monate vergangen. Monate, in denen Du mir fremd geworden bist, weit entfernt in Schottland, wo Du vergeblich nach einem Weg suchst, der uns zusammenführen kann. Wahrscheinlich bin auch ich längst nur noch eine ferne Erinnerung an ein paar wunderbare Stunden und eine verzauberte Regennacht für Dich.

Deshalb ist nun der Zeitpunkt gekommen, an dem ich Dich bitten muss, mich von meinem Versprechen zu entbinden. Ich habe Dich geliebt, Logan Chaleran. Aber das ist vorbei. Jetzt gibt es einen anderen Mann in meinem Leben. Ich werde ihn schon bald heiraten. Pablo ist nun meine Zukunft und mein Leben.

Bitte verzeih mir, Logan! Falls Du es jetzt noch nicht kannst, wird es Dir schon bald gelingen. Dann wirst auch Du Deinen Weg gehen. Der Weg, der Dir schon vor unsrer Begegnung bestimmt war. So wie auch ich nun mein Schicksal erfüllen werde.

Leb wohl, Logan! Ich danke Dir für die wunderbaren Stunden und für alles, was Du mir geschenkt hast. Gott segne Dich und die Deinen. Die Erinnerung an Dich wird für immer in mir fortleben, doch mein Herz gehört jetzt einem anderen. Bitte gib mich frei!

Deine Sofia

23. Kapitel

5. August 2016
Chaleran, Isle of Skye, Schottland

Finlay fuhr Felicia zurück nach Chaleran Castle und ließ sie vor der Eingangstür aussteigen. Seit dem verhinderten Kuss im Tal der Feen waren sie beide schweigsam und nachdenklich. Er schien ihr nicht böse zu sein, aber sie waren beide unsicher und ein wenig verlegen.

Obwohl er es eilig hatte, weil er am Nachmittag noch eine Sprechstunde abhalten musste, stieg er mit ihr aus, um sich zu verabschieden.

»Ich danke dir für diesen wunderschönen Vormittag.« Er zögerte und streckte ihr dann die Hand hin wie einer flüchtigen Bekannten.

»Ich danke dir, dass du mich zu den Feen mitgenommen hast.« Lächelnd schlang sie die Arme um seinen Hals und drückte sich kurz an ihn.

Als sie ihn wieder losließ, fiel ihr Blick auf die Hausecke, wo Scott bewegungslos stand. Offenbar war es wieder einer seiner mürrischen Tage, denn zwischen seinen Brauen lag eine tiefe, senkrechte Falte. Sie winkte ihm betont fröhlich und wandte sich dann Poppy zu, die ebenfalls aus dem Wagen gesprungen war und schwanzwedelnd um sie herumlief.

»Mach's gut, du Hundefee.« Zärtlich zauste sie der Hündin die Ohren.

Dann sah sie zu, wie Finlay in sein Auto stieg und Poppy

stolz den Beifahrersitz einnahm, auf dem zuvor Felicia gesessen hatte. Erst als der Wagen ungefähr bei der Mitte der Brücke war, setzte sich Scott in Bewegung und kam auf sie zu.

»Meine Großmutter sagt, du würdest gern mit nach Edinburgh fahren.« Seine Worte und seine Miene waren so ausdruckslos, dass sie nicht hätte sagen können, ob der Gedanke ihm gefiel oder ob er ihn schrecklich fand.

Sie nickte zögernd. »Natürlich würde ich Edinburgh gern sehen. Es passt zwar nicht zu meinen ursprünglichen Reiseplänen, aber die habe ich sowieso längst über den Haufen geworfen. Eigentlich wollte ich nach drei oder vier Tagen Skye verlassen.« Sie wedelte etwas ungelenk mit der Hand, um deutlich zu machen, was er ohnehin wusste – dass sie nach fast zwei Wochen immer noch hier war.

»Wenn ich störe, muss ich nicht unbedingt mitfahren«, fuhr sie unsicher fort, als er sie weiter stumm ansah. »Das Military Tattoo kann ich wahrscheinlich ohnehin nicht sehen, weil es sicher keine Karten mehr gibt. Und wahrscheinlich ist auch kein Hotelzimmer mehr zu bekommen.«

Mit einer energischen Armbewegung wischte Scott ihre Bedenken fort. »Geht schon klar. Ich habe eine Karte für eine Begleitung. Die würde sonst verfallen. Und wenn es dir nichts ausmacht, können wir beide in der Wohnung eines Freundes schlafen. Er ist verreist, und es stört ihn sicher nicht, wenn ich dich mitbringe.«

Als er ihren zweifelnden Blick sah, fügte er eilig hinzu: »Es ist eine große Wohnung mit mehreren Schlafzimmern.«

»Das wäre toll!« Angesichts der immer noch vollkommen ausdruckslosen Miene, die Scott zur Schau trug, gelang es Felicia nicht sonderlich gut, Begeisterung zum Ausdruck zu bringen. Zumal sie sich in diesem Moment nicht sicher war, ob sie sich auf einen Festivalbesuch mit Scott freuen sollte. Schließlich konnte man bei ihm niemals wissen, ob er abweisend oder freundlich, mürrisch oder doch fast gut gelaunt sein würde.

Aber darum ging es letztlich nicht. Ein Wochenende in Edinburgh war schon deshalb eine gute Idee, weil sie auf diese Weise Vielfalt in ihren nächsten Artikel bringen konnte. Was hoffentlich bedeutete, dass es ihren Chefredakteur nicht störte, wenn sie anschließend noch ein paar Tage länger auf Skye blieb.

24. Kapitel

1921
Farmosca, Spanien

10. Januar

Nachdem ich eine ganze Stunde im Dunkeln gelegen und gegen die Decke gestarrt habe, bin ich nun noch einmal aufgestanden, um meine Gedanken niederzuschreiben. Vielleicht kann ich danach ein bisschen schlafen.

An der Seitenwand des Schranks in der Ecke meines Zimmers hängt mein Hochzeitskleid. Es ist die letzte Nacht, die ich im Haus meines Vaters verbringen werde. Nachdem ich ihm gesagt habe, dass ich bereit bin, Pablo zu heiraten, ging alles ganz schnell. Als wüsste mein Vater, wie eilig es mit der Hochzeit ist, damit man am Tag der Trauung noch nichts von meinem Zustand sieht.

Logan hat mit vielen verzweifelten Worten auf meinen Abschiedsbrief geantwortet, doch selbst wenn er tatsächlich einen Weg für uns wüsste – es ist zu spät. Dennoch tut es mir auf sonderbare Weise gut, seine Briefe zu lesen. Zu erfahren, dass er mich nicht einfach so aufgibt, auch wenn es letzten Endes keinen anderen Weg für uns gibt. Es schmerzt mich, dass ich ihm so wehtun muss, aber das Gefühl, meinen Schmerz mit ihm zu teilen, tröstet mich komischerweise ein bisschen.

Ich weine fast nie. Als ich gestern aber zum ersten Mal das zarte Flattern unter meinem Herzen spürte, stiegen mir Tränen in die Augen. Wenn ich allein bin, flüstere ich meinem Kind zu, dass ich seinen Vater liebe. Dass ich ihn immer lieben werde.

Sofia strich den Rock des weißen Hochzeitskleids glatt, das Raphaela, die geschickt mit Nadel und Faden umgehen konnte, ihr genäht hatte. Es traf sich gut, dass sie die Schneiderin aus dem Nachbardorf nicht brauchte, denn bei der letzten Anprobe hatte sich herausgestellt, dass das Kleid innerhalb einer guten Woche in der Taille zu eng geworden war.

»Gut, dass nächste Woche die Hochzeit ist«, hatte Raphaela sachlich festgestellt und das Maßband geholt, um Sofias Umfang neu zu vermessen. Als Sofias beste Freundin wusste sie um die Schwangerschaft – nur sie. An ihre Adresse sandte Logan seine Briefe, und Raphaela war die Einzige, der gegenüber Sofia sich manchmal erlaubte, seinen Namen auszusprechen. Aber nur sehr selten, weil es viel zu schmerzhaft war, die geliebten Silben laut zu sagen.

Als sich die Tür zu ihrem Schlafzimmer öffnete und Raphaela hereinstürmte, zuckte Sofia zusammen. Sie war so tief in ihre Gedanken versunken gewesen, dass sie für einen kurzen Moment sogar vergessen hatte, dass sie heute Pablo heiraten würde.

»Hier ist dein Schleier!«, stieß Raphaela außer Atem hervor. »Du musst dich beeilen. Dein Vater und dein Bruder stehen vor dem Haus und warten auf dich. Und als ich eben an der Kirche vorbeikam, habe ich gesehen, dass das halbe Dorf versammelt ist. Pablo ist auch schon da. Er sieht sehr aufgeregt und glücklich aus.«

Während Raphaela unablässig redete, nahm sie den sorgfältig zusammengelegten Schleier aus ihrem Korb. Sie hatte ihn im letzten Moment noch um einige Zentimeter gekürzt. Die Freundinnen hatten beschlossen, dass er nicht auf dem Boden schleifen sollte. Raphaela schüttelte den zarten Stoff vorsichtig und hob die Hände, um die obere Kante des Schleiers an Sofias zu einem lockeren Dutt hochgesteckten Haaren zu befestigen.

Plötzlich hielt sie inne und schüttelte den Kopf. »Ich wollte ihn dir erst nach der Trauung geben, aber das finde ich jetzt doch falsch.«

Mit einem Seufzer ließ sie den Schleier aufs Bett gleiten und drehte sich zu ihrem Korb um. Unter dem Tuch, das den Boden bedeckte, holte sie einen Briefumschlag hervor und hielt ihn Sofia hin.

»Von Logan. Er ist heute gekommen. Vielleicht solltest du ihn erst später lesen. Aber das ist deine Entscheidung.«

Sofia biss sich auf die Unterlippe und starrte den weißen Umschlag an wie eine Schlange, die jeden Moment vorzucken und sie beißen könnte. »Was soll schon darin stehen?«, murmelte sie. »Dass er mich liebt. Dass es keine Lösung gibt, ich aber auf ihn warten soll. Er weiß nicht, in welcher Situation ich mich befinde, und er darf es auch nicht erfahren.«

»Findest du das richtig? Immerhin ist es sein Kind. Sollte er nicht wissen …?« Raphaela empfand so viel Mitgefühl mit ihrer Freundin, dass sie regelmäßig feuchte Augen bekam, wenn sie sich vorstellte, in welcher Situation sich Sofia befand.

Wie immer, wenn das Gespräch auf dieses Thema kam, schüttelte Sofia heftig den Kopf. »Wenn er es wüsste, würde es ihn zerreißen. Er würde seine Familie im Stich lassen und kommen, um mich und meine Ehre zu retten. Doch letztlich würde er mir den Bruch mit seinem Clan nicht verzeihen. Denn dann wäre ich schuld am Ruin seiner Familie. Und selbst wenn er mir verziehe, könnte ich den Gedanken nicht ertragen, ihn und seine Familie entzweit zu haben.«

»Soll ich den Brief für dich aufbewahren, damit du ihn später lesen kannst? Vielleicht morgen oder nächste Woche?« Raphaela streckte die Hand nach dem Umschlag aus, doch Sofia riss ihn entschlossen auf, zog das auf beiden Seiten eng beschriebene Blatt heraus und begann zu lesen.

Sie hatte die ersten beiden Absätze noch nicht beendet, als sie den Briefbogen sinken ließ und ihre Freundin entsetzt anstarrte.

»Zu spät. Es ist zu spät.« Sie reichte Raphaela den Brief und begann verzweifelt, sich mit einem Taschentuch die Wangen zu trocken. Doch das war ein hoffnungsloses Unterfangen, denn für jede Träne, die sie fortwischte, flossen zwei neue über ihr Gesicht.

Während sie weinte und nicht wusste, ob es ihr jemals gelingen würde, damit aufzuhören, musste sie ständig daran denken, dass ihr Vater vor dem Haus stand, um sie mit seinem Pferdewagen in die Kirche zu bringen. Wo das ganze Dorf auf sie wartete. Und Pablo, ihr Bräutigam.

25. Kapitel

9. August 2016
nahe Edinburgh, Schottland

Der Gedanke an die mehr als vierstündige Autofahrt hatte ihr im Voraus ein wenig Sorge bereitet, doch dann war es angenehmer, mit Scott zu reisen, als sie es sich vorgestellt hatte. Weder vermittelte er den Eindruck, dass er Small Talk von ihr erwartete – eine Fähigkeit, die sie noch nie besessen hatte –, noch schien es ihm peinlich zu sein, wenn im Wagen längere Zeit Schweigen herrschte.

Da er nur seinen Pick-up besaß, hatte sie vorgeschlagen, gemeinsam in ihrem Mietwagen nach Edinburgh zu reisen. Er erklärte ihr jedoch, für solche Gelegenheiten würde ihm Lady McClamond stets ihren fast fünfzig Jahre alten Rolls-Royce aufdrängen. »Wenn sie eine längere Fahrt vorhat, chauffiere ich sie darin. Deshalb weiß sie, dass ich gut damit umgehe. Und aus irgendeinem Grund meint sie, mit meinem guten, alten Pick-up würde ich niemals in Edinburgh ankommen.«

Scott selbst schien es nicht zu kümmern, ob er am Steuer seines eigenen klapprigen Gefährts saß oder an dem eines kostbaren Oldtimers. Er fuhr die meiste Zeit ruhig und gelassen und schimpfte nur ab und zu über eine Schafherde, die auf der Straße eine allzu ausgedehnte Pause einlegte. Oder über einen der Border Collies oder Shelties, die wild über den Weg fegten, weil eines ihrer Schäfchen auf Abwege geraten war.

Felicia hielt ihre Kamera schussbereit auf dem Schoß und riss sie in regelmäßigen Abständen hoch, um einen bizarren

Felsen, eine malerische Ruine, ein herrliches Tal oder eine atemberaubende Aussicht zu fotografieren. Dann fuhr Scott langsamer oder hielt sogar an. Er schien es nicht eilig zu haben, nach Edinburgh zu kommen. Das war eine der angenehmen Seiten an Scott: die Gelassenheit, die ihm zu eigen war. Jedenfalls seit er sich entschlossen hatte, sich ihr gegenüber nicht mehr wie ein schlecht gelaunter Bär zu verhalten. Was auch daran liegen konnte, dass sie schon längere Zeit keines seiner Beete mehr zerstört hatte.

Als sie sich auf diese Weise nach über fünf Stunden Fahrt am frühen Nachmittag der schottischen Hauptstadt näherten, stieß Felicia einen begeisterten Schrei aus. Im warmen Licht der Sonne leuchteten die hellbraunen Sandsteingebäude des Panoramas, dessen Blick sich ihnen bot, fast golden.

»Die Altstadt von Edinburgh«, erklärte Scott lächelnd. »Ich habe einen kleinen Umweg gemacht, damit das hier dein erster Eindruck von der Stadt ist.«

»Es ist wunderschön«, hauchte Felicia.

Erst nach einigen Minuten fiel ihr ein, dass sie vielleicht ein Foto machen sollte. Schließlich machte sie zwanzig oder dreißig, ohne dass es ihr gelang, was sie sah, tatsächlich festzuhalten.

»Ich wusste, dass du dieses Problem haben würdest«, erklärte Scott in selbstverständlichem Ton. »Deshalb habe ich eine Staffelei mitgebracht. Und Farben und Pinsel. Lady McClamond hat früher oft gemalt.«

Felicia verschlug es für einen Moment die Sprache. Sie sah Scott verblüfft von der Seite an. »Du glaubst, ich würde ausgerechnet hier in Edinburgh wieder anfangen zu malen?«

Er nickte. »Nachdem wir unsere Sachen in die Wohnung gebracht haben, fahre ich dich hierher zurück, bevor ich zur Probe gehe. Dann hast du zwei Stunden Zeit, es zu versuchen. Später bleibt noch genug Gelegenheit, dir ein paar Sehenswürdigkeiten in Edinburgh anzusehen.«

»Aber du kannst nicht einfach bestimmen, dass ich male und was ich male. Ich hatte seit Ewigkeiten keinen Pinsel in der Hand. Und es gibt wirklich genug anderes, was ich in der Stadt machen kann.« Sie hätte wütend sein sollen, weil er sie auf diese Weise verplante, aber es gelang ihr nicht. Stattdessen spürte sie ein Kribbeln in den Fingern, und ihr wurde vor Aufregung die Kehle eng.

»Möchtest du denn nicht malen?«, erkundigte er sich nach einer Weile.

»Doch.« Sie musste nicht überlegen.

»Dann machen wir es so, wie ich es vorgeschlagen habe.« Scott startete den Motor wieder. »Glens Wohnung liegt in der Altstadt. Es wird dir dort gefallen. Vielleicht auch ein schönes Motiv.« Auf Scotts Gesicht lag ein zufriedenes Lächeln.

Zu der Wohnung, in der sie übernachten würden, gehörte ein Parkplatz im Innenhof des Gebäudes, sodass sie keinerlei Probleme hatten, den Wagen abzustellen und ihr Gepäck ins Haus zu schaffen. Felicia hatte nur eine Reisetasche bei sich, Scott jedoch holte einen Koffer, einen Kleidersack und etwas, das er seine Dudelsacktasche nannte, aus dem Kofferraum.

»Wann beginnt die Aufführung?«, erkundigte sich Felicia und nahm ihm ohne zu fragen seinen Kleidersack ab, weil sie noch eine Hand frei hatte.

»Heute Abend um neun. Ich muss mich etwas beeilen,

denn wir proben um fünf und dann noch mal um sieben, weil wir länger nicht zusammen gespielt haben.« Er stellte sein Gepäck vor der Haustür ab, zog einen Schlüssel aus der Tasche und schloss auf.

Schweigend stiegen sie die Treppe in den zweiten Stock hinauf. Die Wohnungstür war zweiflügelig und fast drei Meter hoch. Scott stieß sie mit beiden Händen auf.

Staunend trat Felicia in einen gigantischen Flur. Er war mindestens zwanzig Meter lang, sehr breit und hatte einen Boden aus glänzenden Holzdielen. Zwischen den zahlreichen Türen, die von ihm abgingen, hingen Porträtgemälde von Männern und Frauen in altertümlicher Kleidung.

»Ist das die Ahnengalerie von Glens Familie?« Vor lauter Ehrfurcht sprach Felicia mit gesenkter Stimme.

Scott lachte. »Glen ist Amerikaner. Seine Eltern leben in Manhattan und betreiben erfolgreich eine Werbeagentur. Zurzeit besucht er sie dort. Er hat mir selbst erzählt, dass er seine Abstammung nur bis zu seinen Großeltern zurückverfolgen kann. Vielleicht sammelt er aus genau diesem Grund solche Gemälde. Sieht in diesem Flur ja auch irgendwie eindrucksvoll aus, findest du nicht?«

Felicia nickte ein wenig enttäuscht. Aus irgendeinem Grund hatte sie geglaubt, wer in diesem mächtigen Gebäude in der Altstadt von Edinburgh in einer solchen Wohnung lebte, müsse ein alteingesessener Schotte sein. Ähnlich wie die Chalerans in ihrer Burg.

Scott warf einen Blick auf seine Armbanduhr und deutete zu einer der Türen auf der linken Seite des Flurs.

»Das ist dein Zimmer. Eines der fünf Gästezimmer in dieser Wohnung. Das Bad ist gleich nebenan, die Küche ganz hinten rechts. Da gibt es Brot, Käse, Aufschnitt, Obst – falls du eine Kleinigkeit essen möchtest. Glens Haushälterin kauft auch für seine Gäste ein.«

»Danke.« Felicia war einigermaßen überwältigt von der Gastfreundschaft des nicht anwesenden Glen, der seine Wohnung selbst einer völlig Fremden aus Deutschland zur Verfügung stellte.

»Passt es dir, wenn wir in einer Stunde losfahren? Ich setze dich mit den Malsachen an einer Stelle ab, von der aus du das Panorama gut sehen kannst. Dann schaffe ich es noch pünktlich zu unserem Übungsraum. Ich bin gespannt, wie lange ich brauchen werde, um mich wieder in die Gruppe einzufügen.«

Felicia hatte gesehen, wie liebevoll und sorgfältig Scott mit Pflanzen arbeitete. Wenn er von Musik sprach, leuchteten seine Augen mindestens ebenso hell.

Sie nickte. »Ich freue mich auf deinen Auftritt heute Abend. Und aufs Malen«, fügte sie nach einer kleinen Pause hinzu.

Das Zimmer, in dem Felicia während der nächsten zwei Nächte schlafen würde, war ebenso pompös wie der Flur. Groß wie ein Tanzsaal, mit einer hohen Decke, einem glänzenden Holzfußboden, der aussah, als könnte man sich darauf im Eiskunstlauf üben, und mehreren großen Fenstern, von denen aus sie weitere schöne, alte Gebäude bewundern konnte, deren Scheiben in der Sonne funkelten.

Das Bad war geräumig und modern. Sie beeilte sich mit dem Duschen und schlüpfte in ein hübsches dunkelblaues Sommerkleid mit zahllosen winzigen Schmetterlingen, die aus der Ferne wie Punkte oder Blumen aussahen. Da sie keine

Ahnung gehabt hatte, dass sie während ihres Ausflugs nach Edinburgh malen würde, hatte sie keine entsprechende Kleidung mitgebracht. Also musste sie sich eben vorsehen.

Sie überprüfte ihr Make-up, räumte ihre Sachen in den großen Schrank und stellte mit einem Blick auf die Uhr fest, dass sie sich beeilen musste, wenn sie Scott nicht warten lassen wollte.

Eilig verließ sie ihr Zimmer. Beim Anblick des Mannes, der ihr auf dem langen Flur entgegenkam, hielt sie erstaunt inne.

»Scott?«, flüsterte sie.

Bisher hatte sie ihn stets in seiner Arbeitshose oder in Jeans und T-Shirt gesehen. Jetzt trug er einen grau-schwarz karierten Kilt mit weißen Kniestrümpfen und einer passenden schwarzen Jacke, deren Ränder und Aufschläge mit zum Kilt passendem Karostoff verziert waren. Vor seinem Bauch baumelte eine Art Gürteltasche, die mit einer großen Quaste verziert war, welche im Takt seiner Schritte hin und her schwang. Sie würde ihn fragen müssen, ob diese Taschen einen bestimmten Namen hatten.

Am meisten veränderte ihn aber die flache schwarze Mütze, die er leicht schief auf dem Kopf trug – und die Tatsache, dass er sich rasiert hatte. Das dunkle Gestrüpp auf Kinn und Wangen war einem Dreitagebart gewichen. Sie musste schlucken, während sie darüber staunte, dass er sich nicht einfach glattrasiert, sondern diese modische Variante gewählt hatte.

Felicia stand einfach nur da und sah zu, wie Scott gelassen auf sie zukam. Als wäre es die natürlichste Sache der Welt, im Kilt diesen Flur entlangzugehen. Nach der Rasur war zu erkennen, wie energisch sein Kinn geformt war und wie markant seine Wangenknochen hervortraten.

»Fertig?«, erkundigte er sich, als er vor ihr stand. Er hatte die Dudelsacktasche dabei und wirkte unternehmungslustig und fröhlich, aber auch ein wenig aufgeregt. Was angesichts der Tatsache, dass er in wenigen Stunden vor Tausenden von Zuschauern auftreten musste, kein Wunder war.

Sie nickte. »Du auch, wie ich sehe. Du siehst sehr ... beeindruckend aus. Und vollkommen anders. Darf ich dich nachher fotografieren? Vielleicht mit deinem Dudelsack?«

Nachdenklich legte er die Stirn in Falten und schüttelte dann langsam den Kopf. »Nicht, wenn das Bild in einer Zeitschrift veröffentlicht werden soll. Ich möchte nicht von Leuten angesehen und beurteilt werden, denen ich niemals in meinem Leben begegnen werde. Es ist etwas anderes, als wenn die Zuschauer mich heute Abend sehen oder die Leute auf der Straße.«

Sie lächelte. »Das verstehe ich sehr gut. Ich hasse es, dass mein Foto ganz klein unter den Artikeln abgedruckt wird. Aber das gehört nun mal zum Job.«

»Lass uns gehen.« Mit der freien Hand berührte er kurz ihren Ellbogen, als wollte er sie den Flur entlangführen. Doch im selben Moment, in dem sie den Druck seiner Finger spürte, ließ er den Arm schon wieder sinken. Seite an Seite, ohne einander zu berühren, gingen sie zur Wohnungstür.

26. Kapitel

Chaleran Castle, den 11. Januar 1921

Geliebte Sofia,

die Worte, die Du mir schriebst, sanken wie schwere Steine in mein Herz. Nun trag ich sie seit vielen Wochen auf Schritt und Tritt in meiner Brust herum, wie ein Bleigewicht, das mich zu Boden ziehen will.

Du liebst mich nicht mehr? Wie soll ich das glauben, nach den Blicken Deiner dunklen Augen, die mich tief in meiner Seele trafen? Nach den Berührungen, den Küssen, der Leidenschaft, die Du mir geschenkt hast?

Du bist keine Frau, deren Gefühle sich ändern, wenn der Wind sich dreht. Und doch schriebst Du mir, dass Du einen anderen heiraten wirst und wir uns niemals wiedersehen dürfen. Wie kann das sein?

Ich habe nun den Weg gefunden, der es mir ermöglicht, genug Geld zu verdienen, um Chaleran Castle zu retten und meiner Familie das Überleben zu sichern. Im Stall meines Vaters stehen einige kostbare Pferde. Bisher dienten sie der Familie als Reittiere. Diese Pferde können der Grundstock einer einträglichen Zucht sein. Eine der Stuten ist bereits trächtig. In einem Jahr werde ich die ersten Tiere mit großem Gewinn verkaufen und andere behalten, um nach weiteren zwölf Monaten einen noch größeren Ertrag zu erzielen.

Mein Vater ist noch skeptisch, was diesen Plan betrifft. Er würde immer noch am liebsten sehen, dass ich so bald wie möglich Malvina heirate und wir die Schulden mithilfe ihrer Mitgift tilgen. Doch meine Mutter ist bereits auf meiner Seite. Sie sagte mir, es wäre in ihren Augen gut, dass ich mit der Frau zusammen bin, die ich liebe, solange es nicht das Ende unsere Clans bedeutet.

So gern würde ich meinem Herzen folgen, liebste Sofia! Doch das ist nur möglich, wenn Dein Herz immer noch das meine sucht – trotz der schmerzhaften Worte, die Du mir geschrieben hast. Vielleicht gab es einen Grund, aus dem Du mich glauben machen wolltest, dass Du mich nicht mehr liebst, obwohl Du in Wahrheit noch genauso für mich fühlst wie am Tag meiner Abreise. Denn ich kann einfach nicht glauben, dass Deine Augen und Deine Küsse gelogen haben.

Bitte, Sofia, mein Leben, meine Liebe, schreib mir, dass Du mich noch liebst! Dass Du noch ein paar Monate warten wirst, bis ich mit der Pferdezucht das erste Geld verdienen konnte, um Chaleran Castle für unseren Clan zu erhalten. Dann wird auch mein Vater überzeugt sein, dass Du an meiner Seite für die nächste Generation der Chalerans Glück und Segen bedeuten wirst.

Wenn ich nichts mehr von Dir höre, werden Hoffnung und Sonne aus meinem Leben verschwinden. Was macht es dann noch für einen Sinn, Zukunftspläne zu schmieden? Ich warte ungeduldig und voller Sehnsucht auf eine Nachricht von Dir.

*In ewiger Liebe,
Dein Logan*

27. Kapitel

9. August 2016
Edinburgh, Schottland

»Herzlichen Glückwunsch, liebe Mama!« Felicia hatte mit ihrem Geburtstagsanruf bis zum späten Nachmittag gewartet. Sie wusste, dass ihre Mutter zu diesem Zeitpunkt wahrscheinlich zu Hause sein würde, um sich in Ruhe auf die Party vorzubereiten.

»Felicia! Wie schön, dass du anrufst. Und wie schade, dass du heute nicht dabei sein kannst.« Dagmar klang glücklich, und in diesem Moment wünschte Felicia sich, dass sie an ihrem sechzigsten Geburtstag ebenso gelassen und fröhlich sein würde, wie ihre Adoptivmutter es ihr vorlebte.

»Nächstes Jahr feiere ich wieder mit«, versprach Felicia und sah hinüber zum Edinburgh Castle, dem die tief stehende Sonne einen zartroten Schimmer verlieh.

»Wo bist du, was machst du?«, erkundigte sich Dagmar, und Felicia konnte hören, dass sie nebenbei in ihrer Schmuckschatulle kramte. Im Laufe der Zeit hatte Volker ihr zahlreiche wunderschöne Ketten, Armbänder und Ohrringe geschenkt. Und bei jedem dieser Geschenke pflegte Dagmar mit leuchtenden Augen zu sagen, nun werde es noch schwieriger sein, das richtige Stück für eine bestimmte Gelegenheit auszuwählen.

»Ich male«, erklärte Felicia, nachdem sie tief durchgeatmet hatte. »Ich stehe mit einer Staffelei etwas außerhalb von

Edinburgh. Von hier aus hat man einen wunderschönen Blick auf die Stadt und auf Edinburgh Castle. Ich versuche, das was ich sehe, mit Pinsel und Farbe festzuhalten.«

»Wer hat dich denn dazu bewegt, endlich wieder einen Pinsel in die Hand zu nehmen?« Dagmar klang überrascht und erfreut. »Ich fand es so schade, dass du irgendwann mit dem Malen aufgehört hast. Du bist sehr begabt, und manchmal ist es ein weiter Weg, bis man mit sich selbst zufrieden ist.«

»Ich weiß, Mama«, unterbrach Felicia in sanftem Ton die Rede ihrer Mutter. »Ich bin froh, dass ich heute endlich wieder gemalt habe, und ich werde nicht wieder damit aufhören.«

»Das ist gut, Felicia.« Dagmar klang, als müsste sie ein paar Tränen hinunterschlucken.

»Feiere noch schön. Ich muss jetzt die Staffelei in die Wohnung bringen und mich dann auf den Weg zum Military Tattoo machen. Scott spielt dort.«

»Scott?« Wie jede Mutter horchte Dagmar sofort auf, wenn ihre Tochter den Namen eines Mannes nannte. Was genau das Military Tattoo war, wusste sie garantiert nicht, aber natürlich war es ihr in diesem Moment viel wichtiger, herauszufinden, wer Scott war.

»Er spielt Dudelsack und hat mich mit nach Edinburgh genommen«, erklärte Felicia schmunzelnd. »Ein ziemlich mürrischer Mann. Meistens. Manchmal ist er auch sehr nett.«

»Hat er etwas damit zu tun, dass du wieder malst?«

Felicia zögerte. »Irgendwie schon. Er hat die Staffelei mitgebracht. Na ja, Scott muss immer und überall seinen Willen durchsetzen. Wenn er also meint, ich sollte malen, sorgt er dafür, dass ich es tue.«

»Aha«, machte Dagmar. »Und seit wann machst du, was irgendein Mann möchte.«

»Mache ich doch gar nicht! Ich hatte eben plötzlich wieder Lust zu malen. Und das Bild ist mir gar nicht schlecht gelungen.« Mit zusammengekniffenen Augen begutachtete Felicia das Panorama von Edinburgh mit der Burg im Hintergrund. Dabei stieg ein warmes Gefühl in ihr auf, das sich fast wie Glück anfühlte.

28. Kapitel

9. August 2016
Edinburgh, Schottland

Scott hatte ihr eingeschärft, möglichst schon um zwanzig Uhr vor dem Edinburgh Castle zu sein. Auf dem großen Vorplatz der Burg, der Esplanade, fand schon seit vielen Jahren der Royal Edinburgh Military Tattoo statt. Traditionell begann die Veranstaltung um neun Uhr abends. Als sich Felicia eine knappe Stunde vorher dem Eingang näherte, schob sich bereits eine große Menschenmenge der Burg entgegen, die in den letzten Strahlen der Abendsonne leuchtete, als hätte man sie mit Blattgold überzogen.

Sie fand ihren Platz auf halber Höhe der Tribüne auf der linken Seite der Esplanade. Unter ihr brannten in der langsam hereinbrechenden Dämmerung riesige Fackeln, der Abendwind strich wie sanfte, kühle Finger über ihr Gesicht, und in der Luft um sie herum summten Tausende von Stimmen. Sie konnte italienische, spanische und auch deutsche Wortfetzen unterscheiden, manche Laute waren ihr aber auch vollkommen unbekannt.

Während sie die Atmosphäre in sich aufnahm, die trotz der großen und lauten Menschenmenge seltsam feierlich war, musste sie daran denken, wie Scott sich jetzt wohl fühlte. Obwohl er versucht hatte, es vor ihr zu verbergen, war er offensichtlich aufgeregt gewesen, als er sie gegen fünf Uhr mit der Staffelei vor den Toren der Stadt abgesetzt hatte. Jetzt verstand sie, warum selbst der stets so gelassene Gärtner aus Chaleran an diesem Abend Lampenfieber hatte. Er trat nicht allein auf, sondern in einer Gruppe von etwa zwanzig Dudelsackspielern und Trommlern. Aber das bedeutete auch, dass er den Auftritt von fast zwei Dutzend Mitspielern verderben konnte, wenn er patzte. Für ihn war es ein einmaliger Auftritt, weil er einen anderen Dudelsackspieler vertrat. Vielleicht würde er nie wieder vor dieser großartigen Kulisse und vor mehr als achttausend Zuhörern auftreten.

Sie ertappte sich dabei, wie sie ihre Hände im Schoß zu Fäusten ballte, während sich ein unruhiges Flattern in ihrem Bauch breitmachte.

Und dann begann es. Felicia hatte vorgehabt, sich Notizen zu machen. Doch aus irgendeinem Grund vergaß sie zum ersten Mal, seit sie diesen Job machte, dass sie in erster Linie Journalistin war, deren Hauptaufgabe darin bestand, später über das Erlebte zu berichten.

An diesem Abend war sie vor allem eine Frau, die atemlos vor einer märchenhaften Burg saß, deren Mauern abwechselnd in Rot und Blau und Grün erstrahlten, während sich davor beeindruckende Szenen zu einer Musik abspielten, die Felicia mit ihrer Wucht und ihrer zeitlosen Schönheit verzauberte.

An die hundert Männer im Kilt mit Bärenfellmützen marschierten mit Dudelsäcken und Trommeln auf die Esplanade. Die Reihen und Gruppen teilten sich, fanden wieder zusammen, bildeten gerade, geschwungene und sich überkreuzende Linien. Über allem schwebten die sehnsüchtig-traurigen Klänge der Dudelsäcke.

Felicia war nicht in der Lage, den Blick abzuwenden. Sie konnte ihre Eindrücke später aufschreiben. Vergessen würde sie sie mit Sicherheit nicht.

Anschließend tanzten Frauen in karierten Kleidern anmutig zu einer Musik, die von weit her über die Hügel Schottlands zu kommen schien, obwohl sie am Rande des Hofs gespielt wurde.

Als von einer Sängerin, unterstützt von einem Kinderchor, »Amazing Grace« dargeboten wurde, bemerkte Felicia aus den Augenwinkeln, dass auf den Nebensitzen Taschentücher hervorgezogen und Augen trockengetupft wurden.

Und dann kam er!

Erst als sie ihn inmitten einer Gruppe von etwa zwanzig Dudelsackspielern auf den großen Platz marschieren sah, wurde ihr klar, dass sie die ganze Zeit auf ihn gewartet hatte. Sosehr auch die anderen Darbietungen sie in ihren Bann gezogen hatten, waren sie doch nur die Vorbereitung auf diesen Moment gewesen.

Obwohl seine Kleidung sich nicht von der der anderen Pipers unterschied, erkannte sie ihn sofort und hielt für einen Moment den Atem an.

Es war aufregend, ihn dort unten zu sehen. Sie hatte mit ihm Beete bepflanzt und war stundenlang mit ihm im Auto gefahren. Der Mann in der ersten Reihe ganz links schien jedoch nichts mit Scott, dem Gärtner, gemeinsam zu haben. Er sah starr nach vorn, während er gleichmäßig in das Mundstück seines Dudelsacks blies und seine Sohlen bei jedem Schritt exakt im Takt den Boden berührten. Seine Waden in den weißen Strümpfen waren kräftig und wohlgeformt. Er trug den Kilt mit der schwarzen Jacke und der flachen, leicht schräg aufgesetzten Mütze mit derselben Würde wie bei der Gartenarbeit seine Latzhosen.

Während sie ihm mit ihren Blicken folgte, huschte ihr der Gedanke durch den Kopf, dass Scott ein Mann war, der niemals seine Würde verlieren würde, ganz gleich was geschah. Wenn er mitten auf dem großen Platz stolperte und auf den Boden fiele, würde niemand über ihn lachen. Aber selbst ein Gelächter aus tausend Kehlen könnte ihm seine Würde nicht nehmen, das wusste sie in diesem Augenblick ganz genau. Es würde ihm nicht gefallen, ausgelacht zu werden, doch er würde den Kopf in den Nacken werfen und mit festen Schritten davongehen, den Menschen, die ihn für lächerlich hielten, den Rücken kehren und sie und ihre unmaßgebliche Meinung hinter sich lassen.

Mit einem langen, schwebenden Ton endete die Darbietung. Eine Weile herrschte atemlose Stille auf den Tribünen, dann setzte tosender Applaus ein. Felicia sprang von ihrem Sitz auf, klatschte mit erhobenen Händen und riss dann die Arme hoch, um sie durch die Luft zu schwenken. »Bravo, Scott!«, rief sie. »Bravo, Highland Pipers! Bravo!«

Sie war nicht sicher, ob er im Lärm der anderen Zuschauer ihre Stimme gehört hatte, doch für einen Moment wandte er den Kopf in ihre Richtung. Aus der Entfernung konnte sie seinen Gesichtsausdruck nicht genau erkennen. War ein Lächeln über seine Züge gehuscht?

Dann war die Gruppe auch schon durch das große Tor in der Burgmauer verschwunden. Andere Darbietungen folgten, und Felicia verfolgte sie gebannt. Als der berühmte Lone Piper, von blauem Licht angestrahlt, hoch oben auf dem Turm des Castle zum Gedenken an die im Krieg gefallenen

Soldaten spielte, lief ihr eine einsame Träne die Wange hinunter, und sie machte sich nicht die Mühe, sie abzuwischen.

Die Veranstaltung endete traditionell mit dem Programmpunkt »Massed Pipes and Drums«. Alle Mitwirkenden traten gemeinsam auf. Sie spielten »Auld Lang Syne«. Dazwischen tanzten wieder die jungen Frauen und Männern von den Highland Dancers. Nachdem Felicia eine Weile ihre Blicke hektisch über die laut Programmheft etwa zweihundert Dudelsackspieler und Trommler hatte schweifen lassen, erspähte sie mitten unter ihnen Scott und seine Gruppe.

Längst war sie wie die anderen Zuschauer von ihrem Sitz aufgesprungen, wippte im Takt der Musik auf den Fußspitzen und schwenkte die Arme durch die Luft. Die schwebenden Dudelsacktöne, untermalt von den Klängen der Trommeln, die Stimmen des Chors, der Solo-Sänger auf der Esplanade und die lauthals mitsingenden Zuschauer auf den Tribünen – all das verwebte sich zu einem magischen Teppich. Für einen Moment fühlte es sich an, als würden die herrlichen Klänge Felicia durch die kühle Luft hinauf zu den Zinnen der Burg und weiter in den Abendhimmel tragen. Dann funkelten plötzlich goldene, silberne, rote, grüne und blaue Lichter über ihrem Kopf. Das Feuerwerk hatte begonnen und malte zahllose diamantene Sterne in die Nacht.

Lächelnd sah sie hinunter zu Scott, und im selben Moment hob er den Kopf. Da er ihr ihre Eintrittskarte gegeben hatte, wusste er wahrscheinlich in etwa, wo sie saß. Aber konnte er sie wirklich zwischen all den Menschen erkennen? In diesem Augenblick glaubte sie es.

***

Sie hatten verabredet, sich eine halbe Stunde nach Ende der Veranstaltung am Ausgang zu treffen.

»Du möchtest doch sicher nach dem Auftritt mit deinen Freunden feiern«, gab Felicia zu bedenken, als er ihr diesen Vorschlag machte. »Da störe ich nur.«

»Du störst nicht«, erwiderte er auf seine entschiedene Art, die gar nicht mehr so barsch auf sie wirkte, seit sie ihn besser kannte. »Ich habe dich mit nach Edinburgh gebracht, also werde ich mich auch um dich kümmern.«

Bei jedem anderen Mann hätte sie in einem Ton, der seinem an Nachdruck in nichts nachstand, erwidert, man müsse sich nicht um sie kümmern, sie käme bestens allein klar. Schließlich war Schottland nicht das erste fremde Land, in dem sie unterwegs war. Und Edinburgh auch nicht die erste Großstadt, in der sie sich zurechtfinden musste.

»Ich möchte dich gern dabeihaben«, fügte er in einem fast trotzigen Ton hinzu.

Die Bemerkung, dass es ihm gefiel, Zeit mit ihr zu verbringen, brachte sie dazu, ihn verblüfft anzustarren, während er, möglicherweise erschrocken über sich selbst, seinen Kilt glattstrich.

Nun stand sie also hier und wartete auf ihn, während die letzten Besucher die Esplanade verließen. Sie hätte die Zeit nutzen können, sich ein paar Notizen zu machen, aber die Bilder, Töne und Emotionen tobten noch immer in einem bunten Reigen durch ihren Kopf. Sie würde ein paar Stunden brauchen, um genügend Ordnung in ihren Erinnerungen zu schaffen, damit sie sie schließlich in Worte fassen konnte.

Den breitschultrigen Mann im Kilt, der mit weit ausgreifenden Schritten auf sie zukam, erkannte sie erst, als er sie schon fast erreicht hatte.

»Träumst du?«, erkundigte er sich lächelnd und blieb vor ihr stehen. »Der Tattoo ist ziemlich eindrucksvoll, nicht wahr?«

»Es war überwältigend.« Sie konnte nicht anders, als ihn anzustarren. War das wirklich der Mann, mit dem sie zusammen im Burggarten gearbeitet hatte? Es waren zweifellos seine dunkelblauen Augen, seine breiten Schultern und die dunklen Haare, die hinter den Ohren störrisch abstanden. Die Mütze hatte er abgenommen, sonst war alles wie heute Nachmittag. Zusätzlich umgab ihn jetzt aber noch der Zauber der Musik, die er und seine zahlreichen Mitspieler ihr und all den anderen Zuhörern geschenkt hatten.

Sein Lächeln hatte sich nicht verändert. Es war immer noch schief und sehr verhalten. Den linken Mundwinkel zog er höher als den rechten und sah dabei haarscharf an ihrem linken Ohr vorbei.

»Schön, dass es dir gefallen hat.« Jetzt sah er sie doch direkt an, und sein Lächeln wurde ein wenig breiter.

Sie nickte heftig.

»Wir haben beschlossen, dass wir alle im Kilt ausgehen. Ich hoffe, das stört dich nicht. Ich meine ... eine Bande Männer im Rock ...« Er zuckte mit den Schultern und strich sich über das Kinn, als würde er den Bart vermissen, hinter dem er sich bisher versteckt hatte. Die Stoppeln raschelten unter seinen Fingern.

»Es gefällt mir«, beteuerte sie. »Es ist, als wäre ich mit einer ganzen Horde Highlander unterwegs.«

Nun lachte er lauthals. »Ich muss dich enttäuschen. Du wirst nicht die einzige Frau sein, die bei unserer kleinen Feier dabei ist. Einige andere Musiker haben auch ihre Freundin oder Frau dabei.« Er stockte und sah sie erschrocken an. Im Licht der Straßenbeleuchtung wirkte das Blau seiner Augen fast so schwarz wie der Nachthimmel. »Ich wollte sagen … Natürlich bist du nicht …«

»Ich bin deine Begleitung, und es ist mir eine Ehre.« Ihr gefiel die Seite an ihm, die zum Vorschein kam, wenn er das Visier aus ruppiger Abwehr herunterklappte, mit dem er ihr in Chaleran die meiste Zeit begegnet war.

Sie hatte noch nie zu den Frauen gehört, die es anziehend fanden, wenn Männer vor Selbstsicherheit nur so strotzten und Frauen gegenüber keinerlei Selbstzweifel zeigten. Entweder fanden sie sich wirklich unglaublich toll, dann waren sie über alle Maßen arrogant. Oder sie überspielten ihre Unsicherheit, dann zeigten sie niemals ihr wahres Gesicht.

Wortlos nahm er ihren Arm und führte sie im Strom der letzten Besucher über die flache Seite des Felskegels, auf dem Edinburgh Castle stand, hinunter in die Stadt.

Scotts Freunde hatten sich bereits in einem Pub abseits der Touristenströme versammelt. In dem kleinen, schummerigen Raum mit den Tischen und Stühlen aus Eichenholz und der langen Bar wimmelte es von Männern im Kilt. Die meisten von ihnen hielten bereits ein Glas Whisky in der Hand, und alle redeten laut durcheinander.

Felicia verstand nur einzelne Worte, aber es schien um den Auftritt beim Tattoo zu gehen. Die Freude und Aufregung hatte sich noch nicht gelegt, doch das war nicht erstaunlich, zumal auch Felicia, die schließlich nur Zuschauerin gewesen war, immer noch ein Sirren in der Magengegend spürte.

»Das ist Felicia«, rief Scott in die Menge. Außer den Musikern von den *Highland Pipers* und ihren Begleiterinnen waren nur wenige andere Gäste anwesend.

Einige in der Nähe stehende Männer nickten ihr grinsend zu und hoben ihre Gläser, die anderen redeten und lachten weiter, weil sie ihr Eintreten gar nicht bemerkt hatten.

Wieder nahm Scott sie beim Arm und führte sie zur Theke, hinter der eine junge Frau stand, die mit dem Einschenken von Whisky und dem Zapfen von Ale kaum hinterherkam. Von allen Seiten wurden ihr Bestellungen zugerufen, auf die sie, wenn überhaupt, mit einem knappen Kopfnicken reagierte, ohne auch nur hinzusehen, von wem der Wunsch kam.

»Whisky?«, fragte Scott, und Felicia nickte. Ganz kurz musste sie an den Drink denken, den Finlay ihr im Wintergarten von Chaleran Castle gemixt hat. Wie anders jener Abend gewesen war! Ruhig, romantisch und seltsam vertraut.

Das hier war das sprudelnde Leben. Jetzt begannen die Männer, unterstützt von den anwesenden Frauen, zu singen.

Scott rief der Bedienung etwas zu, die in diesem Fall nicht einmal nickte. Dennoch hielt Felicia wenige Minuten später ein Glas mit einer Flüssigkeit in der Hand, die im Lampenlicht wie flüssiges Gold aussah.

Mit Schwung stieß Scott sein Glas gegen ihres, lachte und rief ihr etwas entgegen, das wie »slanschewaa« klang.

»Slanschewaa«, erwiderte sie und fragte sich, ob dies die korrekte Aussprache des gälischen Trinkspruchs »Slainte« war. Bei Gelegenheit würde sie Scott fragen, aber nicht jetzt. Jetzt lachte sie einfach nur und nahm einen kräftigen Schluck. Rauchig und würzig, mit einer ganz zarten Honignote, glitt der Whisky ihre Kehle hinab und entzündete ein kleines Feuer in ihrem Bauch.

Nannten die Schotten dieses Getränk nicht »Wasser des Lebens«? Sie sah sich um und fühlte sich in diesem Moment lebendig wie schon lange nicht mehr.

»Komm, tanzen«, forderte Scott sie auf und legte ihr einen Arm um die Taille.

»Aber ich kann das nicht!«, protestierte sie halbherzig, denn die Musik der beiden Piper, die sich in einer Ecke aufgebaut hatte, brachte ihre Knie zum Wippen.

»Natürlich kannst du das! Du wirst schon sehen.« Scott nahm ihr das Glas aus der Hand, stellte es auf der Theke ab und zog sie zwischen die anderen Tänzer, die im Takt die Füße hoben und die Köpfe in den Nacken warfen.

Natürlich konnte Felicia es nicht mit den wunderbaren Tänzerinnen von den Highland Dancers aufnehmen, denen sie vor knapp zwei Stunden zugesehen hatte. Aber sie tanzte und hatte Spaß und freute sich des Lebens.

29. Kapitel

1921
Farmosca, Spanien

29. Juni

Die Augenblicke, in denen die Angst mir die Kehle zudrückt und einen eisernen Reifen um meine Brust legt, kommen immer häufiger und bleiben immer länger. Marla, die Hebamme in unserem Dorf, sagt, dass das Kind in meinem Bauch größer und schwerer wird und ich deshalb nicht mehr so gut atmen kann, aber ich weiß, daran liegt es nicht.

Es ist auch nicht Pablos Körper neben mir im Bett, sein schwerer, lauter Atem oder das Wissen, dass er sich vielleicht in der nächsten Minute oder am nächsten Abend über mich rollen wird. Er ist kein schlechter Mann, und er kann nichts dafür, dass ich mein Leben lang einen anderen lieben werde. Mein Gefühl ihm gegenüber wäre nicht anders gewesen, wenn ich Logan nie getroffen hätte. Ich hätte nur einfach nicht geahnt, wie wunderbar es sein kann.

Nachdem ich seine letzten drei Briefe nicht beantwortet habe, bleibt Logan nun stumm. Ich stelle mir vor, dass er längst mit Malvina verheiratet ist. Warum sollte er es sich schwer machen und weiter kämpfen, nachdem ich ihm so deutliche Worte geschrieben und anschließend geschwiegen habe? Es bleibt ihm doch nichts anderes übrig, als zu glauben, ich hätte ihn vergessen. Genau wie ich lebt er nun das Leben, das von Anfang an für ihn bestimmt war.

Bis vor zwei oder drei Wochen habe ich mich noch unendlich darauf gefreut, bald sein Kind in meinen Armen zu halten. Doch dann begannen die Träume. Inzwischen kommen sie jede Nacht.

Ich sehe mein Kind. Es ist ein Junge, und er hat Logans rotbraune Haare, seine grünen Augen, seinen Mund und seine Nase. Die Liebe zu diesem wunderschönen Kind überschwemmt mich im Traum wie eine hohe, heiße Welle. Ich strecke meine Hände aus, um meinen wunderschönen Sohn zu umarmen, aber im selben Augenblick, in dem ich ihn berühre, wird er durchsichtig und löst sich vor meinen Augen in Luft auf.

Mit einem Schrei erwache ich dann. Tränen laufen über meine Wangen, und die Angst, die ich schon beim Einschlafen und auch den ganzen Tag über spüre, droht mich unter sich zu begraben.

Ich hoffe und bete und weiß doch, dass etwas Furchtbares geschehen wird. Raphaela, der ich von den Träumen erzählt habe, versucht mich zu beruhigen. Sie sagt, wenn das Kind erst einmal geboren ist, wird alles gut werden. Aber ich glaube ihr nicht.

30. Kapitel

10. August 2016
Edinburgh, Schottland

Gegen zehn Uhr morgens trat Felicia in die Küche und blinzelte gegen das helle Sonnenlicht, das durch die großen Fenster in den Raum fiel.

Scott hatte an einem Ende des langen Tischs für zwei Personen gedeckt. Als Felicia auf ihn zukam, hob er den Kopf – und da war es wieder: das schiefe Lächeln, das wie auf Zehenspitzen daherkam. Jenes Lächeln, das im Laufe der fröhlichen Party am vergangenen Abend durch ein breites, übermütiges Grinsen verscheucht worden war.

»Guten Morgen«, begrüßte sie ihn. »Bin ich zu spät? Wartest du auf mich?«

Er winkte ab. »Kein Problem. Wir waren ja erst um drei Uhr morgens wieder hier. Ich habe gar nicht damit gerechnet, dass du jetzt schon ausgeschlafen bist.«

»Ich habe überhaupt nicht geschlafen«, erzählte Felicia munter, ließ sich am Tisch nieder und griff nach einer Scheibe Brot.

Er musterte sie erstaunt. »Leidest du unter Schlaflosigkeit?«

»Ich habe bis eben an meinem Artikel geschrieben. Als wir von der Feier im Pub zurückkamen, waren plötzlich die fertigen Sätze in meinem Kopf, um von dem Abend gestern und meinen ersten Eindrücken von Edinburgh zu erzählen. Auch einige Dinge, die ich auf der Fahrt hierher gesehen hatte, musste ich unbedingt auf der Stelle beschreiben. Nun ist mein Artikel fertig.« Sie grinste ihn an und schnippte mit den Fingern.

»Das freut mich.« Scott goss ihr Tee ein.

»Allerdings ...« Sie stockte und runzelte die Stirn. »Ich hoffe, mein Chefredakteur findet den Bericht über Edinburgh nicht so toll, dass er mehr Artikel über andere Teile Schottlands will. Dann müsste ich Skye wahrscheinlich bald verlassen. Eigentlich war der Plan, durch den kurzen Ortswechsel zu erreichen, dass ich länger auf Skye bleiben kann.«

»Möchtest du nicht mehr von Schottland sehen?« Er schob ihr die Zuckerdose hin.

»Ich weiß, dass ich nicht ewig auf Skye bleiben kann, aber ...« Sie griff nach ihrem Teelöffel, hielt ihn aber bewegungslos in der Hand. »Es hört sich wahrscheinlich blöd an, aber ich habe das Gefühl, dass ich auf Skye noch irgendetwas zu erledigen habe. Als müsste ich dort ein Geheimnis lüften, etwas herausfinden, von dem ich bisher nichts wusste. Mich selbst finden. Was weiß ich.« Ihr Lachen war verlegen.

»Wenn du Lust hast, noch einen Tag zu bleiben, könnte ich dir ein paar Sehenswürdigkeiten hier in Edinburgh und in der Umgebung zeigen. Vielleicht reicht das deinem Chefredakteur erst mal.« Scott sah sie fragend an.

»Das wäre klasse. Aber ich kann das nicht von dir verlangen. Schließlich wolltest du heute zurück nach Skye fahren.«

Wie eine Fata Morgana zuckte die Andeutung eines Lächelns über sein Gesicht. »Wenn ich es nicht tun wollte, hätte ich es dir nicht angeboten.«

Sie sah ihn prüfend an, während sie überlegte, ob sie auf

seinen Vorschlag eingehen sollte. An diesem Morgen trug er Jeans und ein schwarzes T-Shirt. Was ihr in Chaleran seltsamerweise nicht aufgefallen war, ließ sich hier in Edinburgh nicht übersehen: Scott war ein überaus attraktiver Mann, und zwar von der interessanteren Sorte. Kein Schönling, sondern ein echter Kerl mit Ecken und Kanten, mit Bartstoppeln, die sie nur zu gern einmal unter ihren Fingerspitzen gefühlt hätte. Mit widerspenstigen Haaren, die niemals Gel sahen und die deshalb dazu einluden, sie noch mehr zu verstrubbeln, und mit breiten Schultern. Ein Typ, der eine Frau garantiert nicht mit ausgeklügelten Komplimenten überschüttete, um sie ins Bett zu bekommen, sich aber jederzeit für sie prügeln würde, wenn sie in Gefahr geriet.

Dieser Mann war geradeheraus und ehrlich. Wenn er schlecht drauf war, versuchte er nicht, freundlich zu erscheinen. Und wenn er ihr einen gemeinsamen Tag in Edinburgh anbot, dann tat er es, weil er Lust dazu hatte, ihr die Stadt zeigen. So einfach war das.

»Es wäre toll, wenn du mir Edinburgh zeigen würdest«, sagte sie schließlich. »Da du hier studiert hast, kennst du sicher alle besonderen Orte, die man sich ansehen sollte.«

»Sag mir hinterher, ob es besondere Orte waren, die ich dir gezeigt habe.« Er sah auf seine Armbanduhr. »Wann gehen wir los? In einer halben Stunde? Oder möchtest du dich erst noch ein bisschen hinlegen, nachdem du die ganze Nacht gearbeitet hast?«

»Nein, nein. Lass uns den Tag nutzen!« Sie spürte nicht die geringste Müdigkeit. »In einer halben Stunde bin ich fertig.« Mit gutem Appetit biss sie in ihr Brot.

***

»Am liebsten würde ich immer noch nicht schlafen gehen! Edinburgh ist so wunder-, wunderschön. Ich will noch mehr sehen. Alles will ich sehen!« Während Scott die Haustür aufschloss, sah Felicia sich suchend um, als könnte sie im letzten Moment noch ein weiteres Geheimnis dieser Stadt entdecken.

»Am allerliebsten möchte ich noch mal die unterirdische Führung durch Mary King's Close mitmachen. Das war so beeindruckend und auch ein bisschen unheimlich.« Sie kicherte und blieb vor der offenen Haustür stehen, ohne einzutreten. »Wer hätte geahnt, dass unter den Straßen der Altstadt ein ganzes Stadtviertel aus dem 17. Jahrhundert fast vollständig erhalten ist? Ich möchte noch mehr davon sehen und noch ganz andere Dinge. Noch mehr Kathedralen. Oder wir könnten uns noch mal Edinburgh Castle ansehen.«

»Um zehn Uhr abends? Bist du sicher, dass du nicht vor allem noch ein Bitter trinken möchtest?«, erkundigte Scott sich erheitert. »Ich glaube, du hast einen winzig kleinen Schwips.«

»Habe ich nicht!« Sie schnaubte empört. »Von zwei Gläsern Bier bin ich doch nicht betrunken!« Sie trat zögernd ins Treppenhaus.

»Jedenfalls hast du eine hervorragende Kondition, wenn man bedenkt, dass du vergangene Nacht nicht geschlafen hast.«

Beschwingten Schrittes begann Felicia, die möglicherweise sogar drei Bier getrunken hatte, die Treppe hinaufzusteigen. »Wenn ich betrunken bin, dann von dieser Stadt.«

Auf dem Treppenabsatz blieb sie so plötzlich stehen, dass Scott, der direkt hinter ihr war, sie leicht anrempelte. Als sie sich umdrehte, war sein Gesicht direkt vor ihrem.

»Ich danke dir, Scott! Ich liebe Skye. Dort ist es wunderschön. Aber die Zeit hier in Edinburgh, gestern Abend und heute ... Ich kann gar nicht sagen ... Das ist etwas ganz Besonderes.«

Sie musste sich nur ganz leicht vorbeugen, um ihre Lippen auf Scotts Mund zu legen. Einen winzigen Moment lang dachte sie, er würde sie wegschieben, denn der Laut, den er hervorstieß, klang wie ein leiser Protest. Dann legte er die Hände auf ihre Schultern, zog sie an sich, öffnete seine Lippen und küsste sie voller Leidenschaft und Sehnsucht.

Nach einer kleinen Ewigkeit lösten sie sich wieder voneinander. Inzwischen war die Beleuchtung erloschen, und im schwachen Licht, das durch das Fenster neben dem Treppenabsatz fiel, sah Felicia nur die Umrisse seines Kopfes und den Glanz in seinen Augen.

»Bist du sicher?«, fragte er, nachdem er sich geräuspert hatte. »Du hast etwas getrunken, und du bist müde und gleichzeitig vollkommen überdreht nach diesem anstrengenden Tag ...« Als gäbe es noch eine Menge weiterer Punkte, die er als Begründung für eine unbedachte Handlung aufzählen konnte, ließ er das Ende des Satzes in der Luft hängen.

»Es könnte aber auch sein, dass ich mich ausnahmsweise mal nicht vollkommen unter Kontrolle habe, sondern einfach meinen Empfindungen gefolgt bin.« Sie starrte Scott fragend an. Dieser Kuss war einfach passiert. Noch eine Minute vorher hatte sie keine Ahnung gehabt, was sie gleich tun würde. Doch sie bereute es nicht. Ihre Lippen kribbelten immer noch von der Hitze seiner Berührung.

»Am besten schläfst du dich erst einmal aus.« Mit seinem ausgestreckten Arm hatte er an der Wand den Lichtschalter gefunden, und Felicia blinzelte verwirrt in die plötzliche Helligkeit.

Schweigend setzte er den Weg in den zweiten Stock des nächtlich stillen Gebäudes fort. Sie folgte ihm ebenso stumm.

Als sie ihn einholte, hatte er bereits die Wohnungstür aufgeschlossen und ließ sie an sich vorbei eintreten. Sie tat einige Schritte den Flur entlang und blieb dann stehen. Scott machte sich ausgiebig an der Tür zu schaffen, schloss sie ab, drückte probeweise die Klinke herunter und drehte den Schlüssel noch einmal herum.

Sie stand einfach nur da und wartete. Irgendwann musste er sich schließlich umdrehen und sie ansehen.

Als er endlich den Kopf wandte, traf der Blick seiner dunklen Augen sie wie ein Strahl aus Feuer. Mit drei schnellen Schritten war er bei ihr, riss sie in seine Arme und küsste sie so leidenschaftlich, dass sie sich verzweifelt an seinen Schultern festklammerte.

»Du hast es nicht anders gewollt«, stieß er atemlos hervor, als er den Kopf wieder hob. »Warum bist du nicht einfach in dein Zimmer gegangen? Du solltest jetzt in dein Zimmer gehen.«

»Nein.« Die Luft in ihren Lungen reichte kaum für dieses eine Wort.

»Verdammt! Wir werden es bereuen.«

Sein funkelnder Blick versengte ihre Haut. Ihre Wangen glühten, und ihre Lippen brannten wie Feuer.

Vielleicht hatte er recht, doch in diesem Moment wusste sie nur, dass sie ihm nahe sein wollte. Jetzt und hier. Was später kam, war ihr egal.

Als er sie mit einem Ruck vom Boden hob, schlang sie die

Arme um seinen Hals und verbarg ihr Gesicht an seiner Schulter. Tief atmete sie seinen Duft ein, spürte den Rhythmus seiner Schritte und die Stärke seiner Arme. Sie hatte das Gefühl, ihr könnte nie wieder etwas Schlimmes passieren, wenn nicht für immer, dann zumindest in dieser Nacht, mit ihm an ihrer Seite.

Als er sie vorsichtig auf das breite Bett in ihrem Zimmer gleiten ließ und neben ihr auf die Matratze sank, war sie genau da, wo sie in diesem Moment sein wollte.

»Scott«, murmelte sie und liebte es, seinen Namen auszusprechen. Sie schmiegte sich an ihn, spürte seine Hände auf ihrem Körper, seinen Atem auf ihrem Gesicht. Ungeduldig zerrte sie an seinem Shirt, weil sie mehr von ihm spüren wollte. Sie wollte seine Haut an ihrer, seine Lippen auf ihrem Hals, ihren Brüsten, ihrem Bauch …

Felicia schloss die Augen und verlor sich in dieser Sommernacht in Edinburgh.

31. Kapitel

Farmosca, den 8. Juli 1921

Sehr geehrter Mister Chaleran,

bitte entschuldigen Sie, dass ich nicht genau weiß, welche Anrede für einen Mann von Ihrem Rang und aus Ihrer Familie richtig ist. Es ist schwierig für mich, diesen Brief an Sie zu schreiben, und die Frage, wie ich Sie anreden soll, ist nicht das Schwierigste daran.

Wir sind uns nie begegnet, aber Sie kennen meinen Namen, denn die Briefe an Sofia haben Sie an meine Adresse geschickt. Und von Sofia, meiner besten Freundin, weiß ich viele Dinge über Sie.

Es gab Tage, da konnte Sofia nicht aufhören, von Ihnen zu reden, denn sie liebte Sie mit jedem Schlag ihres Herzens, auch wenn sie aus bestimmten Gründen in ihren Briefen an Sie etwas anderes behauptet hat.

Als Sie Spanien verließen, trug Sofia schon Ihr Kind unter dem Herzen. Ihr blieb nicht viel Zeit, ihrem Vater die Schande zu ersparen und dafür zu sorgen, dass sie in unserem Dorf nicht zur verachteten Ausgestoßenen wurde. Auf keinen Fall sollten Sie von dem Kind erfahren. Denn dann wären Sie gekommen, um Sofia zu sich zu holen, auch gegen den Willen Ihrer Familie. Sofia wollte das nicht, denn sie glaubte, am Ende würden Sie ihr nicht verzeihen, dass Sie Ihre Familie wegen der armen Bauerntochter aus Spanien verraten haben.

Also heiratete sie einen Bauern aus dem Dorf und hoffte, er und das ganze Dorf mögen glauben, dass sie das Kind ihres Mannes zur Welt bringt.

Sie war so glücklich, als sie nach einem ganzen Tag und einer ganzen Nacht mit den entsetzlichsten Wehen endlich ihren Sohn in den Armen hielt. Er ist ein wunderhübscher kleiner Junge mit roten Haaren.

Sofias Mann warf nur einzigen Blick in die großen, grünen Augen des Kindes, dann wandte er sich wortlos ab und verließ das Haus, um sich im Gasthof zu betrinken. Nur die, die seinen Sohn nicht gesehen hatten, glaubten, dass er die Geburt seines Erstgeborenen feierte.

Als Sofias Vater das Neugeborene sah, rief er wütend: »Der Fremde aus Schottland! Wie konntest du dich mit dem reichen Kerl zur Hure machen!«

Doch Sofia beugte sich lächelnd über ihren Sohn, als würde sie die bitteren Worte ihres Vaters nicht hören. Vielleicht hörte sie sie tatsächlich nicht. Sie war von ihrem Glück umgeben wie von einer undurchdringlichen Wolke. Dabei war die große Ähnlichkeit des Neugeborenen mit dem Fremden, der neun Monate zuvor unser Dorf besucht hat, das Schlimmste, was Sofia passieren konnte.

»Gott hat mir dieses Kind geschenkt, Raphaela«, sagte sie zu mir, als wir allein waren. »Ich bin so glücklich.«

In der darauffolgenden Nacht bekam Sofia hohes Fieber. Sie war so krank, dass sie das Neugeborene nicht mehr stillen konnte. Die Hebamme musste kommen und sich um die Nahrung und Pflege des Kindes kümmern. Sofia warf sich in Schweiß gebadet auf ihrem Bett herum und murmelte unverständliche Worte vor sich hin. Sie war längst in einer anderen Welt.

Ich saß die ganze Zeit bei ihr. Pablo, ihr Mann, ließ sich nicht ein einziges Mal bei ihr blicken, und auch ihr Vater trat nur ab und zu in die Tür, näherte sich aber nicht ihrem Bett.

Als ich Sofia mit einem feuchten Tuch die Stirn kühlte, schlug sie plötzlich die Augen auf und sah mich an. Ihr Blick war ganz klar. Sie lächelte und sagte leise: »Schreib ihm von seinem Sohn. Er wird kommen und sich um ihn kümmern. Nun muss er meinetwegen nicht mehr seine Familie im Stich lassen. Alles wird gut.«

Dann schloss sie für immer die Augen.

Am vergangenen Mittwoch haben wir Sofia zu Grabe getragen. Pablos Gesicht war wie versteinert. Ihr Vater und ihr Bruder weinten, doch sie sprachen kein Wort. Niemand redete über Sofia, über ihr gütiges Herz und ihr wunderschönes Lächeln. Sie ist in unserem Dorf nur noch die Sünderin.

Ihr Sohn hat immer noch keinen Namen. Gegen einen geringen Betrag, den Sofias Vater ihr zahlt, kümmert sich die Hebamme um ihn. Ich gehe fast jeden Tag zu ihr, um das arme Kind zu besuchen, das niemand will. Er weiß noch nichts davon, wie unerwünscht er ist. Mit jedem Tag wird er hübscher, lächelt er strahlender, und seine grünen Augen leuchten wie zwei kleine Seen in der Sonne.

Wenn ich könnte, würde ich Sofias Sohn zu mir nehmen, aber meine Familie ist arm, und ich hoffe schon bald zu heiraten und eigene Kinder zu bekommen. Mein künftiger Mann wird sicher kein fremdes Kind durchfüttern wollen.

Hatte Sofia in ihrer letzten Stunde recht, und Sie werden tatsächlich kommen, um Ihren Sohn zu sich zu holen?

Ich wünsche es mir sehr für das unschuldige Wesen. Es kann nichts dafür, dass niemand es will.

Ihre ergebene
Raphaela Soarez

32. Kapitel

11. August 2016
Chaleran, Isle of Skye, Schottland

Scott fuhr den Rolls-Royce durchs Burgtor und in einem schwungvollen Bogen direkt vor den Eingang zum Hauptgebäude. Eigentlich hätte Felicia jetzt ein paar wohlüberlegte Worte zum Abschied sagen und aussteigen sollen. Aber ihr fiel nichts ein. Und Scott war noch nie ein Mann großer Worte gewesen. Natürlich erst recht nicht nach einer gemeinsamen Nacht, deren Zauber keine Worte gebraucht hatte.

Zögernd sah Felicia ihn von der Seite an. Er starrte noch mindestens eine Minute durch die Windschutzscheibe, bevor er den Kopf wandte. Dann aber zuckte jenes Lächeln über seine Züge, das wie ein Sonnenstrahl an einem regenverhangenen Tag war.

Sie spürte, wie ihre Mundwinkel sich ganz von selbst hoben und ihre Lippen sich öffneten, während sich in ihrer Brust und in ihrem Bauch ein warmes Gefühl ausbreitete.

»Vielen Dank«, sagte sie, nachdem sie einander eine kleine Ewigkeit angelächelt hatten.

»Wofür?« Er runzelte die Stirn.

»Für alles. Zum Beispiel für den Military Tattoo. Du warst toll als Piper. Ich werde nie wieder einen Dudelsack hören können, ohne daran zu denken, wie du auf den großen Hof vor dem Edinburgh Castle marschiert bist.«

Jetzt grinste er breit. »Na ja, allein war ich da nicht gerade unterwegs.«

»Ich habe aber hauptsächlich dich gesehen.« Sie senkte den Blick. Normalerweise sagte sie solche Dinge nicht. Aber bei Scott musste sie keine Sorge haben, dass er vor lauter Arroganz unausstehlich wurde. Er würde immer mit beiden Beinen auf dem Boden bleiben, dessen war sie sich sicher.

Sie kicherte leise. »Na ja, du warst der einzige Mitwirkende, den ich kannte.«

Wieder schwiegen sie lange und sahen sich einfach nur an.

»Danke dafür, dass du mir die schönste Stadt der Welt gezeigt hast.« Felicia strich sich eine widerspenstige Haarsträhne aus der Stirn. »Jedenfalls ist es ab sofort für mich die schönste Stadt der Welt.«

»Ich finde sie auch ziemlich schön«, gab Scott zu. »Aber Skye gefällt mir noch besser.«

»Skye ist auf eine andere Art schön. Es ist die schönste Insel der Welt.«

»Es scheint dir bei uns in der Gegend ziemlich gut zu gefallen.« Scotts schiefes Lächeln war so bezaubernd, dass sie es ihm am liebsten von den Mundwinkeln geküsst hätte. Dummerweise war die leidenschaftliche Nacht vorbei, in der alles so einfach gewesen war.

Nach wenigen Stunden Schlaf war sie mit dem Kopf auf Scotts Schulter erwacht. Ihre Hand ruhte auf seiner Brust, die sich ruhig hob und senkte. Eine Weile lag sie ganz still da und lauschte seinen tiefen Atemzügen. Dann stützte sie sich vorsichtig auf den Ellbogen, um den Mann anzusehen, für den sie vollkommen unerwartet derart überwältigende Gefühle entdeckt hatte, dass bei der Erinnerung an die vergangenen Stunden heiße Schauer ihren Körper durchliefen.

Doch es gelang ihr nicht, ihn im Schlaf zu beobachten.

Nachdem sie ihn wenige Sekunden angesehen hatte, riss er die Augen auf.

»Guten Morgen«, flüsterte sie und wollte sich vorbeugen, um ihn zu küssen.

Er zuckte zurück und rutschte hastig in Richtung Bettkante. »Guten Morgen«, erwiderte er aus sicherer Entfernung, während er auf dem Fußboden nach seinen Sachen angelte.

»Ist irgendwas?«

»Ich weiß nicht, wie das passieren konnte«, murmelte er, schon auf der Bettkante sitzend.

»Na ja, wie solche Dinge eben passieren.« Sie zuckte mit den Schultern und spürte, wie die Wärme in ihrer Brust einem Gefühl der Leere wich. Er hatte recht. Natürlich war es ein Fehler gewesen, auch wenn es sich überhaupt nicht so angefühlt hatte. Sie kannten sich kaum, und in wenigen Tagen würde sie Skye verlassen.

Von jenem Moment bis zu ihrem Eintreffen auf der Isle of Skye wechselten sie nur wenige nichtssagende Sätze. Währenddessen schwebte riesengroß wie ein Raubvogel mit ausgebreiteten Schwingen die Frage über ihnen, wie sie mit dem, was in der vergangenen Nacht geschehen war, umgehen sollten. Es war im wahrsten Sinne des Wortes überwältigend gewesen. Wenn sie aber zuließen, dass es weiterging, würde unweigerlich der Schmerz des Abschieds kommen.

Im milden Licht hinter den getönten Scheiben des Rolls-Royce sah Felicia dem Mann, der sie dazu gebracht hatte, all ihre guten Vorsätze zu vergessen, direkt in die Augen.

Sie durfte nicht aus diesem Auto aussteigen, ohne mit Scott zu klären, was die Nacht in Edinburgh zu bedeuten hatte.

»Die vergangene Nacht ...«, begann sie, nachdem sie sich geräuspert hatte, ohne auf diese Weise den Kloß in ihrer Kehle loszuwerden. »Ich tue solche Dinge nicht, wenn ich sie nicht meine.«

»Ich auch nicht.« Das kam ohne jedes Zögern. »Du hattest allerdings ziemlich viel getrunken und warst total übermüdet. Deshalb solltest du überlegen, ob ...« Er stockte.

»Ich war sehr klar im Kopf. Selbst wenn ich getrunken habe, springe ich nicht mit dem Erstbesten ins Bett.«

»Wenn es tatsächlich etwas zu bedeuten hatte, macht das die Sache nicht einfacher«, behauptete er und sah starr nach vorn.

»Allerdings«, stimmte sie ihm eilig zu. »Ich lebe in Deutschland, und hier ...« Jetzt war sie es, die mitten im Satz abbrach. »Es geht dir gar nicht um die Entfernung zwischen unseren Wohnorten, nicht wahr?« Sie starrte ihn so angestrengt an, dass ihre Augen brannten.

Er zuckte mit den Schultern. »Wenn du nach Deutschland zurückkehren musst, könnten wir vielleicht eine Lösung finden.« Er sprach so leise, dass sie ihn kaum verstand. Dabei umklammerte er mit beiden Händen das lederbezogene Lenkrad des Luxuswagens.

»Was ist es dann?« Hätte sie nicht die Blässe um seinen Mund bemerkt, wäre sie vielleicht wütend geworden. So aber wartete sie, so ruhig es angesichts des Summens in ihrem Magen eben ging, auf seine Antwort.

»Während meines Studiums in Inverness war ich sehr verliebt«, sagte Scott nach einer langen Pause. »Vom ersten Moment an war sie für mich die Liebe meines Lebens. Als sie an dieser schrecklichen Krankheit qualvoll starb, wusste ich ...

dachte ich, ich würde nie wieder lieben, mich nie wieder auf eine Frau einlassen. Das ist jetzt über fünf Jahre her. Die ganze Zeit war mein Herz wie eingefroren.« Er strich sich mit dem Handrücken über die Stirn, als sei ihm plötzlich heiß geworden.

»Und jetzt?«, flüsterte sie und spürte den wilden Trommelschlag ihres Herzens.

»Jetzt bist du da, und ich weiß nicht, was ich tun soll. Schon als ich dich zum ersten Mal sah, habe ich gemerkt, wie gefährlich du mir werden kannst. Es war fast so wie damals bei Tamara. Das konnte ich kaum ertragen.« Selbst von der Seite konnte sie erkennen, dass seine Augen verdächtig glänzten. »Deshalb habe ich mich dir gegenüber oft so schroff benommen. Es tut mir leid, aber ich wollte dich einfach nur auf Abstand halten. Ich war schrecklich verwirrt, weil es dir mit ein paar Blicken und wenigen Worten gelungen war, das Eis in mir zum Schmelzen zu bringen.«

»Hattest du vor, dein Leben lang dieser Frau treu zu bleiben?«, erkundigte sie sich mit leiser Stimme.

Er zuckte mit den Schultern. »Darum geht es nicht. Ich habe schreckliche Angst davor, einen solchen Schmerz noch einmal erleben zu müssen. Sie zu verlieren war das Schrecklichste, was ich jemals durchgemacht habe. Bei dem Gedanken, so etwas noch einmal ... Ich will das nicht.« Er atmete tief ein und schloss die Augen, als könnte er auf diese Weise die qualvollen Gefühle aussperren, vor denen er sich so fürchtete.

»Das war sicher furchtbar.« Spontan legte sie ihre Hand über seine, die immer noch krampfhaft das Lenkrad festhielt. »Aber vor lauter Angst, das Glück zu verlieren, ein ganzes Leben lang darauf zu verzichten, ist vielleicht auch nicht der richtige Weg.«

Zu ihrem Erstaunen nickte er. »Ich weiß. Aber ich bin ein Feigling.«

»Letzte Nacht warst du kein bisschen feige«, erinnerte sie ihn.

»Letzte Nacht hat es mich mitgerissen. Du hast mich mitgerissen. Es war ...« Er stockte, und sie hörte ihn krampfhaft schlucken. »Es war wunderschön. Aber ich weiß nicht, ob ich den Mut habe, mich darauf einzulassen.«

»Das musst du ganz allein herausfinden. Genau wie ich versuchen muss zu begreifen, was das zwischen uns für mich bedeutet.« Felicia tastete nach dem Türgriff neben sich. »Ein paar Tage bleibe ich auf jeden Fall noch hier auf Skye.«

Mit einem Ruck lehnte er sich zur Seite und hielt ihre Hand fest, bevor sie die Tür öffnen konnte. »Ich danke dir, Felicia. Für die wunderbare Nacht, für die Zeit in Edinburgh, für die Stunden, die wir vorher hier auf der Insel miteinander verbracht haben.«

Sie kniff die Augen zusammen und starrte ihn an. »Soll das so was wie ein Abschied sein?«

»Ich weiß es nicht.« Er wich ihrem fragenden Blick aus.

»Wir müssen beide nachdenken«, wiederholte sie streng, bevor sie erneut die Hand nach der Tür ausstreckte. Dieses Mal ließ er zu, dass sie ausstieg.

Als sie beim Kofferraum ankam, war er schon da, öffnete die Klappe und reichte ihr ihre Reisetasche. Dann griff er nach dem Bild, das sie am ersten Tag in Edinburgh gemalt hatte.

»Versprich mir, dass du weitermalst.« Er rollte das Gemälde ein kleines Stück auf und betrachtet Edinburgh Castle im Abendlicht.

Das klang so sehr nach Abschied, dass sie die Lippen aufeinanderpresste und schwieg. Dann beugte sie sich vor, um ihn zum Abschied auf die Wange zu küssen. Doch irgendwie traf sie seinen Mund.

Sofort war der Zauber der vergangenen Nacht wieder da. Das Kribbeln und Summen in all ihren Gliedern, die wolkige Leere in ihrem Kopf, das Verlangen und die Hitze. Zum Glück musste sie ihr Gepäck festhalten, sonst hätte sie die Arme um ihn geschlungen und sich geweigert, ihn loszulassen.

So aber blieb ihr Kuss kurz und heftig. Sie richteten sich beide gleichzeitig kerzengerade auf und sahen einander stumm in die Augen. Dann nickte sie ihm zu wie einem flüchtigen Bekannten, wandte sich entschlossen ab und ging zum Eingang von Chaleran Castle, ohne sich noch einmal umzudrehen.

Nachdenklich durchquerte sie die Eingangshalle in Richtung Westflügel. Aus einem der Zimmer hörte sie Amelias aufgeregte Stimme. Offenbar telefonierte sie, denn ab und zu blieb es längere Zeit still, wenn sie ihrem Gesprächspartner am anderen Ende der Leitung lauschte.

Felicia achtete nicht auf Amelias Worte. Sie hatte genug, worüber sie nachdenken musste. Erst als sie ihren Namen hörte, verlangsamte sie ihre Schritte.

»Sind Sie sicher? Sie nennt sich jetzt Felicia. Ist das der Name des Mädchens in Argentinien?«

Mit wem sprach Amelia am Telefon über ihre Herkunft und ihre Geschichte? Felicia stellte die schwere Reisetasche ab und blieb neben der angelehnten Tür zu dem kleinen Büro stehen, in dem Amelia Schreibarbeiten zu erledigen pflegte. Natürlich gehörte es sich nicht zu lauschen, aber es gehörte sich ebenso wenig, Informationen über Gäste des Hauses an wen auch immer weiterzugeben. Es war ihr gutes Recht, herauszufinden, was hier vor sich ging.

»Und Ihr Kontakt in Buenos Aires ist sich ganz sicher? Ich möchte auf keinen Fall Felicia und meine Familie informieren, wenn sich später herausstellt, dass es sich um einen Irrtum handelt.«

Wieder eine Pause, während Amelias Gesprächspartner redete. Aus dem Büro war das Klacken zu hören, mit dem Amelia die Miene eines Kugelschreibers vor- und zurückschnellen ließ. Dann klang es, als würde sie mit ihrem Schreibtischstuhl zurückrollen und aufstehen.

Instinktiv zog Felicia sich von der Tür zurück und bewegte sich ein paar Schritte in Richtung Westflügel. Am besten war es, wenn sie jetzt erst einmal in ihr Zimmer ging und Amelia bei der nächsten Gelegenheit darauf ansprach, weshalb sie Nachforschungen über ihre Herkunft anstellte.

Während sie den langen Korridor entlangging, fragte sich Felicia, was Amelia in Argentinien so dringend über sie herausfinden wollte. Man hatte sie vor mehr als fünfundzwanzig Jahren vor der Tür eines Waisenhauses in Buenos Aires ausgesetzt. Das war zumindest bei den Nachforschungen der Kaufmanns herausgekommen. Allerdings hatten Dagmar und Volker es angesichts der chaotischen Verhältnisse, die damals in Argentinien geherrscht hatten, relativ schnell aufgegeben, etwas über Felicias leibliche Eltern herauszufinden.

In ihrem Zimmer griff Felicia sofort nach dem Handy und rief ihre Mutter an.

»Wie schön, dass du dich meldest!« Felicia wusste genau, dass Dagmar um diese Zeit in ihrem Laden mit der Abrechnung beschäftigt war. Dennoch klang sie ehrlich begeistert über den Anruf ihrer Tochter. »Wo bist du gerade? Immer noch in Edinburgh?«

»Ich bin gerade nach Chaleran Castle zurückgekehrt. Skye ist toll, Edinburgh ist toll, ganz Schottland ist wunderbar.« Obwohl Felicia eine ganz bestimmte Frage auf der Seele brannte, wusste sie plötzlich nicht, wie sie sie formulieren sollte.

»Ich habe schon zu deinem Vater gesagt, dass wir für nächstes Jahr einen Schottlandurlaub planen sollten. Du kannst uns sicher viele Tipps geben.«

»Ich muss dich etwas fragen. Es ist wichtig«, platzte Felicia heraus.

»Ist etwas nicht in Ordnung? Brauchst du Hilfe?« Sofort kam bei Dagmar die besorgte Mutter durch.

»Nein. Doch. Ich habe nur überlegt ...« Sie atmete tief durch und fing noch einmal von vorn an: »Ihr habt mir erzählt, dass ihr bei meiner Adoption versucht habt, etwas über meine leiblichen Eltern zu erfahren. Weil ich als Erwachsene die Möglichkeit haben sollte, mit ihnen Kontakt aufzunehmen, falls ich das will.«

»Ja, so dachten wir. Aber man konnte uns nicht mehr sagen, als dass du vor der Tür des Waisenhauses ausgesetzt worden warst. Warum beschäftigt dich das plötzlich wieder? Ich weiß, dass du dich manchmal fragst, warum deine Eltern dich weggegeben haben. Aber ich dachte, inzwischen hast du dich vielleicht damit abgefunden, dass das für immer ein Geheimnis bleiben wird.«

»Manchmal ist alles gut, wie es ist, und dann wieder spüre ich diese Lücke. Glaubst du, es gibt noch irgendetwas, das ich tun könnte, um meine Eltern zu finden?« Für den Bruchteil einer Sekunde huschte Felicia die Frage durch den Kopf, ob ihre Adoptiveltern vielleicht sehr wohl wussten, wer ihre argentinischen Eltern waren, es ihr aber verheimlicht hatten.

Sie hatte während der vergangenen Jahre viele Bücher zum Thema Adoption gelesen. Über Menschen wie sie, die ihre wahre Herkunft nicht kannten. Nicht selten wurde darüber berichtet, dass die Adoptiveltern ihr Wissen über die leiblichen Eltern für sich behielten, weil sie Angst hatten, ihre Kinder könnten sich von ihnen abwenden. Ihre Eltern waren nicht so. Das hatte sie sich immer wieder gesagt. Aber konnte sie wirklich sicher sein?

»Wir haben damals in Argentinien sogar jemanden mit Nachforschungen beauftragt. Theoretisch kann sich dieser Mann das Geld einfach in die Tasche gesteckt und gar nichts getan haben.« Felicia konnte vor sich sehen, wie ihre Mutter die Stirn in Falten legte und die Augen zusammenkniff, während sie nachdachte.

»Wir hätten vielleicht einen zweiten Detektiv nachforschen lassen sollen. Doch das war teuer, und damals erschien es uns nicht so wichtig. Wir waren so glücklich, dich zu haben. Als wir dich im Kinderheim abholten, versicherte man uns, es käme in Argentinien häufig vor, dass Kinder einfach ausgesetzt wurden, weil die Eltern kein Geld hatten oder sich aus irgendeinem Grund nicht um ihr Kind kümmern konnten. Dann fand man angeblich fast nie heraus, woher diese

Kinder stammten. Und da deine leiblichen Eltern dich offenbar ohnehin nicht wollten ...« Dagmar Kaufmanns Stimme erstarb.

»Vielleicht war ja auch alles ganz anders. Vielleicht wurde ich meinen Eltern gestohlen und an die Adoptionsagentur verkauft, die natürlich nicht das geringste Interesse daran hatte, dass die Wahrheit herauskommt.«

»Das ist natürlich möglich«, sagte Dagmar nach einer langen Pause. »Aber wie hätten wir es herausfinden sollen, wenn alle Beteiligten es unter allen Umständen geheim halten wollten?«

Felicia unterdrückte einen Seufzer. »Ihr könnt nichts dafür. Ich mache euch keinen Vorwurf und bin euch unendlich dankbar, dass ihr mich aufgenommen und mir eine schöne Kindheit geschenkt habt. Es ist nur, dass ich mich immer und immer wieder frage, wieso ...«

In diesem Moment klopfte es an Felicias Tür. Mit dem Handy am Ohr öffnete sie. Draußen stand Amelia und sah sie aus weit aufgerissenen Augen an.

»Entschuldige, dass ich störe. Ich habe gesehen, dass du deinen Zimmerschlüssel vom Haken genommen hast. Wir müssen ganz dringend mit dir sprechen, Felicia. Kannst du nach unten kommen?«

Felicia nickte. »In fünf Minuten?« Sie spürte ihren Herzschlag bis in die Kehle. Was war hier nur los? Ging es tatsächlich um ihre argentinische Herkunft? Aber was hatten die Chalerans damit zu tun? Sie bildeten sich doch nicht wirklich ein, dass sie Maiga war? Das konnte einfach nicht sein.

Amelia drehte sich um und zog die Tür hinter sich zu.

»Ich muss Schluss machen. Amelia möchte dringend mit

mir sprechen. Ich weiß nicht, worum es geht. Es ist alles so merkwürdig. Ich glaube, sie hat in Argentinien Nachforschungen über mich anstellen lassen.« Plötzlich fiel es ihr schwer, die Verbindung zu ihrer Mutter zu unterbrechen. Dagmar hatte ihr zusammen mit Volker all die Jahre Halt gegeben und Liebe geschenkt. Vielleicht wollte sie selbst auch gar nicht wissen, wer ihre leiblichen Eltern waren und warum sie sie fortgegeben hatten. Was ging das alles überhaupt Amelia Chaleran an?

»Mach's gut, mein Herz.« Die Stimme ihrer Mutter war wie eine Umarmung.

»Du auch, Ma. Und grüß Papa schön und meine Geschwister auch, wenn du sie siehst.«

»Wir sind immer für dich da, Feli. Ganz gleich was passiert.«

Mit diesen Worten ihrer Mutter im Ohr verließ Felicia ihr Zimmer. Bei jedem Schritt den Gang entlang und jeder Stufe die Treppe hinunter fragte sie sich, was die Chalerans ihr zu sagen hatten.

33. Kapitel

Chaleran Castle, den 20. Juli 1921

Sehr geehrte Señorita Raphaela,

mit diesen Zeilen sende ich Ihnen meinen ehrerbietigsten Dank für Ihren Brief. Was Sie mir mitzuteilen hatten, zerriss mir das Herz. Sofia, die ich aus tiefster Seele liebe, ist tot! Der Gedanke, sie niemals wiederzusehen, tötet auch mich fast.

Es vergeht keine Minute, in der ich mir nicht die furchtbarsten Vorwürfe mache, sie nicht schon vor Monaten als meine Frau zu mir nach Schottland geholt zu haben. Wäre ihr Kind, unser Sohn, auf Chaleran Castle zur Welt gekommen, würde sie vielleicht noch leben. Hier gibt es hervorragende Ärzte, sie hätte eine gute Pflege gehabt, und ich wäre nicht von ihrer Seite gewichen, bis sie wieder gesund gewesen wäre.

Doch nun ist es, wie es ist. Niemand kann das noch ändern. Sie, verehrte Señorita Raphaela, schreiben, Sofia sei im Moment ihres Todes glücklich gewesen. Sie nahm an, ich würde kommen und unseren Sohn zu mir nach Schottland holen. Genau das werde ich tun! Mit Sofias Vater und ihrem Ehemann werde ich mich heute ebenfalls noch in Verbindung setzen. Ich gehe davon aus, dass die beiden Herren froh sein werden, das Kind der Liebe zwischen Sofia und mir loszuwerden. Ich jedoch werde überglücklich sein, dieses Kind bei mir zu haben. Sofias Vermächtnis, unseren Sohn.

Seien Sie versichert, dass er das Licht in einem Leben sein wird, das mir durch den Tod meiner einzigen Liebe nur noch düster und traurig erscheint. Um seinetwillen werde ich weiterleben und versuchen, ihm den Weg zu einem glücklicheren Leben zu zeigen, als meines es nun noch sein kann.

Empfangen Sie nochmals meinen tiefempfundenen Dank. Ich bin glücklich und froh, dass Sofia eine so gute Freundin wie Sie hatte, nachdem ich sie schmählich im Stich ließ. Sie war ein wunderbarer Mensch und hatte ein wunderbares Leben verdient. Nun war es viel zu kurz und zu schwer, doch ich bete jeden Abend darum, dass sie vom Himmel aus als Engel auf ihren Sohn herabschaut und ihn von dort oben behütet. Wenn ich hier auf Erden mein Bestes gebe, wird dieses Kind hoffentlich ein gutes Leben haben.

Auch Ihnen, Señorita Raphaela, wünsche ich für die Zukunft nur das Allerbeste. Nehmen Sie die beiliegende Goldmünze als bescheidenen Dank für das, was Sie für Sofia, für mich und für unseren Sohn getan haben.

*Ihr ergebener
Logan Chaleran*

34. Kapitel

11. August 2016
Chaleran, Isle of Skye, Schottland

Als Felicia die Eingangshalle von Chaleran Castle erreichte, hörte sie leise Stimmen aus dem Esszimmer. Langsam und mit viel zu schnell klopfendem Herzen näherte sie sich der offenstehenden Tür. Da Isla und Colin bereits vor einigen Tagen abgereist waren, hatte sie angenommen, dass nur Amelia und Ian sie erwarteten. Beim Eintreten stellte sie fest, dass auch Finlay am Tisch saß.

»Es ist unfassbar, wahrscheinlich werdet ihr mir nicht glauben, wenn ihr es hört, aber es scheint wahr zu sein«, sagte Amelia soeben. Als Felicia im Türrahmen auftauchte, stockte sie.

»Bitte setz dich zu uns.« Amelia deutete auf den Stuhl neben Finlay. Auf diese Weise saßen Felicia und Finlay an dem dunklen Holztisch Amelia und Ian direkt gegenüber.

Wie Angeklagte, schoss es Felicia durch den Kopf, während sie sich auf den ihr zugewiesenen Platz sinken ließ. Finlay wandte den Kopf, und sein Lächeln war warm und freundlich. Sie erwiderte es flüchtig, weil sie plötzlich daran denken musste, wie sie im Tal der Feen seinen Kuss abgewehrt hatte, Scott aber so willig in die Arme gesunken war. Doch damit konnte sie sich jetzt nicht beschäftigen.

»Ich muss euch zuallererst eine Frage stellen, bevor ich euch erkläre, worum es geht«, begann Amelia mit einem tiefen Seufzer. »Eine Frage, die mich seit ein paar Tagen ununterbrochen quält.«

»Worum geht es denn?«, erkundigte Finlay sich erstaunt.

Felicia blieb stumm und ließ ihren Blick von einem zum anderen wandern. Saß sie hier tatsächlich auf der Anklagebank? Gemeinsam mit Finlay?

»Es ist nicht so, dass ich euch einen Vorwurf machen möchte«, fuhr Amelia fort, als hätte sie Felicias Gedanken gelesen. »Ihr konntet es ebenso wenig ahnen wie ich. Erst als ich das Muttermal sah ...«

»Nun frag endlich, was du fragen willst!«, unterbrach Finlay seine Mutter ungeduldig.

Auf Ians Stirn erschien eine senkrechte Falte. Wusste er, worum es ging, oder war das, was seine Frau erzählen wollte, auch für ihn neu?

Amelia holte tief Luft. »Ich weiß, dass zwischen euch von Anfang an eine gewisse Sympathie herrschte, und deshalb mache ich mir ernsthafte Gedanken. Seid ihr euch ... Wie soll ich es sagen? Seid ihr einander sehr nahe gekommen?«

Felicia und Finlay starrten erst Amelia, dann einander überrascht an. Über dem Tisch lag angespanntes Schweigen. Schließlich schüttelten beide gleichzeitig den Kopf.

Amelia presste sich mit einem erleichterten Aufatmen die Hand auf die Brust, als hätte sie selten eine so positive Nachricht erhalten als die, dass ihr Sohn und die Frau aus Deutschland nichts miteinander gehabt hatten.

»Bist du neuerdings als Sittenwächter unterwegs?«, erkundigte Finlay sich nach einem Moment des unbehaglichen Schweigens bei seiner Mutter. »Und hättest du irgendetwas gegen Felicia als meine Freundin einzuwenden? Was nicht ist, kann schließlich noch werden.«

»Nein«, sagte Felicia schnell.

»Besser nicht«, bemerkte Amelia hastig.

»Was ist hier eigentlich los?« Finlay runzelte die Stirn und ließ seinen Blick zwischen seiner Mutter und Felicia hin und her wandern.

»Ich habe nicht das Geringste gegen Felicia. Sie ist eine zauberhafte junge Frau«, beeilte Amelia sich zu beteuern. »Allerdings sollte sie nicht deine Freundin werden.«

»Rück endlich mit der Sprache heraus! Was willst du uns eigentlich sagen?«, mischte sich an dieser Stelle überraschend Ian ein. Er wirkte ebenso ungeduldig, wie seine Worte klangen.

»Ihr seid Geschwister«, platzte Amelia heraus.

Felicia drehte den Kopf und sah Finlay an, und im selben Moment wandte er sich ihr zu.

»Quatsch«, sagte er nach einer kleinen Pause.

»Das kann nicht sein«, ergänzte Felicia etwas verspätet. »Ich weiß, dass eure kleine Tochter Maiga entführt wurde, aber mit mir kann das nichts zu tun haben. Ich wurde in Argentinien geboren. Und eure Tochter ... War es nicht so, dass die Entführer sie ...« Sie brachte das Wort *getötet* nicht heraus. Offenbar hatte Amelia dieses Trauma nie überwunden. Deshalb redete sie sich nun ein, dass ein x-beliebiges Adoptivkind aus Deutschland, dessen Alter etwa passte, ihre verlorene Tochter war.

»Es ist unglaublich. Ich selbst wage kaum, es zu glauben, aber der Detektiv in Argentinien behauptet, es gäbe so gut wie keinen Zweifel.« Amelia pustete sich eine rotbraune

Haarsträhne aus der Stirn, faltete ihre Hände auf der Tischplatte und löste gleich darauf die Finger wieder voneinander.

Alle am Tisch sahen einander stumm an, bis Felicia sagte: »Wir könnten einen Vaterschaftstest machen, wenn du tatsächlich meinst, ich wäre eure entführte Tochter Maiga.« Unumstößlichen Tatsachen würde die verzweifelte Mutter sich doch wohl hoffentlich beugen. Vage erinnerte Felicia sich an Filme und Geschichten, in denen Menschen mit wahnhaften Vorstellungen sich selbst angesichts des zweifelsfrei bewiesenen Gegenteils immer noch an ihre Ideen klammerten.

»Natürlich werden wir einen Vaterschaftstest machen.« Amelia klang nicht im Geringsten verrückt, sondern wirkte jetzt, nachdem sie ihre ungeheuerliche Mitteilung ausgesprochen hatte, fast abgeklärt.

Ohne ein Wort stand Amelia auf und holte das Foto vom Büfett, auf dem Maiga als ganz kleines Mädchen zu sehen war. Sie hielt es Felicia so dicht vor die Augen, dass sie ihren Kopf zurücklehnen musste, um das Bild erkennen zu können.

»Die dunklen Haare kann man auf dem Foto wegen des Hütchens nicht sehen, aber es sind deine Augen. Maiga war unser dunkles Kind.« Zärtlich strich Amelia mit den Fingerspitzen über das Bild. »Sie war das eine Kind, das in jeder Generation, seit Sofia und Logan einen gemeinsamen Sohn hatten, mit dunklen Haaren und dunklen Augen zur Welt kam. Du hast doch ihre Geschichte gelesen, nicht wahr?«

Felicia runzelte die Stirn. Das hier wurde immer verwirrender. Was sollte ihre Herkunft mit der alten Geschichte zu tun haben? »Sofias Tagebuch habe ich durchgelesen und auch die meisten Briefe, die in der Schatulle waren. Es fehlen nur noch ganz wenige. Ich weiß, dass Sofia kurz nach der Geburt ihres Sohnes gestorben ist und dass ihre Freundin Raphaela daraufhin Logan geschrieben hat, weil Sofias Ehemann das Kind nicht als seines anerkannte. Es hatte rote Haare und grüne Augen.« Sie warf den Kopf zurück und sah Amelia herausfordernd an. Dass selbst Logans Sohn mit der dunkelhaarigen Spanierin rotbraune Haare gehabt hatte, war eher ein Hinweis darauf, dass sie mit ihren dunkelbraunen Haaren und den dunklen Augen nicht mit den Chalerans verwandt war.

»Logan holte seinen Sohn damals tatsächlich hierher nach Chaleran Castle. Er nannte ihn John und zog ihn gemeinsam mit seinen anderen Kindern auf«, erzählte Amelia mit leiser Stimme. Über Felicias Kopf hinweg sah sie durchs Fenster hinaus in den Garten, den Scott inzwischen nach den historischen Plänen fast fertig angelegt hatte.

Vielleicht hatte er zu Logans Zeit genau so ausgesehen. Mit Besenheide, die nun, Anfang August, langsam ihre Blüten öffnete, mit zarten Gräsern, die sich sanft mit jedem Luftzug wiegten, und mit Rhododendren und Ginster an den Rändern, die im Frühling üppig blühen würden.

»Logan hatte also noch Kinder mit einer anderen Frau?« Dieser Gedanke enttäuschte Felicia ein wenig. Es hätte ihr besser gefallen, wenn Logans Liebe zu Sofia stärker als der Tod gewesen wäre. Aber eine so überaus romantische Wunschvorstellung konnte in der Wirklichkeit nicht bestehen, so viel war ihr klar.

»Lies die letzten Briefe«, empfahl Amelia. »Es war kompliziert und traurig.«

»Ich verstehe nicht so ganz, was die alte Geschichte damit zu tun hat, dass du uns aus heiterem Himmel erklärst, Felicia und Finlay seien Geschwister«, ließ Ian sich an dieser Stelle der Unterhaltung ungeduldig vernehmen. »Wie kommst du auf den Gedanken, dass diese junge Frau unsere Maiga ist? Irgendwann werden wir akzeptieren müssen, dass wir sie für immer verloren haben. Haben wir nicht damals nach der Therapie beschlossen, sie in Gedanken freizugeben und zu hoffen, dass sie irgendwo in Frieden ruht?«

»Das habe ich getan«, beteuerte Amelia. »Als Felicia zu uns kam, mochte ich sie vom ersten Augenblick an. Und Isla hat sie sofort wie eine gute Freundin, wie eine Schwester, behandelt.«

»So etwas kommt vor. Willst du etwa behaupten, ich war so gern mit Felicia zusammen, weil sie meine Schwester ist?« Finlay war plötzlich seltsam blass.

»Es ist ja nichts passiert«, beruhigte seine Mutter ihn. »Oder doch?«

Wieder schüttelten Felicia und Finlay gleichzeitig die Köpfe. Plötzlich huschte Felicia der Gedanke durch den Kopf, wie merkwürdig zurückhaltend sie sich beide verhalten hatten, obwohl von Anfang an klar gewesen war, dass sie sich sehr mochten. Natürlich hatte zumindest sie ihre Gründe gehabt, sich nicht Hals über Kopf in eine Affäre oder gar eine Beziehung mit Finlay zu stürzen. Sie wollte sich den Schmerz ersparen, den ihre Rückreise nach Deutschland in einem solchen Fall unweigerlich mit sich gebracht hätte. Komischerweise hatten Vernunftgründe sie nicht davor zurückgehalten, sich Herz über Kopf in Scotts Arme zu stürzen. Und wenn der Unterschied zwischen ihrer Zuneigung zu Finlay und der Leidenschaft, die Scott in ihr ausgelöst hatte, tatsächlich darin lag, dass ihre Gefühle für Finlay die einer Schwester für ihren Bruder waren?

»Sie hat das Muttermal unter dem linken Schulterblatt«, platzte Amelia unvermittelt heraus. »Wenn ich nicht zufällig in ihr Zimmer gekommen wäre, als sie gerade duschte, hätten wir es vielleicht nie erfahren.«

Jetzt sahen Finlay und sein Vater einander nachdenklich an. Dann erhob Ian seine tiefe Stimme: »Das allein ist kein Beweis. Auch wenn bis auf die angeheirateten Ehepartner fast jeder in unserer Familie diesen herzförmigen Leberfleck hat, bedeutet das nicht automatisch …«

»Natürlich nicht«, unterbrach ihn Amelia, auf deren Wangen sich rote Flecke abzeichneten. »Aber ich wusste, dass sie in Argentinien adoptiert wurde, und um mehr herauszufinden, habe ich den Detektiv angerufen, der damals nach Maigas Verschwinden nach ihr gesucht hat. Du weißt, er ist darauf spezialisiert, verschwundene Angehörige zu finden, und damit auch sehr erfolgreich.«

»In unserem Fall hat seine Spezialisierung nicht geholfen«, murmelte Ian vor sich hin.

»Jetzt war sie sehr hilfreich. Er hat hervorragende Verbindungen nach Argentinien und kennt in Buenos Aires einen Detektiv, der entsprechende Nachforschungen anstellt, wenn es um verschwundene Menschen geht. Und da Felicia uns erzählt hat, wie alt sie war, als sie adoptiert wurde, dauerte es nur einen Tag, bis er herausfand, dass sie von einem englischsprachigen Ausländer an die Adoptionsagentur verkauft wurde. In solchen Fällen fragt niemand, woher das Kind kommt. Die Agentur verdient an der Vermittlung eine Menge Geld, und sie hat keinerlei Interesse daran, die wahre Herkunft der Kinder herauszufinden, die sie verschachert.«

»Meine Eltern hätten mich niemals adoptiert, wenn sie geahnt hätten, dass ich entführt und verkauft worden war.« Felicia konnte nicht weitersprechen, weil sie plötzlich einen großen Kloß in der Kehle hatte. Sie schluckte krampfhaft, bevor sie fortfuhr: »Aber das steht ja noch gar nicht fest. Jedenfalls nicht, dass ich aus Schottland entführt wurde.«

»Ganz gleich was wir am Ende herausfinden. Ich würde deinen Adoptiveltern niemals einen Vorwurf machen«, beteuerte Amelia. »Sie dachten, sie würden ein verlassenes argentinisches Kind aufnehmen.«

»Weil die Informationen bewusst zurückgehalten wurden, konnten meine Eltern nichts über meine Herkunft herausfinden, als sie es kurz nach meiner Adoption versuchten. Sie hatten keine entsprechenden Verbindungen und haben einfach nur irgendeinen Detektiv beauftragt.« Erst nachdem sie diese Feststellung getroffen hatte, wurde Felicia klar, dass sie langsam anfing, tatsächlich für möglich zu halten, dass sie Maiga Chaleran war.

»Die Entführer haben damals uns gegenüber behauptet, sie würden unsere Tochter töten, weil wir angeblich die Polizei eingeschaltet hätten. In Wirklichkeit haben sie wahrscheinlich noch ein Geschäft mit ihr gemacht und sie an Kinderhändler verkauft.« Auch Ian schien sich inzwischen auf den Gedanken einzulassen, dass Felicia möglicherweise seine Tochter war. Er warf ihr einen Blick zu, in dem immer noch viel Zweifel mitschwang, aber auch verhaltene Hoffnung.

Felicia richtete sich kerzengerade auf, legte beide Hände flach auf die Tischplatte und sagte mit lauter, entschlossener Stimme: »Ich schlage vor, wir machen einen Gentest. Und bis wir das Ergebnis haben, gehen wir davon aus, dass alles ein großer Zufall ist. Die Sache mit dem Leberfleck und die angebliche Spur in Argentinien. Ich möchte nicht ...«

Sie stockte und sah sich hilfesuchend in dem großen Zimmer um. Ihr Blick streifte die beiden Menschen, die vielleicht ihre leiblichen Eltern waren, und Finlay, dessen Anziehung auf sie möglicherweise von Anfang an darin bestanden hatte, dass er ihr großer Bruder war.

»Als ich Chaleran Castle auf Fotos sah«, hörte sie sich selbst wie aus weiter Ferne sagen, »hatte ich das merkwürdige Gefühl, ich müsste unbedingt so schnell wie möglich hierherkommen. Es zog mich wie ein Magnet an. Und hier war mir von Anfang an alles seltsam vertraut. Da ist zum Beispiel dieser Felsen, der aussieht wie eine betende Frau. Als ich das erste Mal daran vorbeifuhr, hielt ich an und meinte, ihn irgendwo schon einmal gesehen zu haben. Meint ihr, ich kann mich noch daran erinnern, dass ich einmal hier gelebt habe? Irgendwo in meinem Unterbewusstsein?«

»Du warst zweieinhalb und ein aufgewecktes Kind.« Amelia streckte den Arm über den Tisch und zuckte sofort wieder zurück.

Sie hatten abgemacht, den Gentest abzuwarten, bevor sie sich ernsthaft auf den Gedanken einließen, dass Felicia die vor langer Zeit entführte Maiga war. Das erschien Felicia plötzlich schwieriger, als daran zu glauben, sie wäre nach all den Jahren vom Schicksal hierhergeführt worden, um endlich ihre leiblichen Eltern kennenzulernen.

Sie räusperte sich und sah ihre Hand an, die Amelia nun doch nicht angefasst hatte. Sie sehnte sich nach der Berührung ihrer leiblichen Mutter – und sie hatte entsetzliche Angst, schließlich zu erfahren, dass es doch nicht ihre Mutter war. Hastig zog sie ihre Hände von der Tischplatte und faltete sie im Schoß.

»Wie lange wird es dauern, bis wir ein Testergebnis haben? Und wo können wir den Test machen lassen?« Fragend sah sie sich unter den Menschen um, die vielleicht ihre engsten Verwandten waren.

»Ich habe mich erkundigt.« Amelia atmete tief durch. »Es gibt Vaterschaftstests, die man selbst zu Hause durchführen kann. Man schabt einfach mit einem Wattestäbchen an der Innenseite der Wange entlang, beim Vater und seinem vermuteten Kind zum Beispiel. Dann schickt man die Stäbchen ein und bekommt das Ergebnis nach etwa einer Woche.«

Felicia sah Amelia mit großen Augen an. Falls diese Frau tatsächlich ihre leibliche Mutter war, würde es in Zukunft zwei äußerst tatkräftige Frauen in ihrem Leben geben. Was kein schlechtes Gefühl war. Ebenso wie sie zwei gelassene, ruhige Väter haben würde. Und noch mehr fröhliche, lebendige Geschwister als bisher.

»Wo sind die Stäbchen?«, fragte sie, nachdem sie tief durchgeatmet hatte. Sie war sich ziemlich sicher, dass Amelia bereits alles Nötige für den Test besorgt hatte. »Wenn ihr nichts dagegen habt, möchte ich den Test sofort machen, damit wir so bald wie möglich Bescheid wissen.«

35. Kapitel

12. August 2016
Chaleran, Isle of Skye, Schottland

Atemlos erreichte Felicia das kleine Haus auf dem Hügel. Erst als Isobel ihr die Tür öffnete und sie außer einem Keuchen nichts herausbrachte, wurde ihr klar, dass sie die steile Straße fast im Laufschritt zurückgelegt hatte.

»Was für eine schöne Überraschung!« Isobel, die wie üblich bei Felicias Auftauchen gar nicht erstaunt war, machte einen Schritt zur Seite, um sie eintreten zu lassen.

»Ich wollte eigentlich nur fragen, ob Scott hier ist«, stieß sie hervor, als sie wieder zu Atem gekommen war. »Oder wo ich ihn finden kann. Der Garten von Chaleran Castle ist so gut wie fertig. Dort arbeitet er nicht mehr, und zu Hause ist er tagsüber auch nicht. Aber ich muss ihn unbedingt sprechen.«

Nach Amelias Eröffnung, dem Speicheltest, den sie gleich anschließend gemacht hatten, und einer schlaflosen Nacht hatte sie das dringende Bedürfnis, mit Scott zu reden. Wenn sie ihn nicht sehen, nicht mit ihm über die Sache sprechen konnte, wusste sie nicht, wie sie die drei oder vier Tage durchstehen sollte, bis sie erfuhr, ob sie tatsächlich Amelias und Ians Tochter war.

Als sie sich vor der Burg voneinander verabschiedet hatten, hatte Scott die Frage offengelassen, ob er sie wiedersehen oder gar mit ihr zusammen sein wollte. Doch nach dem, was sie inzwischen erfahren hatte, war er der einzige Mensch, mit dem sie über ihre Gefühle reden wollte und konnte.

Isobel deutete auf einen der Stühle am Tisch und begann, Tee einzugießen, obwohl Felicia eigentlich gar nichts trinken wollte.

Zögernd ließ sie sich nieder und betrachtete mit zusammengekniffenen Augen die beiden Teetassen, die wie üblich auf dem Tisch bereitstanden.

»Sie haben vor einiger Zeit etwas zu mir gesagt«, begann Felicia zögernd, als ihr plötzlich ein Gedanke durch den Kopf huschte. »Sie sagten, ich solle mein Herz nicht an den Mann hängen, der mir damals im Kopf herumspukte. Er sei nicht der Richtige. Was wissen Sie über Finlay Chaleran und mich? Warum haben Sie das gesagt?«

Isobel wiegte den Kopf sachte hin und her, während sie in ihrer Tasse rührte. »Was spielt das jetzt für eine Rolle? Ich dachte, du bist gekommen, weil du auf der Suche nach Scott bist. Damals war es nicht mein Enkel, den du im Kopf hattest, nicht wahr?«

»Nein«, gab Felicia zu. »Wenn da jemand war, dann war es Finlay Chaleran. Und jetzt sieht es so aus, als wäre das mit Finlay und mir möglicherweise ein großer Fehler gewesen.«

Sie schwieg eine Weile und starrte die alte Frau forschend an. »Ich muss unbedingt wissen, warum Sie mir damals diesen Rat gegeben haben!«

Ein unergründliches Lächeln zog über Isobels Gesicht. »Ehrlich gesagt ... Ich wusste von Anfang an, dass Scott und du gut zusammenpassen. Und ich hatte Finlay Chaleran und dich auf einem gemeinsamen Spaziergang gesehen. Da dachte ich mir, dass du und er auf keinen Fall so gut zusammenpassen wie Scott und du.«

»Sie wollten nicht, dass ich und Finlay zusammenkommen, damit ich für Scott frei bin?« Empört starrte Felicia die alte Frau an und musste dann doch grinsen. »Kein zweites Gesicht?«

Isobel grinste zurück. »Kein zweites Gesicht. Einfach nur eine fürsorgliche Großmutter. Scott arbeitet heute übrigens im Park von Lady McClamond. Geh zu ihm und rede mit ihm. Und denk daran, dass seine Angst, verletzt zu werden, wenn er sich auf tiefe Gefühle einlässt, noch größer ist als bei den meisten anderen Menschen. Er hat schon einmal einen furchtbaren Verlust erlitten und sehr lange gebraucht, um wieder auf die Beine zu kommen. Manchmal dachte ich, er schafft es nie mehr aus seinem Schneckenhaus heraus. Doch dann kamst du, und ich sah, dass er in deiner Nähe alle Stacheln aufstellte wie ein Igel, wenn der Uhu kommt.«

»Der Uhu?« Felicia lachte auf. »Mit einem Uhu hat mich noch niemand verglichen.«

»Der Uhu fängt nachts Igel«, informierte Isobel sie streng. »Wenn der Igel ihn hört oder sieht, rollt er sich zu einem Stachelball zusammen. Weil er Angst hat. Das tat Scott bei dir. Alle anderen Frauen ließen ihn kalt, die beachtete er einfach nicht. Deshalb wusste ich, dass du die Macht hast, sein Herz wieder zum Leben zu erwecken.«

»Scott hat mir erzählt, dass die Frau, die er liebte, an einer schweren Krankheit gestorben ist.«

»Geh zu ihm und sorge dafür, dass er die Angst verliert«, befahl Isobel. »Oder dass sie zumindest kleiner wird, damit er wieder lieben kann.«

»So einfach ist das nicht.« Felicia starrte in ihren goldbraunen Tee, damit sie nicht in die funkelnden Augen der alten Frau sehen musste.

»Liebe ist ganz einfach, wenn man sich nicht dagegen wehrt«, behauptete Isobel mit Nachdruck.

Beherzt leerte Felicia ihre Tasse, als könnte sie sich auf diese Weise für das wappnen, was noch kommen würde. Dass Liebe einfach war, glaubte sie allerdings auch noch nicht, nachdem sie den letzten Tropfen Tee hinuntergeschluckt hatte.

36. Kapitel

Chaleran Castle, den 1. Januar 1950

Mein lieber John,

diesen Brief füge ich meinem Testament bei, und Du wirst ihn erst lesen, wenn ich bereits unter der Erde liege und auch Deine Mutter nicht mehr lebt. Sie wollte nicht, dass Du die ganze Wahrheit über unsere Familie erfährst, und weil ich ihr ohnehin schon so viel Leid zugefügt habe, beugte ich mich ihrem Willen.

Bitte verzeih uns, dass wir Dich so lange belogen haben. Sie tat es, weil sie fürchtete, Du könntest Dich von ihr abwenden, wenn wir Dir die ganze Geschichte erzählen. Und ich war insgeheim froh, mich nicht rechtfertigen und Dir nicht erklären zu müssen, warum ich damals so gehandelt habe, wie ich es tat.

John, geliebter Sohn und mein Erstgeborener, Malvina ist nicht Deine leibliche Mutter. Sie liebt Dich von ganzem Herzen und macht nie einen Unterschied zwischen Dir und den beiden Töchtern, die sie mir während unserer Ehe schenkte.

Deine leibliche Mutter hieß Sofia Molina. Ich lernte sie kennen, als ich meine Ältestenreise machte und in Spanien Zitronenbaumsetzlinge für meine Mutter besorgen wollte. Ihr Vater war Obstbauer. Sofia wusste nichts über die Welt außerhalb ihres kleinen Dorfs, und doch war sie die klügste und schönste Frau, der ich jemals begegnet bin. Ich verliebte mich sofort rettungslos in sie, obwohl ich bereits mit Malvina verlobt war und unsere

Hochzeit bald nach meiner Rückkehr nach Schottland stattfinden sollte.

Nach ein paar verzauberten Wochen ließ ich Sofia in Spanien zurück, um die Dinge zu Hause zu klären. Ich ahnte nicht, dass sie Dich zum Zeitpunkt meiner Abreise schon unter dem Herzen trug. Sonst hätte ich sie sofort mit mir genommen, das schwöre ich.

Sie war zu stolz, mir von ihrer Schwangerschaft zu schreiben, weil sie fürchtete, ich würde dann nicht aus Liebe, sondern aus Verantwortung und Ehrgefühl meine Verlobung mit Malvina lösen und mich möglicherweise mit meiner Familie überwerfen.

Als Malvina von meiner Liebe zu einer anderen Frau hörte, gab sie mich frei, doch ich wusste, dass sie sehr verletzt und traurig war. Meine Familie bestand allerdings auf dieser Ehe, da uns der Ruin drohte und Malvina eine große Mitgift mitbringen würde.

Ich fand eine Lösung, wie wir genügend Geld verdienen konnten, um Chaleran Castle zu erhalten. Doch da schrieb mir Sofia, sie liebe mich nicht mehr und werde schon bald einen anderen Mann heiraten. Was sie nur tat, um ihrem Vater die Schande zu ersparen, einen Bastard zum Enkel zu haben.

Ihr Mann glaubte zunächst, das Kind sei von ihm, doch als Du geboren wurdest, mit Deinen roten Haaren und den dunkelgrünen Augen, wussten alle, dass Du mein Sohn bist.

Sofia starb kurz nach Deiner Geburt im Kindbett, und ihr Mann hat Dich niemals angesehen, denn er wusste, dass Sofia ihm mein Kind unterschieben wollte. Zum Glück erfuhr ich von Dir und holte Dich wenig später zu mir nach Schottland.

Als Malvina hörte, dass die Frau, in die ich mich während meiner Reise verliebt hatte, tot war, und ich unser Kind allein aufziehen musste, bot sie mir an, nun doch zu heiraten, damit Du eine Mutter hast.

Malvina ist eine wunderbare Frau, die einen viel besseren Mann verdient hat, als ich es ihr jemals werde sein können. Trotz allem was ich ihr angetan habe, liebt sie mich von Herzen. Ich versuche in jeder Sekunde unserer Ehe, ihr das zurückzugeben, was sie mir schenkt. Doch ein Teil meiner Seele ist mit Sofia gestorben, mit jener Frau, die ich so sehr liebte und doch im Stich ließ, als sie mich am meisten brauchte.

Bitte verzeih mir, John, was ich unwissentlich Deiner Mutter angetan habe. Mich trifft die Schuld, zu lange gewartet zu haben, anstatt sofort entschlossen meinem Herzen zu folgen.

Zusammen mit diesem Brief erhältst Du das Tagebuch Deiner Mutter Sofia. Als ich Dich in Spanien abholte, damit Du bei mir auf Chaleran Castle aufwachsen kannst, übergab ihr Vater es mir zusammen mit den Briefen, die ich an sie geschrieben hatte. Das Holzkästchen, in dem Sofias Aufzeichnungen und unsere Briefe all die Jahre lagen, gehörte zu den wenigen wertvollen Dingen, die Deine Mutter besaß.

Lies ihre Zeilen, und Du wirst wissen, wie sehr sie Dich schon vor Deiner Geburt geliebt hat. Lies meine Worte an sie, und Du wirst begreifen, wie groß meine Liebe zu ihr war und was für einen entsetzlichen Fehler ich beging, als ich sie nicht gleich mit mir nach Schottland nahm.

Ich bitte Dich, mein Sohn, tu niemals das, was ich getan habe. Folge ohne jedes Zögern Deinem Herzen, überwinde jedes Hindernis, um mit der Frau zusammen zu sein, die Deine Seele berührt.

Dein dich liebender Vater
Logan Chaleran

37. Kapitel

12. August 2016
Chaleran, Isle of Skye, Schottland

Als Felicia sich dem Anwesen von Lady McClamond näherte, wurden ihre Schritte immer langsamer. Es gab so vieles, über das sie mit Scott sprechen wollte, aber sie hatte keine Ahnung, wie sie diese Unterhaltung beginnen sollte. Schließlich hatte sie Scott gesagt, er müsse ganz allein herausfinden, ob er genug Mut habe, sich auf die Liebe einzulassen. Wieso war Isobel der Meinung, sie könne dafür sorgen, dass Scott seine Angst verlor? War das nicht ganz allein seine Aufgabe?

Es drängte sie, Scott zu erzählen, dass sie möglicherweise Maiga Chaleran war, um mit ihm ihre Unsicherheit zu teilen. Aber wenn er ohnehin nicht mit ihr zusammen sein wollte, konnte sie auch nicht von ihm erwarten, dass er sich mit ihren Ängsten auseinandersetzte.

Als sie an diesem Punkt ihrer Überlegungen angekommen war, blieb sie stehen und starrte das offene Tor zum McClamond-Besitz an, das sie schon fast erreicht hatte. Am Ende der Auffahrt erspähte sie Scotts Pick-up. Er selbst war nicht zu sehen.

Sie atmete mehrmals tief ein, dann drehte sie sich mit einem Ruck um und machte sich auf den Rückweg zum Castle. Plötzlich hatte sie es eilig, von hier wegzukommen. Sie wollte einfach nur zurück zur Burg und sich in ihrem

Zimmer verkriechen. So lange, bis das Ergebnis des Speicheltests kam.

Insgeheim hatte sie gehofft, Scotts ruhige, gelassene Art würde ihr helfen, mit der Ungewissheit umzugehen. Dabei war ihr allerdings ein wichtiger Punkt entgangen: Die Ungewissheit, die zwischen Scott und ihr herrschte, war mindestens ebenso belastend. Und sie konnte nichts tun, um das zu ändern. Sie hatte weder den Mut noch die Kraft, sich mit einem Mann auseinanderzusetzen, der nicht wusste, ob er mit ihr zusammen sein wollte und konnte.

»Wolltest du zu mir?«

Als sie dicht neben sich seine Stimme hörte, fuhr sie zusammen und sah sich hektisch um, ohne ihn zu entdecken. Endlich tauchte Scotts Gesicht zwischen den Zweigen der dichten Büsche neben dem Tor auf.

Sie zuckte mit den Schultern und wedelte vage mit den Händen herum. »Ich mache nur einen Spaziergang. Lass dich nicht bei der Arbeit stören.«

»Du wolltest also nicht zu mir?« War das Enttäuschung in seinem Blick? Er hatte kein Recht, enttäuscht zu sein, dass sie ihm nicht hinterherlief. Schließlich hatte er gesagt, dass er nicht wusste, wie es mit ihnen weitergehen sollte und ob sie sich wiedersehen würden.

»Nein«, behauptete sie mit fester Stimme. »Mach's gut, Scott.«

Mit schnellen Schritten entfernte sie sich von Lady McClamonds Besitz und von Scott. Es war das Beste, wenn sie sich für die nächsten Tage in ihrem Zimmer einschloss, versuchte, die noch fehlenden Artikel fertigzuschreiben, und abwartete, was der Vaterschaftstest ergab.

Während sie sich rasch entfernte, meinte Felicia Scotts Blick im Rücken zu spüren. Dennoch drehte sie sich nicht um.

Sie hörte nicht, dass er auf dem weichen Gras, das neben der Straße wuchs, hinter ihr herlief. Der feste Griff, mit dem er sie packte und zu sich herumdrehte, kam so plötzlich, dass sie einen unterdrückten Schreckenslaut hervorstieß. Seine großen, kräftigen Hände lagen schwer auf ihren Schultern. Es fühlte sich an, als wollte er sie nie wieder loslassen. Ein Gedanke, der sie kein bisschen störte.

Seine Augen waren nur wenige Zentimeter vor ihren entfernt. Ohne jedes Blinzeln, ohne jede Angst versank sie in ihnen wie in einem tiefen, blauen Meer. Und plötzlich wusste sie, was richtig war. Sie war in der Lage, ihre Entscheidung zu treffen. Auch weil sie am vergangenen Abend den Brief gelesen hatte, den Logan Chaleran seinem Sohn John hinterlassen hatte. Ganz gleich ob sie selbst eine Chaleran war oder nicht, Logans Worte waren weise und richtig. Er hatte die Erfahrung gemacht, wie schmerzhaft es sein konnte, nicht mit allen Konsequenzen der Liebe zu folgen. Deshalb hinterließ er seinem Sohn das Vermächtnis, alles auf eine Karte zu setzen, wenn ihm die Liebe begegnete.

»Hör zu, Scott«, begann sie und atmete tief durch. »Es ist mir egal, wie du dich entscheidest, ich weiß, was ich will, und deshalb ...«

Sie brachte ihren Satz nicht zu Ende, weil Scott sie mit einem Ruck an sich riss, seine Lippen auf ihren Mund presste und sie so leidenschaftlich küsste, dass sie vergaß, was sie hatte sagen wollen.

»Ich liebe dich, Felicia«, sagte er mit lauter, klarer Stimme, als er nach einer gefühlten Ewigkeit seinen Mund wieder von ihrem löste. »Und ich werde alles tun, damit wir zusammen sein können. Wenn ich dafür in Deutschland leben muss, werde ich es versuchen, obwohl ich keine Ahnung habe, wie es dort ist. Und wenn du hier bei mir bleibst, werde ich dich auf Händen tragen. Das würde ich auch in Deutschland tun. Ich will nicht auf deine Liebe verzichten, nur weil ich Angst habe, sie zu verlieren. Das wäre dumm und feige und ...«

»Pst.« Sie legte ihm die Fingerspitzen auf den Mund. »Darf ich auch was dazu sagen?«

Er nickte und sah sie fast ängstlich an.

»Ich liebe dich auch«, sagte sie laut und klar und mit einem Gefühl, als würde sich ihre Brust öffnen und ein Vogel hoch hinauf in den Himmel fliegen. »Und ich bin sicher, wir finden einen Weg, den wir gemeinsam gehen können.«

Da teilten sich seine Lippen zu einem breiten Lächeln, und er zog den rechten Mundwinkel fast ebenso hoch wie den linken.

»Das werden wir.« Wieder zog er sie an sich und küsste sie so leidenschaftlich, dass sie das Gefühl hatte, den Boden unter den Füßen zu verlieren.

»Bravo! Herzlichen Glückwunsch euch beiden!« Die laute Stimme kam vom Balkon an der Vorderseite von Lady McClamonds Haus. Gleich darauf zerriss ein ohrenbetäubender Schuss die Luft. Die Lady schoss tatsächlich Salut!

Sie zuckten zusammen und retteten sich hinter einen Baumstamm. »Keine Sorge, sie ist eine hervorragende Schützin«, beruhigte Scott die erschrockene Felicia, bevor er sie wieder in seine Arme zog. »Etwas verrückt, aber ganz klar im Kopf.«

»Hoffentlich irrst du dich da nicht.« Sie legte den Kopf an seine Brust und hörte den kräftigen, gleichmäßigen Schlag seines Herzens.

»Auf keinen Fall. Ich bin hier aufgewachsen.« Dicht an ihrem Ohr lachte er leise und zärtlich.

Die Lady schien es bei dem einen Salutschuss zu belassen, und nach einer Weile und ein paar Küssen wagten sie sich wieder hinter dem Baum hervor.

Scott deutete auf seinen Wagen. »Ich habe Tee dabei. Möchtest du etwas?«

Als sie nickte, ging er mit ihr zu seinem Pick-up, nahm aus der Fahrerkabine eine Thermoskanne und eine Decke, die er hinter einem großen Busch ausbreitete. Sie ließ sich darauf nieder und sah zu, wie er den Becher mit dampfendem Tee füllte. Seit sie auf Skye war, verbrachte sie einen großen Teil des Tages mit Teetrinken.

Lächelnd reichte er ihr den Becher, sie nippte daran und begann zu reden. »Es ist möglich, dass ich die Tochter von Ian und Amelia Chaleran bin«, fing sie an. Mit jedem Wort fühlte sie sich leichter, und als sie die Geschichte beendet hatte, in Scotts Augen sah und seine Hand auf ihrer spürte, wusste sie, dass sie das Testergebnis verkraften würde, ganz gleich wie es ausfiel.

***

Felicia hatte noch genug Stoff für einen weiteren Artikel. Nach dem großen Bericht über Edinburgh und das Musikfestival konnte sie auf jeden Fall noch einen Text über die schottischen Clans schreiben und diesen von Skye aus recherchieren. Was für ein merkwürdiger Gedanke, dass es sich vielleicht, sehr vielleicht, um ihre eigene Familie handelte, über deren Geschichte und Traditionen sie während der vergangenen Wochen viele Informationen gesammelt hatte.

Wenn sie jetzt noch ein längeres Gespräch mit Lady McClamond führte und zusätzlich auf dem Festland ein oder zwei Clans ausfindig machte, konnte sie den längeren Aufenthalt auf Skye der Redaktion gegenüber rechtfertigen. Hoffentlich kamen bald die Testergebnisse.

An den Abenden war sie mit Scott zusammen. Sie redeten viel, machten lange Spaziergänge und verbrachten einen gewissen Teil ihrer Zeit im Bett. Während dieser Stunden gelang es ihr manchmal, nicht darüber nachzudenken, was sein würde, wenn sie tatsächlich in Wahrheit Maiga hieß. Oder wie sie sich fühlen würde, falls sich herausstellte, dass diese Vermutung aus der Luft gegriffen war.

»Es wäre schön, wenn ich endlich wüsste, wer meine leiblichen Eltern sind. Ganz besonders wenn es sich dabei um Amelia und Ian handelt, weil ich sie sehr mag und weil sie wunderbare Menschen sind«, sagte sie eines Abends nachdenklich zu Scott und fuhr ihm mit den Fingern durch das dichte Haar, das so wunderbar nach Wind und Meer duftete. »Aber dann denke ich darüber nach, dass ich ja schon eine Familie habe. Ich liebe meine Eltern und meine Geschwister in Deutschland. Und wenn ich plötzlich noch eine Familie hätte, wäre das schwierig. Ich möchte niemanden verletzen.« Sie schmiegte ihr Gesicht an Scotts Schulter, legte die Hand auf seine Brust und spürte seinen kräftigen, gleichmäßigen Herzschlag.

»Du wirst den richtigen Weg finden, wenn du die Wahrheit kennst.« Er tupfte ihr zarte Küsse auf die Stirn, dann auf die Nasenspitze und schließlich auf den Mund, wo er ein bisschen länger verweilte.

Sie lächelte still in sich hinein. Es war gut, ihn an ihrer Seite zu wissen. Merkwürdigerweise machte sie sich über alles Mögliche Gedanken, nur nicht darüber, welche Lösung Scott und sie gemeinsam finden würden. Es gab einen Weg für sie beide, darauf verließ sie sich blind.

»Redest du mit den Chalerans oft darüber, was werden soll, falls der Test positiv ausfällt?«, erkundigte sich Scott nach einer Weile und stützte sich im Bett auf den rechten Ellbogen, um ihr aufmerksam ins Gesicht zu sehen.

Sie schüttelte den Kopf. »Wenn ich im Castle bin, essen wir gemeinsam und sitzen auch sonst manchmal zusammen, aber wir reden nicht über dieses Thema. Finlay ist nicht mehr aufgetaucht, seit er vom Verdacht seiner Mutter weiß. Es ist komisch zwischen uns, jetzt wo wir vielleicht Bruder und Schwester sind.«

»Meinst du, ihr wärt sonst vielleicht ein Paar geworden?« Er wich ihrem Blick aus und legte sich wieder neben ihr aufs Kissen.

»Ich glaube nicht«, sagte sie achselzuckend. »Wenn es dich nicht gegeben hätte, möglicherweise.« Dann lachte sie. »Am Anfang bin ich dir aus dem Weg gegangen, weil du mir gegenüber so abweisend warst. Und trotzdem war da was. Mit Finlay lief alles sehr glatt und harmonisch. Ich fand ihn toll, aber ich hatte nie das Bedürfnis, ihm körperlich nahezukommen. Sonst wäre das doch längst passiert. Und ich glaube, ihm ging es ähnlich. Einmal hat er versucht, mich zu küssen, aber ich wollte das nicht, und er schien ganz zufrieden damit zu sein. Vielleicht haben wir gespürt, dass wir uns zu ähnlich sind – falls wir tatsächlich das gleiche Blut haben.«

Jede dieser Unterhaltungen lief auf genau diese Frage hinaus. War sie tatsächlich als Maiga Chaleran zur Welt gekommen?

38. Kapitel

20. August 2016
Chaleran, Isle of Skye, Schottland

Die Wahrheit erfuhr Felicia ganz unerwartet an einem Samstagabend. Sie hatte sich schon damit abgefunden, das Wochenende in Ungewissheit zu verbringen, weil die Samstagspost am frühen Vormittag ausgeliefert wurde und der Briefträger erst wieder am Montagmorgen kam. Am meisten tat es ihr für Amelia leid, die blass wie ein Gespenst durch die Burg geisterte. Die Falte über ihrer Nasenwurzel wurde immer tiefer, und wenn sie sprach, zitterte manchmal ganz unvermittelt ihre Stimme.

Am liebsten hätte Felicia das ganze Wochenende in Scotts kleinem Haus am Dorfrand verbracht, wo sie sich trotz der eher spartanischen Einrichtung heimisch fühlte. Was natürlich an Scott lag, aber auch an den Pflanzen, die in kleinen Töpfen und großen Kübeln alle Zimmer schmückten und sich auf der Terrasse hinter dem Haus drängelten.

Sie vermied es jedoch, die ganze Nacht wegzubleiben, denn sie war kein normaler Gast mehr, der kommen und gehen konnte, wie er wollte. Einmal war sie lange nach Mitternacht von einem Strandspaziergang mit Scott zurückgekehrt und hatte Amelia in der Halle angetroffen. Amelia versuchte, sich nichts anmerken zu lassen, aber es war unübersehbar, dass sie auf Felicias Rückkehr gewartet hatte und erleichtert war, als sie wohlbehalten die Burg betrat.

Natürlich hätte Felicia den Chalerans sagen können, dass sie über Nacht bei Scott blieb, doch das war ihr peinlich. Also kehrte sie möglichst vor Mitternacht nach Chaleran Castle zurück, obwohl jede Minute kostbar war angesichts der Ungewissheit, wie viel gemeinsame Zeit Scott und ihr auf Skye noch blieb.

An diesem Samstagabend war es erst kurz nach neun. Noch genug Zeit, bis sie zur Burg zurückkehren wollte. Scott und sie saßen dicht aneinandergekuschelt auf der Holzbank hinter dem Haus, als Felicias Handy klingelte.

»Vielleicht meine Mutter. Sie ruft oft um diese Zeit an. Heute werde ich ihr von dir erzählen.« Lächelnd zog sie das Smartphone aus der Tasche.

Es war jedoch nicht Dagmar Kaufmann, sondern Amelia, die sich am Telefon meldete.

»Kannst du nach Hause kommen?«, fragte sie mit gepresster Stimme.

»Sofort?«, erkundigte Felicia sich verblüfft, nachdem sie einen prüfenden Blick auf ihre Armbanduhr geworfen hatte.

»Ja, bitte.«

»Hast du …? Weißt du Bescheid?« Felicia tastete nach Scotts Hand und hielt sich daran fest.

»Komm bitte einfach.« Amelia klang aufgeregt, aber Felicia war nicht in der Lage zu erkennen, ob sie unendlich traurig oder äußerst glücklich war. »Wenn du möchtest, kannst du gern Scott mitbringen.«

»Woher weißt du von Scott und mir?«, erkundigte Felicia sich erstaunt. Sie hatte den Chalerans nichts davon erzählt, dass Scott und sie ein Paar waren. Es war ihr komisch vorgekommen, nachdem noch vor Kurzem alle gemeint oder auch befürchtet hatten, Finlay und sie seien ein Paar.

Amelia lachte verhalten. »Chaleran ist ein kleines Dorf. Ich freue mich für euch.«

»Ich komme. Wir kommen, falls Scott mich begleiten möchte.« Mit einem erstaunten Kopfschütteln beendete Felicia die Verbindung und sah Scott fragend an.

»Ich verstehe das nicht. Amelia klingt so aufgeregt. Es geht sicher um das Testergebnis. Aber heute ist Samstag, da kann sie es nicht telefonisch vom Labor erfahren haben. Die arbeiten nicht am Wochenende. Und zufällig war ich in der Nähe, als heute Vormittag die Post kam. Wenn der Brief mit dem Ergebnis dabei gewesen wäre, hätte sie es mir doch gesagt.«

»Zumindest wenn es etwas Positives gewesen wäre«, vermutete Scott, während er langsam aufstand. »Glaubst du, sie ist sehr enttäuscht, wenn sie akzeptieren muss, dass du nicht ihre totgeglaubte Tochter bist?«

Um ihm diese Frage zu beantworten, musste Felicia nicht lange überlegen. »Ich fürchte, ja. Sie hat all die Jahre gehofft, dass Maiga noch lebt, obwohl es ziemlich unwahrscheinlich war. Jetzt schien sich ihre Hoffnung zu erfüllen. Sicher ist sie enttäuscht und traurig.«

Sie zupfte nervös am Kragen ihrer Bluse. »Kommst du mit? Es würde mir helfen, wenn du dabei bist. Übrigens weiß offenbar das ganze Dorf, dass wir zusammen sind.«

»Natürlich komme ich mit.« Er nahm ihre Hand und führte sie zu seinem Pick-up vor der Tür.

Während sich die Burgmauern vor ihren Augen immer höher in den Abendhimmel reckten, je näher sie dem Castle kamen, musste Felicia heftig schlucken.

»Wenn du keine Chaleran bist, ist Finlay auch nicht dein Bruder, und du könntest dir überlegen …«

»Hör auf mit dem Quatsch!« Sie musste ein bisschen lachen, während sie Scott spielerisch auf den Oberarm schlug. Gleich darauf fuhr sie sich mit dem Handrücken heimlich über die Augen. Sie spürte, wie ihr Herz vor Aufregung wild pochte, als Scott in den Burghof fuhr. Obwohl sich für sie im Grunde nichts änderte, löste es ein Gefühl der Leere in ihr aus, wenn sie sich vorstellte, dass sie nun doch nicht ihre leiblichen Eltern gefunden hatte.

Die große Eingangstür stand weit offen, und als sie an Scotts Seite die Halle betrat, blieb sie überrascht stehen. Auf den kleinen Tischen und Schränken an den Wänden standen Vasen voller Blumen und Gräser. Das Treppengeländer war mit roten Schleifen geschmückt, und von Wand zu Wand spannte sich eine bunte Girlande, an der ein großes Schild hing, welches im Luftzug sanft hin und her schwang. In riesigen Buchstaben war darauf in Schönschrift zu lesen: *Welcome home, Maiga!*

Als sie diese Worte las, presste sie sich beide Hände vor den Mund, um nicht laut aufzuschreien. Im selben Moment begannen ihre Tränen zu laufen. Nach all den Jahren hatte sie zurück nach Hause gefunden! Scott legte die Arme um sie und zog sie an sich. Mit einem tiefen Seufzer lehnte sie sich an seinen starken Körper.

Ihr blieb nicht viel Zeit, sich zu beruhigen, denn im nächsten Moment packte jemand sie von hinten bei den Schultern, drehte sie um und umarmte sie ebenfalls kräftig. Es war Amelia, ihre Mutter, die laut schluchzend viele kleine Küsse auf Felicias Wangen und ihrer Stirn verteilte.

»Ich habe nicht gewagt, daran zu glauben, aber es ist wahr. Maiga, meine süße Maiga. Du lebst, und du bist zu uns zurückgekommen!«

Gleich darauf war sie vom Rest der Familie umringt. Als Nächstes zog Ian sie in seine Umarmung. Er sagte nicht viel, hielt sie nur fest und wiederholte immer wieder den Namen, den er ihr als kleines Kind gegeben hatte: »Maiga, Maiga.«

Isla und Colin waren ebenfalls da, und natürlich Finlay. Er umarmte sie herzhaft und kein bisschen verlegen. »Schwesterlein«, flüsterte er ihr ins Ohr. »Vielleicht habe ich sogar als Erster gespürt, dass du eine von uns bist.«

Sie nickte und strahlte ihn an.

»Ich wollte, dass die ganze Familie da ist, wenn du erfährst, dass du wirklich zu uns gehörst.« Über Amelias Gesicht strömten immer noch Freudentränen, doch sie kümmerte sich nicht darum. »Ich weiß es schon seit gestern, und es war furchtbar schwer, es dir nicht zu sagen. Nur Ian war eingeweiht. Wir wollten unbedingt warten, bis auch Isla und Colin da sind, um dich in unserer Familie zu begrüßen.«

»Es ist toll! So toll!«, quietschte Isla, während sie sich an Felicias Hals hängte. »Sollen wir dich Maiga nennen oder Felicia?«

»Ich weiß nicht«, stieß Felicia hervor, während Colin sie männlich-herb umarmte.

»Wir haben so viel nachzuholen«, mischte Amelia sich ein. »Musst du wirklich schon bald zurück nach Deutschland oder kannst du wenigstens noch ein paar Wochen bleiben, damit wir uns besser kennenlernen können? Ich kann dich unmöglich gehen lassen. Und ich möchte deine Adoptiveltern sehen und mich bei ihnen bedanken.«

»Darüber können wir später sprechen. Jetzt stoßen wir erst mal an. Der Champagner ist schon geöffnet. Schön, dass du auch da bist, Scott.« Wie immer war es Ian, der Ordnung ins

Chaos brachte. Er scheuchte die ganze Familie samt Scott ins Esszimmer, wo ein gekühlter Champagner und Gläser bereitstanden.

Wenig später war jeder mit einem Glas versorgt, und hätte Amelia vor Glück nicht immer noch geweint, hätte sie vielleicht Angst um ihr kostbares Kristall gehabt, das beim Anstoßen ziemlich heftig klirrte.

»Willkommen, Maiga. Willkommen, Felicia!« Alle riefen durcheinander, während Scott lächelnd neben ihr stand. Seine Hand ruhte warm und beruhigend auf ihrem Rücken, und als Felicia für einen kurzen Moment den Kopf wandte und in seine Augen sah, wusste sie, dass ihr Leben ab sofort wahrscheinlich nicht einfacher sein würde, aber doch sehr viel glücklicher.

Sie hatte nun zwei Familien und zwei Heimatländer, aber nur einen Mann, den sie liebte und an dessen Seite sie ihr kompliziertes, buntes Leben ganz sicher genießen würde.

Epilog

9. September 2016
Chaleran, Isle of Skye, Schottland

»Dieses Gemälde von 1931 zeigt Logan Chaleran mit seinem ältesten Sohn John im Alter von etwa zehn Jahren.« Lächelnd deutete Felicia auf eines der Bilder in der langen Reihe im sogenannten »Ahnenflur« im Westflügel. »Und das hier ist der heutige Burgherr, Ian Chaleran.«

Es hatte Ian einiges an Überredungskunst gekostet, Felicia dazu zu bringen, ihn zu porträtieren. Sie hatte behauptet, dafür sei sie als Malerin nicht gut genug. Er hatte gegengehalten, sie könnte das Bild immer noch verbrennen, wenn es ihr nicht gefiel. Ihn koste es jedenfalls keine so große Überwindung wie bei irgendeinem fremden Maler, seiner eigenen Tochter Modell zu sitzen, wenn es denn schon sein müsse, was Amelia steif und fest behauptete.

Tatsächlich konnte Felicia mit dem Porträt, das sie von Ian geschaffen hatte, gut leben. Momentan saß Amelia ihr Modell. Sie nutzten die Zeit für lange Gespräche, ebenso wie sie es mit ihrem Vater getan hatte.

»Damit endet unsere heutige Führung. Ich hoffe, es hat Ihnen gefallen. Viel Spaß noch auf der wunderschönen Insel Skye.«

Die kleine Touristengruppe bewegte sich gemächlich in Richtung Halle. Eine ältere Dame schob sich an Felicias Seite. »Wie wunderbar, dass Sie die Führung hier auch auf

Deutsch anbieten«, zwitscherte sie mit hoher Stimme. »Auf dem Schild am Eingang steht, dass Sie zum Clan der Chalerans gehören. Warum sprechen Sie so perfekt unsere Sprache?«

»Ich habe einige Zeit in Deutschland gelebt«, erklärte Felicia wahrheitsgemäß.

Sie geleitete die Touristen zum Ausgang, wünschte ihnen nochmals einen schönen Aufenthalt auf der Insel und wollte soeben die Tür schließen, als sie durch das offene Tor den dunkelblauen Mercedes sah, der sich der Brücke näherte.

»Sie kommen, Amelia!«, rief sie und spürte ihr Herz bis in die Kehle pochen. Während der vergangenen Wochen hatte sie häufig und lange mit ihren Eltern und Geschwistern in Deutschland telefoniert. Die ganze Familie Kaufmann hatte es sehr gut aufgenommen, dass Felicia in Schottland ihre leiblichen Eltern und Geschwister gefunden hatte. Alle behaupteten, sich für sie zu freuen, aber es war etwas ganz anderes, dass ihre beiden Mütter, ihre beiden Väter und ein Teil ihrer Geschwister einander heute zum ersten Mal begegnen würden.

Auf Felicias Alarmruf hin tauchte Amelia aus der Küche auf. Im Gehen band sie ihre Schürze ab und warf sie über eine Kommode an der Wand. Dann stellte sie sich neben Felicia und legte ihr den Arm um die Schultern.

»Alles wird gut«, sagte sie leise, denn sie wusste, wie aufgeregt ihre älteste Tochter war. »Wir alle lieben dich, was soll also schiefgehen?«

»Wo bleibt Scott?«, jammerte Felicia. »Er hat versprochen, pünktlich hier zu sein.«

Als hätte er nur auf sein Stichwort gewartet, tauchte in diesem Moment am Dorfausgang eine Staubwolke auf, von der sie wusste, dass nur Scotts Pick-up sie aufwirbeln konnte.

Es gelang ihm fast, gleichzeitig mit Felicias deutscher Familie aus dem Wagen zu steigen, da Volker zunächst den Mercedes ordentlich parallel zur Burgmauer parkte. Dann öffneten sich alle vier Türen gleichzeitig, und Dagmar, Julia und Leon sprangen zusammen mit Volker aus dem Fahrzeug. Sekunden später riss Scott seine Fahrertür auf und machte sich nicht die Mühe, sie hinter sich zu schließen, sondern spurtete quer über den Burghof auf Felicia zu.

Wie sie es sich gewünscht hatte, war er ebenso wie Amelia an ihrer Seite, als ihre deutsche Familie auf sie zustürmte. Und dann war alles ganz einfach. Es dauerte mehrere Minuten, bis das gegenseitige Umarmen und Begrüßen ein Ende hatte. Sogar ihre beiden Mütter fielen einander ohne jedes Zögern in die Arme.

Was Scott betraf, war die Begrüßung zwar freundlich, aber etwas zurückhaltender. »Sie sind also der junge Mann, von dem Felicia so unermüdlich schwärmt«, stellte Volker fest, während er der neuen Liebe seiner Adoptivtochter die Hand schüttelte.

Scott verzog seinen Mund zu dem unnachahmlichen schiefen Lächeln, das sie so sehr an ihm liebte. »Ich bin Scott«, sagte er schlicht, und Felicia konnte sehen, dass Volker sich in diesem Moment entspannte. Er mochte ihn, und das machte sie noch glücklicher, als sie ohnehin schon war.

»Kommt rein!«, rief Amelia schließlich. »Um das Gepäck kümmern wir uns später. Der Rest der Familie wartet im Esszimmer auf euch. Wir wollten euch nicht alle an der Tür überfallen.«

Um Felicias deutsche Familie kennenzulernen, waren auch Isla und Colin angereist. Sie begrüßten die Kaufmanns neugierig und fröhlich. Als Felicia sah, wie Volker und Ian einander die Hände schüttelten, musste sie lächeln, weil die beiden ruhigen Männer sich so ähnlich waren. Sie verstanden sich auf Anhieb und waren kurz darauf in eine angeregte Unterhaltung vertieft.

Amelia warf einen besorgten Blick auf ihre Armbanduhr. Wahrscheinlich machte sie sich Sorgen um ihr Essen, das sie schon ziemlich lange warm hielt, wie Felicia wusste. »Es fehlt nur noch Finlay, Felicias großer Bruder. Er arbeitet hier im Dorf als Tierarzt und wird praktisch immer im letzten Moment durch einen Notfall aufgehalten. Wenn er nicht bald kommt, müssen wir ohne ihn mit dem Essen anfangen.«

»Wir wissen natürlich eine Menge über Finlay, genau wie über die anderen Familienmitglieder«, erklärte Dagmar lächelnd. »Felicia hat uns am Telefon alles erzählt. Wir haben uns so darauf gefreut, euch alle kennenzulernen. Nur unsere Jüngste, Katharina, konnte nicht mitkommen, weil sie kurz vor der Entbindung steht. Ich glaube, wenn ihr Mann kein Machtwort gesprochen hätte, wäre sie trotzdem hier.«

»Dann muss sie unbedingt kommen, sobald sie mit dem Baby reisen kann«, warf Ian vom anderen Ende des Zimmers aus ein.

»Oder ihr kommt uns in Deutschland besuchen. Dann könnt ihr sehen, wo unsere ... eure ... äh, unsere gemeinsame Tochter aufgewachsen ist.« Den kurzen Moment der Unsicherheit überspielte Dagmar mit einem Lächeln, das Amelia herzlich erwiderte.

»Das wäre schön.« Spontan nahm sie die Frau, die sich um

ihre totgeglaubte Tochter gekümmert hatte, noch einmal in die Arme.

»Und du kannst wirklich von hier aus deine Artikel schreiben?«, erkundigte sich Dagmar bei Felicia. »So schön die Insel auch ist, deine Zeitschrift wird sicher nicht immer nur Reiseberichte über die Isle of Skye drucken wollen.«

»Ich arbeite jetzt freiberuflich für verschiedene Zeitschriften. Es gibt ja noch andere Themen als das Reisen, obwohl Schottland unglaublich viel Stoff bietet. Außerdem bin ich jetzt sozusagen am Familienunternehmen beteiligt. Ich leite die Führungen durch Chaleran Castle für deutsche Touristen, kümmere mich um PR und Werbung und gelegentlich auch ums Frühstück für die Gäste. Damit bin ich erst mal ausgelastet. Was nächstes oder übernächstes Jahr wird, weiß ich noch nicht. Vielleicht ziehen Scott und ich aufs Festland, dann müsste er nicht mehr jeden Auftrag annehmen und könnte sich auf Gartenplanung spezialisieren.« Sie warf Scott einen verliebten Blick zu. Mit ihm konnte sie sich fast alles vorstellen.

»Oder ihr zieht nach Deutschland, und Scott arbeitet bei mir im Laden mit.« Auch Dagmar sah Scott an, wenn auch eher prüfend. »Pflanzen, Deko und Gartenplanung aus einer Hand, das wäre perfekt. Und wenn ich mich irgendwann zur Ruhe setze, könntet ihr …«

»Bis dahin ist noch lange Zeit«, bremste Felicia ihren Enthusiasmus. »Bis zum nächsten Jahr bleibe ich auf jeden Fall hier auf Skye, und dann sehen wir weiter.«

In diesem Moment öffnete sich die Tür, und Finlay trat ins Zimmer. Er kam nicht allein.

»Poppy!«, rief Amelia überrascht, als sie die Frau sah, die

mit ihm durch die Tür kam. »Das ist aber eine Überraschung!«

Finlays Hündin fühlte sich sofort angesprochen und lief schwanzwedelnd zu Amelia, um sich kraulen zu lassen. Die war jedoch viel zu abgelenkt von der Frau, die ihr ältester Sohn zur Willkommensparty für die Adoptivfamilie seiner Schwester mitgebracht hatte.

Finlay nahm Poppy McAdams bei der Hand, grinste breit in die Runde und brachte die schöne Wirtin des Dorfgasthofs direkt zu seiner Mutter.

»Wie ich sehe, redet ihr wieder miteinander«, stellte Amelia amüsiert fest. »Wird auch langsam Zeit nach über fünf Jahren.«

»Er hat auf der Straße meinen Namen gerufen«, erklärte Poppy und lächelte breit. »Ich wusste immer, dass er eines Tages zur Vernunft kommt und als Erster das Schweigen bricht.«

»Könnte allerdings sein, dass er nur seine Hündin ...« Finlays warnender Blick ließ Isla verstummen.

»Komm her, Susi«, rief Finlay, und das treue Tier kam direkt zu ihm. Es schien die Hündin nicht weiter zu stören, dass sie umgetauft worden war.

»Susi«, flüsterte Felicia erheitert Scott zu, der fröhlich grinste.

»Es ist gut, dass Sean nun endlich sein Herz von der unerreichbaren Poppy losreißen muss. Ich wette, er verliebt sich bald in eine andere«, stellte Scott leise fest.

»Ich habe übrigens endlich herausgefunden, wie Susi nach dem Tod ihres Herrn die fünfzig Kilometer bis zu mir zurückgelegt hat«, verkündete Finlay und kraulte seine umgetaufte Hündin hinter dem Ohr. »Neulich hat sie der Mann, der Marys Laden mit Lebensmitteln beliefert, wiedererkannt. Er hat mir erzählt, dass die clevere Susi bei ihm hinten in den Wagen gesprungen war, wahrscheinlich weil es so gut nach Essen roch. Und als er hier auf Skye die Tür öffnete, sprang sie wieder raus, lief an ihm vorbei und verschwand im Dorf.«

»Sie suchte einen neuen Herrn, und kam deshalb von weit her angereist«, stellte Felicia gerührt fest. »Hieß sie bei ihrem vorherigen Besitzer denn tatsächlich Susi?«

»Sie war als Susi registriert«, erklärte Finlay und zwinkerte ihr fast unmerklich zu. »Ist doch ein schöner Name.«

»Unbedingt«, stimmte Isla ihm, sehr viel heftiger zwinkernd, zu. »Und wie kommt es bitte, dass du dich endlich entschlossen hast, dich nach all den Jahren mit Poppy zu versöhnen? Wir wussten ja schon immer, dass ihr zusammengehört, aber ihr hattet früher nichts Besseres zu tun, als euch in den Haaren zu liegen und irgendwann dann vorsichtshalber gar nicht mehr miteinander zu sprechen.«

»Es gibt in meiner Familie eine kluge Regel«, erklärte Finlay und legte Poppy liebevoll den Arm um die Schultern. »Ehrlich gesagt hat mich erst meine wiedergefundene Schwester Maiga darauf aufmerksam gemacht, dass unser Vorfahre Logan Chaleran uns die Erkenntnis hinterließ, dass wir in jedem Fall unserem Herzen folgen sollen, um glücklich zu werden. Und das habe ich endlich getan.«

»Sehr gut, großer Bruder!«, lobte Felicia ihn, während ihr der Gedanke durch den Kopf huschte, dass es möglicherweise eher die unterdrückten Gefühle für seine große Liebe Poppy als brüderliches Empfinden gewesen waren, die für Finlays Zurückhaltung ihr gegenüber gesorgt hatten.

»Hallo, Poppy!«, begrüßte sie die Frau, deren strahlende

Schönheit sie bei jeder Begegnung aufs Neue erstaunte. »Ich freue mich für euch. Hier scheint aber überhaupt Liebe in der Luft zu liegen. Habe ich euch schon erzählt, dass vorgestern Luise Herbert und Professor Haggat gemeinsam abgereist sind? Er hat sie mit nach London genommen, um ihr seine frühere Wirkungsstätte an der Uni zu zeigen.«

»Unglaublich«, kicherte Isla. »Wahrscheinlich zieht er heimlich einen Kilt für sie an, damit sie sich einbilden kann, er sei ein Highlander.«

»Jetzt gibt es aber endlich was zu essen!« Amelia eilte in die Küche, um unterstützt von Isla und Colin das Essen aufzutragen.

Als Felicia an Scotts Seite mit ihren beiden Elternpaaren und fast allen ihren Geschwistern am Tisch saß, sah sie glücklich in die Runde und wusste, dass heute endgültig ihr neues Leben begonnen hatte. Ein Leben mit einer hellen Zukunft und einer Vergangenheit, in der es kein schmerzhaftes schwarzes Loch mehr gab.

ENDE